허밍

최정원 장편소설

창비
Changbi Publishers

차례

프롤로그 • 007

1부 숲을 가둔 사람들, 숲에 갇힌 사람들 • 011

2부 주시해야 하는 것, 주시하고 있는 것 • 111

3부 선택된 순간, 선택할 수 있는 순간 • 229

작가의 말 • 313

후회하면 안 된다고 되뇌었다. 지금까지 몇 번이나 반복해 왔으면서도, 다시 한번 더.

여운은 잘게 끊어지는 호흡을 억지로 이으며 눈을 떴다. 석양에 새빨갛게 물든 하늘 위로 젖은 보랏빛으로 갈라진 구름이 천천히 흐르고 있었다. 하루가 이렇게 저물어 가고 있었다. 퇴근길 버스 차창으로 늘 보던 하늘이다. 집으로 돌아갈 시간임을 알리는, 여운이 가장 좋아하는 시간의 가장 좋아하는 풍경. 하늘은 이렇듯 평소와 똑같은데.

"열여섯."

여운이 작게 입술을 달싹였다.

발밑 까마득한 아래에 펼쳐진 풍경은 처참한 폐허일 뿐이다. 불이 하나도 켜지지 않은 빌딩 숲, 아직 깨지지 않은 유리창들이 마지막 햇빛을 받아 발악하듯 반짝였다. 콘크리트와 아스팔트를 뚫고 폭발하듯 솟아오른 나뭇가지들은 자기가 잡아먹은 건물 표면에 그물 같은 그림자를 드리우고 있었다. 서울을 집어삼킨 거대한 나무의 바다, 수해(樹海)는 그렇게 밤을 기다리며 환호하고 있는 듯했다.

인간이 만든 빛이라고는 오직, 지평선을 가리며 이어 선 방벽의 꼭대기에서 느리게 깜박이는 붉은 경고등들뿐이다.

"열다섯."

벽면 돌출부를 겨우 붙잡은 손가락에 경련이 인다. 뒤통수와 등을 붙이고 있는 건물 외벽이 바람에 싸늘하게 식어 가는 게 느껴진다. 먼 하늘에선 한가롭게 구름을 떠밀고 있는 바람이지만 여운에게는 빌딩의 37층 외벽에 달라붙은 자신의 몸뚱이 하나쯤은 간단히 날려 버릴 수 있는 강풍이었다. 걸치고 있던 점퍼 자락이 찢어질 듯 펄럭이며 솟아올랐다. 제멋대로 날리는 긴 머리칼이 자꾸 눈앞을 가렸다. 안경을 미리 벗어 주머니에 넣어 둔 게 다행이었다. 안 그랬으면 벌써 한참 전에 이 바람에 날아가 버렸을 게 분명했다.

드르륵 —.

의자 끌리는 소리다. 등을 기댄 벽 너머의 사무실은 이미 버려진 지 십 년이 다 되어 가는 곳이다. 결국 '그것'이 여운을 쫓아 여기까지 들어온 모양이었다. 여운은 숨소리를 죽였다. 다리에 힘이 빠졌다. 너비 10센티미터 남짓한 금속 난간 위에서 부츠의 뒤꿈치가 죽미끄러졌다. 여운은 급히 다시 다리를 거둬들였다.

열둘. 아니, 열인가.

책상이 밀리고 파티션이 무너지는 소음이 이어졌다. 사무실 입구부터 창문까지를 직선으로 가로지르는 코스로, 무언가가 육중한 몸을 느리게 끌고 오는 모습을 여운은 보지 않아도 생생히 상상할 수 있었다.

몸이 떨려 왔다. 땀에 축축하게 젖은 손바닥이 금방이라도 벽에서 미끄러질 것만 같았다. 바람이 더 강해졌다. 조금이라도 더 벽에 붙어야 했다. 고개를 돌려 벽에 뺨을 붙이니 시선이 조금 전 여운이 넘어온 창문 쪽으로 향해졌다.

창틀 아래쪽에 못 보던 것이 붙어 있었다.

사람의 손이다. 검푸르게 변한 손은 검지와 약지 손톱이 반쯤 들려 있다. 여운은 비명을 내지르려는 입술을 입 안쪽으로 말아 깨물었다. 창틀을 따라 손 하나가 더 슬그머니 기어 나와 새시를 움켜쥐었다. 검게 변색되고 딱딱해져 마른 흙바닥처럼 갈라진 손등의 피부 사이로, 시뻘건 속살이 드러나 있었다.

다섯? 넷?

뭔가 갈라지고 찢어지는 소리가 나더니 그 손 위로 또 다른 손 하나가 길게 뻗어 나와 창틀에 달라붙었다. 이리저리 꼬이며 뒤틀린 것 같은 흑갈색 나무 넝쿨 다발이었다. 사람의 손가락을 똑 닮은 다섯 갈래로 갈라진 끄트머리들이, 아니 손가락들이 느릿하게 꿈틀거린다. 끝부분에서 길게 자라 나온 잎사귀는 검붉은 액체에 젖어 있다.

여운은 허탈한 목소리로 욕설을 내뱉었다. 셋 다 오른손이잖아.

하나.

제대로 센 게 맞을까? 아니, 어차피 아무 의미 없었다.

거짓말쟁이 같으니. 아무도 오지 않는다. 아무도.

하지만 모든 건 여운 자신의 선택이었다. 심장이 아플 정도로 요동쳤다. 갈 길 잃은 원망이 온몸의 힘을 앗아 가며 다리가 풀썩 꺾였다. 당황한 사이 부츠가 딛고 섰던 난간을 벗어나 허공을 밟았다. 몸이 무너지듯 공중에 내던져졌다. 세상을 집어삼킨 끔찍한 검은 숲이 와락 덮쳐 오듯 시야를 가득 메웠다. 여운은 눈을 질끈 감았다.

방벽을 넘는 게 아니었는데.

후회하지 않기로 해 놓고선, 결국 이 꼴이다.

1부 — 숲을 가둔 사람들,
숲에 갇힌 사람들

1

인류 멸종의 카운트다운은 구 년 전 6월의 햇살 좋았던 어느 날 아무 예고도 없이 시작되었다. 사람들은 멸망의 시나리오로 핵전쟁이나 소행성 충돌 따위를 꼽으며 각국의 상호 견제와 똑똑한 과학자와 용감한 우주 비행사를 믿었지만 '그것'은 보다 조용히, 시시하게, 그러나 막을 수 없는 방법으로 사람들을 덮쳤다.

악취가 난다는 신고를 받고 맨홀을 연 작업자들이 그 자리에서 고꾸라진 것이 시작이었다. 지하철 차량 안에 통조림처럼 가득 채워진 채 휴대폰을 들여다보고 있던 사람들이 눈을 느리게 깜박이다가 모두 의식을 잃었다. 차량마다 타고 있던 안전 관리용 인형(DOLL)들이 사태를 사무실로 실시간 보고했지만 똑같이 의식을 잃은 사무실의 인간 사무원들은 아무 대답도 할 수 없었다. 공원을 산책하던 사람들이 쓰러지고 줄이 풀린 개들이 사방을 내달렸다. 도시의 인명 구조용 인형들은 예비 기체까지 모조리 동원하며 환자들을 병원으로 날랐지만 그래도 일손이 부족했다.

처음에 사람들은 가스 테러를 의심했다. 그러다가 병원으로 옮겨진 사람들이 이틀도 안 되어 미라처럼 말라붙자 생화학 테러를 의심했다가, 나무토막처럼 변한 몸에서 자라 나온 잔뿌리가 콘크리트 바닥을 파고들기 시작하자 패닉에 빠졌다.

권력과 책임을 위임받은 사람들이 서로를 향해 핏대를 올리고 있을 때 빗방울이 떨어지기 시작했다. 검은, 대재앙의 비였다.

소나기가 그치고 난 도시에서, 쩍쩍 갈라진 피부 사이로 피와 함께 마치 나뭇가지처럼 보이는 각질화된 세포를 쏟아 내는 사람들 수만 명이 비명을 지르며 거리를 내달렸다. 빗물은 인간에게만 영향을 미친 게 아니었다. 나무들은 하룻밤 사이에 몇 년 치의 생장을 끝내며 보도블록을 뒤엎었고 날개가 굳어 떨어진 새들이 낙엽처럼 바닥을 굴렀다. 아비규환은 인구 천만 이상의 세계적 대도시 전역에서 동시다발적으로 일어났다. 서울도 예외일 수 없었다.

누군가는 어딘가에서 연구 중이던 생화학 무기가 유출된 것이라 했고 누군가는 극지방의 얼음이 녹으면서 풀려난 고대의 바이러스가 원인일 것이라 했다. 누군가는 인형 아이돌을 우상으로 섬기는 불신자들 때문에 소돔과 고모라에 떨어졌던 신의 심판이 서울에 다시 떨어진 것이라 했다. 지구가 드디어 인간을 치워 버리겠다고 결심하고 스스로 백신 주사를 놓은 것이라고 말하는 사람도 있었다.

학자들은 자신 없는 어투로 '그것'을 생명체의 유전자 전반에 구조적 변이를 일으키는 일종의 바이러스로 규정했다.

다행스러운 것은 그 무형의 폭발이 일어난 폭심지가 분명했으며, 증상의 중증도도 그 거리와 반비례한다는 사실이었다. 인류는 멸종 앞에서 화합했다. 세계의 석학들과 기술자들이 머리를 맞댔고 인간들은 허겁지겁 그들의 자랑이던 대도시의 외곽에 거대한 방벽을 쌓기 시작했다.

기온은 연일 최고치를 경신하며 소나기가 수시로 퍼부었고 장마철이 코앞이었다. 높이 50미터에 이르는 콘크리트의 방벽이, 공기보다 무거워 지표면으로 깔리는 성질이 있다는 '그것'을 가둘 수 있다는 이유만으로 단 몇 주 사이에 축조되었다. 카운트다운을 가까스로 멈추는 데 성공한 인류는 참담한 마음으로 축배를 들었다.

서울은 그렇게 구 년 동안 격리되어 있는 중이다. 자신을 가둔 방벽 안에 웅크린 채 홀로 죽어 가면서.

하지만 그 아픔도 곧 옛이야기가 될 예정입니다.

화면 속 아나운서가 벅찬 목소리로 말을 이었다.

뉴욕과 도쿄에서 그 효과가 입증된 **우산**의 시동이 이제 일주일 앞으로 다가왔습니다. 어떻습니까, 박사님? 지금 많은 분들이 드디어 서울을 되찾을 수 있게 된 것인지 궁금해하고 계시는데요.

그러시겠죠.

나이 든 과학자가 고개를 크게 끄덕였다.

그럼 먼저, 시청자분들을 위해 **우산**에 대해 설명 부탁드립니다.

우산은 저희가 자랑하는 광역 방역 시스템입니다. 인류의 미래를 위해 인생을 건 최고의 과학자들과, 세계에서 가장 뛰어난 학습 능력을 지닌 인공지능들과, 그 밖에도 수없이 많은 피와 땀과 자원들이 동원된 저희의 걸작품이죠. 지금 여러분들께서 머무시는 곳들에도 보급형 소형 방역 기구들이 설치되어 새어 나온 바이러스들을 박멸하고 있지요? **우산**은 보다 넓은 규모의 영역에 철저한 방역 기능을 펼칠 수 있는, 우리 인간이 가진 가장 강력한 무기라고 할 수 있겠습니다. 네, 그래요. **우산**은 서울 한복판의 상공에서 바이러스로 절여진 땅에 핵폭탄을 떨어뜨리는 역할을 할 겁니다. 지난주 가동을 시작한 뉴욕에서 보내온 사진입니다. 보시죠.

화면에 드론이 찍은 것 같은 사진들이 떠올랐다. 전신 방호복을 입은 채 토양을 채취하고 있는 사람들의 모습이었다. 다음으로 뜬 자료는 그래프들이었다. 아무것도 모르는 사람이 봐도 확연하게 차이가 나는 수치들. 두 번째 그래프는 거의 모든 수치가 0에 가까웠다.

우산 가동 전후의 오염 수치를 비교한 그래프입니다. 보시다시피 차이가 크죠.

대단하네요!

그렇죠. 인류는 이번에도 시련을 이겨 낸 겁니다. **우산**은 건조에만 수년이 걸리는 거대한 시설물이지만 저희는 정부의 협조로 이미 오래전부터 무인 장비들을 방벽 안으로 투입해 왔지요. 서울의 **우산**은 잠실 지구에 완벽하게 설치되었습니다. 이제 시험 가동과 미세 조정만 마치면 일주일 후에 정식으로 가동을……

"정말이야?"

이모가 젖은 머리를 수건으로 말리며 소파로 다가왔다. 여운은 옆으로 몸을 옮겨 이모가 앉을 자리를 만들어 주었다.

"정말 일주일 후면 다 끝나는 거야?"

"그렇다는데요?"

"에이, 그러지 말고. 그래도 네가 전문가잖아. 더 자세히 알고 있을 것 아니야."

여운은 애매한 표정으로 웃으며 입가를 만지작거렸다. 곤란하다는 얼굴. 이모는 모르는 척 계속 여운을 압박했다.

"응? 말 좀 해 봐."

이모는 늘 여운을 과대평가하는 경향이 있었다. 여운이 대학에 입학하자마자 국립재난대응연구소의 수습 연구원으로 발탁되면서 이모의 기대는 더 커졌다. 그래 봤자 여운이 하는 일은 복사 용지 공급이나 간단한 전산 업무 정도일 뿐인데도. 대재난의 날 때 겨우 열한 살이었던 여운을 업고 서울을 빠져나온 이모는 조카를 위해 못 할 일이 없는 사람이었고, 그렇게 키운 여운은 그녀의 자랑이었다.

"그것보다도 일단 약부터 먹어요, 이모."

이모를 실망시키고 싶지 않은 여운은 슬쩍 말을 돌렸다.

"아, 그렇지."

이모는 여운이 건네는 알약을 물도 없이 삼켰다.

"요즘 너무 무리하는 것 아니에요? 오늘도 옷이 땀에 푹 절었던데."

"얘는? 원래 몸을 움직이면 땀은 나는 거야. 운동도 되고 좋지, 뭐. 옛날에는 돈 주고 땀 빼러 다니기도 했다고."

"그래도 이건……."

"뭐, 이달만 좀 고생하면 되니까 너무 걱정하지 마. 나만 믿어! 넌 네 일이나 열심히 하는 거다?"

집주인의 급작스러운 월세 인상 통보가 모든 일의 시작이었다. 수습 연구원 신분인 여운의 수입은 쥐꼬리보다 못한 수준이었고 이모의 월급도 월세와 각종 세금, 둘의 생활비를 대는 것으로도 빠듯한 판에 월세 인상 통보는 날벼락이나 다를 바 없었다. 결국 이모는 다른 사람들의 잔업까지 하면서 며칠째 시간 외 근무 중이었다.

이모는 손사래를 치곤 머리를 말리는 일로 돌아갔다. 수건을 쥔 오른손 피부에 허연 각질이 비늘처럼 일어나 있었다. 여운은 눈살을 찌푸렸다.

"약 용량 늘려야 할 것 같아요."

"아, 그런가? 아직은 괜찮은 것 같은데. 다음 주에 검진받아 보고 정하지, 뭐."

"검진 꼭 받아요. 지난번처럼 바쁘다고 넘기기만 해 봐요. 정말로 화낼 테니까."

"응."

"약속한 거예요."

"그렇게. 잔소리 좀 그만해라. 얘가 오늘따라 왜 이래?"

이모는 호탕하게 웃으며 여운의 등을 때렸다. 여장부라 불리는 이모의 손맛은 제법 매워 여운은 휘청거리고 말았다.

잘 정리된 실험실에만 박혀 있는 여운과 다르게 이모의 일터는 저 거대한 방벽이었다. 방벽 주위를 소독하고, 때로는 방벽 안쪽으로 들어가 방벽을 밀어내듯 자라는 나무와 풀들을 베고 불태우는 것이 이모의 일이었다. 무인기와 인형들이 다수 동원되긴 하지만 그래도 인력이 필요한 곳이 있었다. 보수는 적고 위험은 큰 직장이었다.

감염을 예방하기 위해 주어지는, 흔히 '면역 제제'라는 별칭으로 불리는 특수한 항바이러스제는 효과가 좋긴 했지만 투약 시기를 놓치면 큰일이었다. 그러니까 여운 가족의 삶은 이모의 위험 수당으로 이어지고 있는 것과 다를 바가 없었다.

우산이 이렇게 빨리 가동할 수 있게 된 건 국민 여러분의 적극적인 지지 덕분이죠. 그렇지 않습니까?

네. 무려 94퍼센트의 동의율로 즉시 가동안을 지지해 주셨으니까요. 그러니 정부도 이에…….

이모는 TV를 껐다.

저녁 메뉴는 여운이 끓인 감자카레였다.

"소분해서 냉동실에 잔뜩 넣어 뒀으니까 언제든 데워 드시면 돼요. 듣고 있어요?"

역시 카레는 맛있어. 이모는 그저 콧노래를 부르며 먹는 데 열중이었다. 설거지까지 마친 둘은 곧 각자의 방으로 들어갔다. 고단했던 이모는 평소처럼 금세 코를 골며 잠에 빠져들었다. 여운도 침대에 누웠지만, 잠들지 못한 채 가만히 눈을 뜨고 기다렸다.

시곗바늘이 1시를 가리킬 때가 되어 여운은 자리에서 일어나 책상 앞에 앉았다. 그리고 노트북을 열어 다시 한번 메일을 확인했다.

수신: 국립재난대응연구소 재난관리부 제3연구실 연구원 강여운

수습 연구원인데.

'수습' 자가 떨어진 직함이 계속 눈에 걸렸다. 낮에 도착한 이 메일의 발신자는 연구소 소장 직속 부서였다. 그러니까 좀 전 TV에

서 신나게 떠들던 과학자의 라인이다. 비공개, 보안 딱지가 잔뜩 붙은 메일은 벌써 열 번째 들여다보는 것인데도 볼 때마다 긴장으로 목이 졸리는 느낌이었다.

"이모. 일주일 뒤에도…… 우린 서울로 못 돌아가나 봐요."

잠실의 **우산**에 뭔가 문제가 생겼다. 건조된 시설과 상주 인력 모두 통신에 전혀 응답하지 않기 시작한 게 이틀 전 새벽. 들여보낸 무인기들은 원인 파악에 실패했고 남은 방법은 사람이 직접 들어가서 문제를 해결하는 것뿐. 대응팀 선발대는 오늘 오전에 이미 출발했으나 보조 인력을 긴급히 충원하고 싶다는 요지. 그리고,

여운이 바로 그 보조 인력으로서 방벽을 넘으라는 지시였다.

후발대 지원 의사를 묻는 메일이 아니었다. 그저 건조한 지시 사항과 프로젝트 종료 시 주어질 보수만이 잘 정리되어 적혀 있을 뿐이었다. 여운은 터져 나오려는 한숨을 꿀꺽 삼켰다. 거부권 같은 건 없었다. 시키면 해야 한다. 정식 연구원이 되기 위해 무슨 일이든 해야 하는 수습 연구원의 자리란 그런 것이었다. 여운에게는 아주 익숙한 상황이었다. 아무래도 위험한 일이니 지원자가 아무도 없었던 모양이다.

의외인 점은 보수가 예상했던 것을 아득히 넘어섰다는 점이었다. 한순간 놀라서 의자에서 반쯤 일어나고 말 정도로. 정식 연구원으로 승격시켜 주는 것은 물론이고 주거 지원도 더 높은 금액으로 제공하며 수당도 0이 하나 잘못 붙은 게 아닌가 의심이 될 수준이었다. 당연하게도 안전 장구는 완벽하게 제공되니 감염 위험은 제로일 것을 장담한다 했다.

이건 기적인가 싶었다. 집에서 쫓겨나지 않을 수 있게 됐음은 물론이고, 이 조건이라면 이모도 더는 목숨을 담보 삼아 고생할 필요가 없었다. 당장 내일부터 이불 속에 파묻어 놓고 하루 종일 쉬게 만들어 줄 수 있었다. 코피를 들이켜며 새벽 잔업을 나가는 모습을 보지 않아도 되었다.

여운은 곧장 확인했다는 답장을 보냈었다. 보수 입금용 계좌 번호로 이모의 계좌를 적어 보내며 여운은 지금 무슨 짓을 하는 거냐고 펄펄 뛸 이모를 상상했다. 방벽을 넘다니, 차라리 당장 그놈의 연구소 때려치우고 나오라고 화를 낼 게 분명했다. 벌써 스무 살이나 됐는데도 이모의 눈에 여운은 아직도 빈집에 홀로 남아 자신을 지옥에서 데리고 나가 줄 누군가를 기다리며 울던 어린아이였다.

하지만 여운도 이제 어른이었다. 조금 위험할 순 있겠지만 한 번만 눈 감고 용기를 내면 많은 문제들을 한 번에 해결할 수 있다. 게다가 방벽 안으로 깊숙이 들어갈 수 있는 기회라니, 연구원으로서도 호기심이 이는 일이 아닐 수 없다. 또 어쩌면, 기회가 닿는다면,

……들어 볼 수 있을지도 모르잖아?

여운은 얼른 고개를 가로저었다.

답장을 보내자마자 곧장 날아온 다음 메일에는 집합 장소와 시간이 적혀 있었다. 여운은 오늘 새벽 3시까지 연구소의 창고에서 지원처가 미리 준비한 물건을 비밀리에 수령해 정해진 시각까지 한강 선착장에 도착해야 했다. **우산**에 문제가 생겼다는 것은 절대 밝혀져선 안 되는 비밀이었다. **우산**을 반드시, 무슨 일이 있어도 일주일 뒤 정해진 시각에 아무 이상 없이 가동시키는 것이 그들의 목

표였다.

짐은 미리 싸 두었다. 대재앙 이후 트라우마에 시달린 이모는 강박적으로 생존 물품들을 사서 쌓아 두곤 했었고, 여운은 그것들 중 일부를 슬쩍하기로 했다. 커다란 배낭 안은 침낭과 그 외의 필요한 물건들로 가득 차 있었다.

여운은 소리 없이 옷을 갈아입었다. 부드러운 실내복을 벗고 두꺼운 청바지를 입었다. 얇고 질긴 셔츠 위에 스웨터와 바람막이를 덧걸치고 배낭까지 짊어졌다. 준비를 마친 여운은 전신 거울 앞에 서서 자기 자신을 물끄러미 바라보았다.

햇빛을 못 봐 새하얀 얼굴은 오늘따라 더 창백하게 질려 있었다. 엄마를 닮았다는, 살짝 치켜 올라간 긴 눈꼬리를 가는 은테 안경으로 감추고 작은 입을 일자로 꾹 다문 여운은 누가 봐도 연구실에서 키보드나 두드리고 있어야 할 사람처럼 보였다. 여운은 작게 한숨을 내쉬고는 안경을 추슬러 올리고, 양쪽 입꼬리도 끌어 올렸다. 곧 거울 속의 얼굴은 연구원들에게 '인상 좋다'는 평을 받는 무해한 수습 연구원의 얼굴로 변했다. 등 가운데까지 내려올 정도로 길게 자란 머리칼은 잠시 고민하다가, 늘 그래 왔던 것처럼 성기게 대강 땋아 왼쪽 어깨 앞으로 늘어뜨렸다.

급한 출장을 가게 되었으니 식사 잘 챙기고 약은 시간 맞춰 꼭 먹으라는 메모를 식탁 위에 올려놓고서 여운은 현관문 손잡이를 붙잡았다. 불 꺼진 14평 빌라 안은 이모의 코 고는 소리 속에 조용히 잠겨 있었다.

인사도 안 하고 갔다고 이모가 화낼까? 아마 그럴 것이다. 각오는 마쳤지만 굳이 비장해지진 않기로 했다. 생각을 조금만 바꿔 보면, 이 일은 어쩌면 약간은 가슴 벅찬 일이 될 수도 있을 것 같다. 보조 인력이긴 하지만, 나는 지금,

"……나, 잠깐 서울 좀 구하러 다녀올게. 이모?"

서울을 구하러 가는 것이니까. 자기 생각에도 어이가 없어서 헛웃음이 샜다. 그러다 문득 돋는 소름에 몸이 부르르 떨렸다. 조금 전부터 심장이 달음박질치듯 쿵쿵거리고 있었다. 그 소리가 너무 커 이모 귀에도 들릴 것만 같아, 여운은 얼른 현관문을 열었다.

*

연구소 관리하에 있는 창고들은 경기도 전역에 흩어져 있다. 어떤 것은 일반 거주구 안에 폐업한 상가 모양으로 존재하고, 어떤 것은 주변에 아무것도 없는 벌판 위에 가건물로 덩그러니 지어져 있다. 더 중요한 창고들은 연구소 지하에 있다. 여러 겹의 보안 장치를 걸어 놓아 보통 사람들은 그저 아, 이런 공간이 존재하긴 하는구나 생각하며 지나치는 그런 곳에.

여운의 ID카드를 인식한 엘리베이터가 평소라면 눌리지 않는 버튼을 누를 수 있도록 허락했다. 여운은 자신의 근무처인 지상 3층의 버튼을 멍하니 바라보다 뭔가를 각오한 표정으로 지하 5층의 버튼을 눌렀다. 맞아 주는 사람이 하나는 있을 줄 알았는데, 열린 문 앞은 그저 텅 빈 복도일 뿐이었다. 그러고 보니 1층의 중앙 출입구도 ID카드 하나로 바로 열렸고, 로비에는 보안 인력이 한 명

도 보이지 않았다. 메일에서 지시한 대로 무작정 엘리베이터를 타면서도 여운은 계속 의아해하는 중이었다.

"첩보물인가……?"

아무리 극비 임무라 해도 설명해 주는 사람은 있어야 하는 것 아닌가. 그리고 첩보 영화라면 자신보다는 헬스 트레이너였던 근육질의 이모가 더 잘 어울리는데. 점점 어깨가 움츠러드는 기분이었다.

지정된 5-03번 창고 앞에 서서 여운은 한참 더 고민했다. 이 문이 열리는 순간 안에 있던 보안 인력들이 박수를 치면서 속으셨군요, 기밀 취급 기관 재직을 위한 보안 심사에 불합격하셨습니다,라며 수갑을 채울 것만 같았다.

결국 될 대로 되라는 심정으로 문을 여니 시커먼 내부가 여운을 반겼다. 벽을 더듬어 불을 켠 여운은 그대로 비명을 지를 뻔했다. 보안 직원 같은 건 어디에도 없었다. 여운의 방보다 더 좁은 창고 한가운데서 여운을 기다리고 있던 것은, 의자에 앉은 채로 죽어 있는 사람이었다.

심장이 미친 듯이 뛰었다. 입을 틀어막았던 손을 내리며 여운은 눈을 굴렸다. 이렇게 살인 누명을 쓰게 되는 걸까? 그 메일도 자신을 함정에 빠뜨리려는 수작이었을까? 그러다 뒤늦게서야 의자 뒤로 길게 연결된 케이블을 발견했다.

"……이거 설마?"

의자가 아니었다. 의자 모양의 충전용 거치 장치였다. 조심스러운 걸음으로 다가가 보니 의자에 기대앉아 있는 것은 고개를 늘어뜨린 남자, 아니 남자 외형의 인형이었다. 목덜미에서 이어진 케이블이 책상 위의 PDA에까지 연결되어 있었다.

인형이라니. 여운이 실제로 본 인형은 똑같은 얼굴로 대량 생산되어 누군가는 해야 하지만 사람을 쓰기는 곤란한 일에 사용되는 보급형 인형밖에 없었다. 하지만 눈앞에 있는 인형은 그런 것들과 차원이 다른 공이 들어간 물건이었다. 날카로운 윤곽의 수려한 얼굴은 보급형 인형들과 달리 실제로 존재하는 사람의 얼굴을 본뜨기라도 한 것처럼 자연스러웠다. 낮잠에라도 빠진 듯 눈을 감은 채 고개를 비스듬히 기울이고 의자에 늘어져 있는 모습도 사람과 다를 것이 없었다. 몸에 두르고 있는 옷은 셔츠 끝까지 버튼을 잠그고 넥타이까지 빈틈없이 정리한 검은 정장. 그제야 여운은 이 인형의 정체를 눈치챌 수 있었다.

들은 적이 있었다. 공장에서 찍어 내는 것이 아니라, 장인이 모발 한 올까지 직접 손으로 제작해 만들어 내는 '작품'인 인형. 한 대에 수십억을 호가하는 그것들은 엔터테인먼트 쇼에서 활약하거나 부자들이 사적인 용도로 곁에 두곤 한다고 했다. TV에선 본 적 없으니 이 인형은 후자의 경우일까? 차림을 보니 경호용으로 사용되던 것 같기도 하다.

아니, 말도 안 된다.

이런 걸 국립재난대응연구소가 취급할 리 없었다. 뭔가 잘못된 것이 분명했다. 이 창고에는 여운이 수령할 물건이 보관되어 있다고 했다. 저 빌어먹을 장식품은 여운의 몫이 아닐 게 분명하니 다른 뭔가를 찾는 게 맞을 것이다. 여운은 책상 위에 놓인 PDA를 들어 올렸다.

PDA 속에는 텍스트 파일 하나가 들어 있었다. 내용은 여운이 이미 받은 메일과 별로 다를 것이 없었다. 자세한 업무 지시는 PDA를 통해 수시로 할 테니 반드시 언제나 소지하고 주의 깊게 살피라는 것. 그리고 이 창고에서 수령해야 하는 물건들을 리스트를 참고해 빠짐없이 챙겨서 이동하라는 것.

첫 번째 물건은 당연히 PDA였고 두 번째 물건은 PDA 옆에 놓여 있는 작은 메모리 칩이었다. 대응팀에 전달해야 하는, **우산** 정상화에 반드시 필요한 자료가 들어 있다는 설명이 있었다. 이걸 전하는 것이 여운의 임무인 모양이었다. 반드시 책임자에게 직접 전달하라는 조건이 붙어 있었다.

세 번째 물건은 반대쪽에 놓여 있는 작은 가방이었다. 위쪽을 열어 보니 병에 든 알약 형태의 면역 제제와 주사기 두 개, 신형 방독 마스크 등이 들어 있었다. 주사기는 바이러스에 급성으로 감염된 응급 상황에 사용하는 용도였다. 어디까지나 비상용이라고는 적혀 있었지만, 여운은 손끝이 싸늘하게 식는 기분이 들었다.

안의 물건은 다 꺼냈다고 생각했는데도 아직 가방이 묵직했다. 좀 더 깊이 손을 넣어 바닥을 휘저어 보니 뭔가 걸리는 게 있었다. 여운은 맨 밑바닥에 남아 있던 물건을 꺼내 들곤 마른침을 삼켰다. 총이었다. 슬라이드식의 자동 권총. 이런 건 영화에서나 봤지 실제로는 만져 보기는커녕 맨눈으로 구경한 적도 없었다. 여운은 고개를 마구 휘젓고는 총을 다시 가방 바닥 맨 아래쪽에 처박았다. 이런 게 도대체 왜 필요한 걸까. 나는 그저 '배달원'일 뿐인데.

소름이 돋은 팔뚝을 쓸며 여운은 다시 인형 쪽으로 눈을 돌렸다.

문건대로라면, 저 인형이 네 번째 물건인 모양이었다. 출처에 대해서는 가타부타 설명이 없었다. '돌발 상황에 대비하여 신변 보호 및 업무 보조 용도로 적극 활용할 것' 따위의 애매모호한 지시뿐이었다. 그래도 '파손 시 책임은 연구소가 지며 개인에게는 면책 조항이 적용됨'이라는 단서가 붙어 있는 점은 다행이랄까. 불안해해 봤자 소용이 없긴 했다. 시키면 시키는 대로 해야 하는 것이 여운의 입장이었다.

한 손으로 턱을 괴고 남은 팔로 반대쪽 팔을 끌어안은 채, 여운은 고개를 조금 기울였다. 뭔가를 깊이 관찰할 때 나오는 여운의 버릇이었다. 여운은 그렇게 인형을 가만히 내려다보다가 한숨을 삼켰다.

PDA에 내장된 매뉴얼에 따라 사용자명을 입력하자 가벼운 모터 소리가 났다. 딱 5초. 그리고 정말 사람처럼―사람은 심장 뛰는 소리가 몸 밖으로 나진 않으니까―아무런 작동 소음 없이 인형이 움직이기 시작했다.

감겼던 눈이 스르르 떠지더니 검은 동공 안쪽에서 붉은 렌즈가 한 번, 점멸했다.

"제, 제대로 된 건가? 이게 맞아?"

여운이 당황해선 PDA와 인형을 번갈아 바라보며 우왕좌왕하자 인형의 입꼬리가 희미하게 올라갔다. 오싹 소름이 끼쳐 왔다.

"제대로 됐습니다. 안녕하세요, 강여운 님."

큰일이다. 이 정도면 백억 원대 인형 같은데? 여운은 창백해진 얼굴로 급히 고개를 끄덕였다.

"네. 아, 그래요. 안녕하세요."

"편하게 말씀하셔도 됩니다."

"이게 편해요. 그러니까, 어…… 만나서 반가워요. 저흰 지금부터 함께 어디 좀 가야 할 것 같은데요. 제 뒤를 따라와 주면 좋겠어요. 그, 음."

뭐라고 불러야 하지?

이런 하이엔드급 인형 앞에서 말을 더듬고 있자니 자신이 더없이 한심하게 느껴지기 시작했다. 여운은 자기 뺨을 두 손으로 가볍게 쳤다. 정신 차려. 침착해.

"혹시 이름이 따로 있나요?"

"식별명은 사용자마다 새로 지정하도록 설정되어 있습니다."

"좋아요. 지금부터 당신은 R이에요. 그럼 이제 갈까요? 시간도 별로 없거든요."

언뜻 스치며 본 PDA에 표시된 식별 코드가 R로 시작했으니 이만하면 적당히 합리적인 작명일 것이었다. 여운이 인형에 연결된 케이블을 뽑아 PDA에 둘둘 마는 사이 인형이 몸을 일으켰다. 여운은 자기도 모르게 홀린 듯 그 움직임을 곁눈질했다. 부드럽게 땅을 딛고 선 그는 무표정에 가까운 웃는 얼굴로 여운이 하는 짓을 가만히 내려다보기 시작했다.

여운은 허겁지겁 배낭을 끌러 파우치를 쑤셔 넣고는 창고 문을 나섰다. 도무지 진정할 수가 없었다. 적극 활용하라니, 그럴 수 있을 것 같지가 않았다. 자신의 몸값보다 몇백 배는 더 비싼 이 동행을 온 힘을 다해 모시고 다니는 자신의 모습을 여운은 어렵지 않게 상상할 수 있었다.

여운이 움직이는 대로 딱 다섯 발자국 뒤에서 인형이 일정한 발소리를 내며 따라왔다. 복도에서도, 엘리베이터에서도, 로비에서도 여전히 사람의 모습은 그림자도 찾아볼 수 없었다.

돌발 상황은 중앙 현관을 통과할 때 일어났다. 인형이 유리문을 지나치자마자 갑자기 날카로운 경보음이 울려 퍼지며 조명이 붉게 번쩍이기 시작한 것이다. 여운은 깜짝 놀라 제자리에서 펄쩍 뛰었다. 비명을 지르지 않은 게 기적이었다. 어쩔 줄 몰라 하며 두리번거리다가 고개를 돌려 보니 로비 쪽을 쳐다보고 있는 인형의 모습이 눈에 들어왔다.

경보음이 뚝 그쳤다. 조명도 모조리 꺼져 순식간에 건물 전체가 시커먼 어둠에 잠겼다.

뭐야, 이거. 왜 이래……? 당황한 여운이 거친 숨을 몰아쉬고 있을 때 인형이 말했다.

"전기적 문제로 인한 센서 오류입니다."

"그, 그걸 어떻게 알아요?"

인형의 눈이 조금 커졌다.

"저는 인형이니까요."

인형이니까 네트워크에 원격 접속이 가능하겠지. 그 정도도 모르는 건가, 이 어리석은 인간은? 여운은 그의 표정을 그렇게 이해하기로 했다. 여운은 헛기침을 하며 고개를 슬쩍 돌렸다.

"어…… 네, 그래요. 그럼 하나만 더 물을게요. 우린 지금부터 내 차로 선착장까지 이동할 거예요. 미리 말해 두지만 아주 작고 낡은 차거든요. 그래서 확인해 두는 건데 혹시······."

여운은 최대한 진지해 보이려고 노력하며 입을 열었다.

"중량이 어떻게 되세요?"

그는 이번에야말로 명백하게 웃었다.

2

날이 맑았다. 남향 창을 따라 곧게 떨어진 햇살이 교실을 환하게 밝히고 있었다. 10월의 선선한 바람이 이따금 커튼을 휘저었다. 책상에 뺨을 붙이기만 하면 금세 달콤한 낮잠에 빠지고 말 것 같은 상쾌한 가을날이었다. 이런 날 선생님은 교탁을 두드리며 얘들아, 정신 차리자, 곧 시험인데 너희들 어쩌려고 그러니, 라며 한탄을 늘어놓았겠지. 사실 선생님 본인도 수업 중에 자꾸 운동장을 내려다보며 애써 하품을 참았을 것이다.

그런 날이면 누나는 카드를 꺼냈다고 했다.

"그럼 시작한다?"

교탁에 걸터앉은 소년의 손에서 트럼프 카드가 촤라락 소리를 내며 펼쳐졌다. 양손 좌우로 카드들이 날다시피 움직였다. 무대에서 꽤나 박수를 받았을 능숙한 솜씨로 카드를 섞고 있는 소년은 담백한 교복 차림의 고등학생이었다.

사선으로 줄무늬가 들어간 넥타이를 단정히 매고, 하얀 셔츠 위에 크림색 니트 조끼를 받쳐 입고 흙먼지로 색이 조금 흐려진 남색 블레이저 재킷을 단추까지 모두 잠그고 있었다. 계속 자라는 몸 때문에 교복 바지는 끝자락이 벌써 복숭아뼈 위까지 달랑 올라가 있었고, 운동화는 본래의 색을 알아보기 힘들 정도로 진흙과 흙먼지에 절어 있었다. 하지만 그 눈빛만은 무엇보다 선명히 빛나고 있었다. 소년은 관객을 위해 무대에 선 마술사였다.

소년은 카드 열 장을 한 손에 부채처럼 펼쳐 쥐고 앞으로 내밀었다.

"자, 두 장만 골라봐."

그러고는 자문자답을 시작했다.

"이거랑 이거? 좋아. 바꾸기 없어. 진짜지?"

혼자 골라낸 카드를 옆에 내려놓더니 다른 카드 무더기를 극적인 자세로 뒤적여 두 장의 카드를 집어냈다. 소년이 네 장의 카드를 보란 듯이 앞으로 내밀었다. 스페이드 에이와 클로버 퀸이 똑같이 두 개씩이었다.

"아, 형. 사기 아니야. 카드 뒤에 표시해 둔 것 아니냐고? 아니야. 이건 어디까지나 기술의 문제라고. 못 믿어? 좋아. 그럼 지금부터 할 마술도 한번 잘 보라고. 이번엔 그런 소리 못 할걸?"

소년은 곧장 다시 카드를 섞기 시작했다. 세 개의 카드 마술을 연이어 펼친 후에야 소년은 아쉽다는 듯 손을 멈췄다.

"오늘은 여기까지 하자. 다음 주에 보여 줄 것도 남겨 둬야지. 자, 그럼. 즐거우셨나요, 여러분? 지금까지 손정인이었습니다. 함께해 주셔서 감사합니다."

깊은 침묵이 이어졌다. 정인은 말없이 카드를 집어넣고 손을 탁 탁 털었다. 그리고 교탁에서 뛰어내려 와 바닥에 놓아뒀던 커다란 물뿌리개를 양손으로 들어 올렸다. 가득 찬 물 때문에 무게가 상당했다. 정인은 앞으로 걸어 나와 복도 쪽 첫 번째 책상 위로 물을 붓기 시작했다. 무대용 미소가 사라진 그의 얼굴은 벽에 진 그림자만큼이나 어둡게 가라앉아 있었다. 좀 전의 호들갑스러운 마술사와는 동일 인물이라고는 믿기 힘들 정도의 변화였다.

"……좀 시들었다. 해가 덜 드는 자리라 그런가."

책상과 의자에서부터 녹아내리듯 흘러 교실 바닥까지 뿌리를 내린 커다란 나무가 정인의 말에 대답이라도 하는 것처럼 바람에 나뭇잎을 흔들었다. 기둥과 나뭇가지에 교복 자락이 갈기갈기 찢어진 채 걸려 있었다. 빛바랜 옷감 위에서 플라스틱 명찰만 선명하게 반짝였다.

정인은 다음 자리로 걸어갔다. 넘어진 의자 사이로 솟아오른 줄기는 높이 자라다 못해 천정의 합판까지 뚫고 가지를 뻗고 있었다. 정인은 고개를 비스듬히 기울이고 뿌리에다 물을 뿌렸다.

"이 형은 어쩌지? 가지를 좀 쳐 줘야 하나?"

이 고민만 일 년째 하고 있지만 아직도 결론을 내릴 수가 없었다. 보통 나무라면 고민할 것도 없이 위쪽 가지에다 톱질을 했겠지만 정인은 이 가지가 구 년 전에 나무가 되어 버린 이 형의 머리칼인지, 팔인지, 손가락인지 알 수가 없었던 것이다. 정인은 삐뚤어진 명찰만 다시 고쳐 달아 주곤 다시 물뿌리개를 집어 들었다.

창가 제일 뒷자리의 나무 앞에서 정인은 한참을 멈춰 서 있었다.

껍질이 거칠게 일어난 표면을 가만히 쓸어 보던 정인은 어깨를 으쓱하고는, 다시 천천히 교실을 돌며 여섯 그루의 나무 모두에게 물을 주었다. 나무 이파리들이 생생하게 살아나는 것을 보고서야 정인은 물뿌리개를 내려놓았다.

"그럼 다음 주에 다시 올게. 잘 쉬고들 있어."

바람에 이파리들이 우수수 쓸리는 소리를 대답으로 삼으며 정인은 교실을 나섰다. 여기저기 바닥이 갈라진 복도를 지나쳐 운동장으로 나오니 시퍼렇게 우거진 녹음이 정인을 맞았다. 밖으로 내달리다 그대로 굳어 나무가 되어 버린 인파가 긴 시간 우거지며 만들어진 수목림이다. 나무들이 촘촘히 늘어선 운동장의 숲속을 정인은 콧노래를 부르며 가로질렀다.

정인은 교문을 나서며 녹슨 철문을 밀어 닫고 자물쇠를 채웠다. 그러고는 큰 한숨을 내쉬면서 재킷 단추를 풀고 넥타이를 잡아당겨 느슨하게 만들었다. 옛날 학생들은 어떻게 이런 옷을 하루 종일 입고 있었단 말인지 아직도 이해할 수가 없었다. 어쨌든 교문을 나섰으니 지금부터는 좀 더 자유로워져도 될 것이다.

정인은 마술 도구들과 교과서, 그리고 평범한 고등학생의 가방에서는 보기 힘든 이런저런 물건이 든 가방을 가볍게 메고선 거리를 걷기 시작했다. 인도의 보도블록이 질긴 잡초에 파묻히고 쩍쩍 갈라진 아스팔트 위로 불타고 녹슨 차들이 뒤엉킨 길 위를 정인은 능숙하게 헤쳐 나갔다. 구덩이를 뛰어넘고 차 보닛 위를 등으로 타넘으며 한참 걸은 정인은 한적한 길가에 자리 잡은 주택 안으로 들어섰다.

"다녀왔습니다."

"정인이 왔냐?"

현관 앞에 내놓은 의자에 앉아 있던 남자가 반갑게 정인을 맞았다.

"학교 다녀오느라 수고하네? 가방 들어 줄까?"

"아, 삼촌. 좀."

남자가 너털웃음을 지었다. 커다란 몸이 흔들리자 의자가 삐걱거리며 비명을 질렀다. 옷 밖으로 드러난 피부 대부분이 나무껍질처럼 변해 있었다. 가방을 들어 주기는커녕 혼자 몸을 일으키는 것도 힘들어 보였다. 게다가 한쪽 팔과 다리는 끝이 불에 새까맣게 타 숯덩어리가 된 지 오래였다. 정인은 그 상처로 자꾸만 향하려는 눈을 태연하게 옆으로 돌리며 현관문 안쪽에 가방을 던졌다.

"할머니는?"

"밭에 채소 보러 나가셨다. 가서 좀 도와드릴래?"

"그러지 뭐. 삼촌은 뭐 필요한 거 없어?"

"나야 물이랑 햇빛만 있으면 어떻게든 되겠지. 진화 중이잖냐."

"허, 비료도 좀 퍼다 줄게. 아직 광합성도 못 하는 주제에 햇빛만 가지고 되겠어?"

정인이 그늘진 눈가를 접으며 웃었다. 둘은 사납게 서로의 어깨를 맞부딪쳤다. 둘만의 인사법이었다. 아홉 살에 처음 만났을 땐 산처럼 든든하고 거대해 보였던 삼촌의 어깨가 지금은 눈에 띄게 마르고 딱딱해져 있었다. 삼촌의 시간도 얼마 남지 않았을지 모른다는 생각이 정인을 불안하게 만들었지만 정인은 그런 마음을 숨기는 데 익숙해져 있었다. 그들은 늘 웃기로 약속했다. 어른들은, 서로의 가족이 되기로 한 생존자들은 어린 정인을 그렇게 가르쳤다.

"조심해서 다녀와라. 길 잘 보고, 어두운 곳 조심하고. 지난번처럼 지름길로 간답시고 까불다가 미호 고생시키지 말고."

"알았어. 걱정하지 마."

텃밭은 바로 모퉁이 두 번만 돌면 금방이었다. 고깃집을 운영하며 식당에 댈 채소를 직접 키웠었다는 할머니의 자랑인 텃밭이었다. 할머니는 텃밭 한가운데서 허리를 굽힌 채 상추 잎을 뜯고 있었다.

"할머니!"

팔십이 훌쩍 넘어 귀가 잘 들리지 않는 할머니 옆에 서 있던 미호가 대신 정인을 향해 손을 들어 보였다.

"안녕, 여러분! 좋은 하루 보내고 계신가요?"

"응. 엄청 좋은 하루를 보내고 있지."

입을 움직이지도 않은 채 인사를 건네는 미호를 향해 정인은 씩 웃었다. 목덜미에서 부드럽게 물결치는 핑크색 머리칼과 트레이닝복 바지에, 웬일로 낙엽 부스러기와 흙덩이가 붙어 있었다.

"할머니 또 넘어지실 뻔했구나?"

"미호는 타이밍을 놓치지 않지!"

자기가 제때 잘 부축했다는 뜻일 것이다. 꽤 거창한 폼으로 받아낸 모양이긴 했지만. 재난일 전까지 입력된 문장밖에 말하지 못하는 미호와 대화할 때는 늘 어느 정도의 추리력을 발휘해야 했다.

"정인이냐?"

"네, 할머니. 학교 다녀왔어요."

"잘했네. 오늘 저녁은 상추 넣고 비빔밥 해 먹자."

"좋죠. 오랜만에 참치캔 하나 까서 넣어 먹……어야……?"

정인이 미간을 좁히며 고개를 들었다. 동쪽 숲에서 연기 한 자락이 피어오르고 있었던 것이다. 소방차도 소방원도 없는 이곳에서 화재는 그저 구경거리로 남겨 둘 수 있는 일이 아니었다. 게다가 살아 움직이는 사람도 거의 남아 있지 않은 지금, 새롭게 불이 날 만한 사건 자체가 없었다. 저 연기는 정인 가족이 지금까지 지켜 온 일상에 뭔가 문제가 생겼다는 신호였다.

사실 이변은 지난주부터 시작되긴 했었다. 난생처음 들어보는 폭음이 한밤중의 서울을 뒤흔들었던 것이다. 깊은 잠에 빠져 있던 정인과 삼촌을 단숨에 깨워 일으킨 그 폭발음은 새벽까지 계속 이어졌고 가족 모두가 불안에 떨며 밤을 지새웠다. 어디서 무엇이 폭발한 것인지는 끝내 알 수 없었다. 삼촌은 아마 잠실의 탑 쪽에서 무슨 일이 생긴 것 같다고 했다.

잠실의 탑은 정인이 어린 시절부터 고개만 들면 어디서든 볼 수 있었던, 이 도시의 모두를 위한 이정표였다. 어느 날부터인가 꼭대기의 피라미드 모양의 첨단이 해체되고, 검은 금속이 얼기설기 뒤얽힌 조악한 탑이 그 위로 솟아나기 시작할 때 느꼈던 정체 모를 공포를 정인은 아직도 기억한다. 비정형의 탑은 미친 개미들이 쌓는 개미탑처럼 끝을 알 수 없이 위로만 치솟았고, 이리저리 뒤틀린 외벽을 기어 다니는 무인기 수십 대의 새빨간 센서 등이 한밤중의 어둠 속을 징그럽게도 쉼 없이 오르내렸다.

가족들을 불안하게 만든 사건은 폭음만이 아니었다. 폭음에 잠을 설친 다음 날 헬리콥터가 추락했다. 삼촌은 끝까지 따라나서려는 정인을 화까지 내며 말리고는 미호에게 업혀 추락 지점으로 향했다. 삼촌은 바깥 사람들을 믿지 않았다. 정인이 바깥에 관심을 가지는 것조차 싫어했다. 해 지기 직전에야 흙투성이로 돌아온 삼촌은 죽은 사람들을 모두 묻어 주고 왔다고만 하고 입을 다물었다. 삼촌은 그 후로 하루를 꼬박 식사를 거르고 마당에 내놓은 의자에 앉은 채 움직이지 않게 되었다. 그랬었는데,

다시 보니 지금 저 연기가 피어오르는 곳은 헬기가 떨어졌던 바로 그 근처인 것 같다. 연료에 다시 불이 붙기라도 한 것일까?

"미호야. 할머니 집에 모셔다드려. 삼촌한테도 말씀드리고."

"오케이."

미호는 어리둥절해하는 할머니를 등에 업더니 날듯이 집 쪽으로 달려갔다. 이럴 때는 인형인 미호가 가족인 게 얼마나 다행인지 몰랐다.

정인은 다시 한번 연기가 솟는 위치를 가늠했다. 그러곤 손목에 찬 시계를 확인했다.

"이 시간이면 아직 괜찮겠지?"

아직 저쪽 지구는 해가 잘 드는 안전지대였다. 하지만 서두르지 않으면 곧 그늘이 지고 '그들'이 몰려올 것이다. 여유가 많지 않았다. 일단은 상황 파악이 먼저겠지. 정인은 숲속으로 달려 들어갔다.

*

헬리콥터는 추락 직후 전소하다시피 하여 뼈대만 남아 있었다. 바닥까지 새카맣게 타 버린 폐허 옆에는 아직 붉은 흙이 그대로인 무덤 셋이 나란히 자리하고 있었다. 봉분도 없이 판판한 바닥 위에 이것이 무덤임을 알리듯 희생자들의 소지품이었을 것 같은 물건들만 하나씩 놓여 있었다. 투명한 방독 마스크를 쓴 사람 하나가 그중 하나를 집어 들더니 옆 사람과 이야기를 시작했다. 한쪽 구석에서는 다른 사람들이 뭔가를 모아 불태우는 중이었다. 연기는 바로 그 불에서 솟아나고 있었다. 그 밖에도 숲 여기저기서 나무를 헤치고 베는 소리가 요란하게 울려 퍼지고 있었다. 소형 승용차만 한 6족 보행식 무인기도 두 대나 보였다.

정인은 심장이 터지는 줄 알았다. 아무리 봐도 살아 있는 사람이었다. 그것도 온몸이 멀쩡한. 정인이 알기로 이 서울에서 아무 증상 없이 멀쩡한 사람은 정인 혼자뿐이었으니, 저 사람들은 바깥에서 들어온 것이 분명했다. 주황색의 점프 슈트 위에는 정인이 알아볼 수 없는 마크들이 잔뜩 붙어 있었다.

"입단속 잘 시켜. 돌아갔을 때 쓸데없는 소리 떠들면 여러 사람 곤란해지니까."

"네. 와, 그나저나 저도 놀랐네요. 아직 살아 있는 사람이 있을 줄은."

"말조심해."

신경질적인 지적에 상대는 어깨를 움츠렸다.

"저쪽은 아직 멀었나?"

"찾은 건 적당히 다 태우고 있는데 어디까지 날아갔는지 모르니 더 찾아봐야 해요. 드론도 작동 안 한다고 하고 골치 아프지 뭡니까. 지금 이곳에선 아무것도 날 수 없대요."

"다 못 찾으면 오늘은 여기서 야숙하면서 모두 함께 서류 찾는 데만 열중하라는 지시였어."

"압니다. 하여간 노인네 덕에 여럿이 고생이야. 요즘 시대에 왜 종이 인쇄물 같은 걸 들고 다니는 건지."

무슨 소리야, 도대체?

정인은 앞으로 더 다가가 보고 싶은 마음을 억눌렀다. 뭔가 태우던 사람들 중 하나가 바닥을 구르던 돌멩이를 신경질적으로 걷어차는 걸 보면서 수풀 속으로 몸을 더 낮췄다. 지금 저들 앞에 나서면 안 된다는 것 하나만큼은 본능적으로 알 수 있었다. 가족 아닌 인간은 무조건 피해 다녀. 방벽 근처엔 얼씬도 하지 마. 그리고 특히, 바깥 인간들을 조심해. 이 팔다리 모두 그놈들이…….

삼촌의 목소리가 귀에 들릴 듯 선명했다.

무슨 이야기인지 더 듣고 싶은데 무덤 앞의 둘은 더 말이 없었다. 조바심이 나 손을 쥐었다 폈다 하고 있을 때 누군가 정인의 어깨를 두드렸다. 소스라쳐 돌아보니 미호였다. 정인은 급히 입 앞에 검지 손가락을 세워 보였다. 미호의 스피커는 볼륨 조절 기능이 고장 나 있었다. 여기서 그 특유의 엔터테인먼트용 하이 톤 대사가 흘러나오면 틀림없이 들키고 만다.

미호는 엄지손가락으로 등 뒤를 가리켰다. 집 방향이었다. 같은 동작을 한 번 더 한다. 집으로 돌아가야 한다고 말하고 싶은 모양이 었다.

잠깐만 기다려. 조금만 더 살펴보고.

정인이 입 모양만으로 말하자 미호도 동작으로 자신의 뜻을 전했다. 미호는 손으로 자기 목을 긋는 시늉을 했다. 당장 안 오면 삼촌이 너 죽인대.

"하지만……."

정인은 자기도 모르게 입을 열었다가 급히 목소리를 낮췄다. 조금만 더 있으면 해가 기울고 '그들'이 기어 나오기 시작할 텐데 저 사람들을 저대로 놔둘 수는 없지 않나. 손짓발짓 동원해 미호를 설득하는 와중에 정인은 자기 머릿속에 다른 생각이 슬슬 솟아나고 있음을 깨달았다.

어쩌면 삼촌이 틀린 것일 수도 있지 않을까?

삼촌이 방벽 가까이 다가갔다가 바깥 사람들한테 그런 짓을 당한 것도 벌써 육 년 전이었다. 어쩌면 그 화염 방사기를 쐈다는 사람이 특별히 나쁜 사람이었을 수도 있고, 어쩌면 그사이에 치료제가 개발되었을 수도 있다. 추락한 헬리콥터의 탑승자들을 구하러 이런 격리 지구에 들어올 정도면, 아직 남아 있는 생존자들을 위해 인도적인 조치를 취해 줄 수도 있지 않을까?

교과서로 배운 인간의 도리란 그런 것이었다.

정인은 수풀에서 몸을 일으키는 상상을 해 보았다. 안녕하세요. 도와드릴까요? 일단 이곳은 곧 위험해지니까 자리를 옮기는 게 좋겠어요.

짧은 고민이 이어졌다. 잔뜩 긴장한 정인의 손가락이 일정한 리듬으로 허벅지 위를 톡톡 두드렸다. 깊은 생각에 빠졌을 때 나오는 정인만의 버릇이었다. 얼마의 시간이 흘렀을까. 결국 정인은 일어나지 않기로 했다.

이 서울에서 섣부른 행동은 생존을 위협하는 문제였다. 구 년간 몸으로 배운 교훈이었다. 좀 더 차근차근 생각하고 어떻게 할지 결정해도 될 것이다. 일단 삼촌의 의견도 들어 보고 싶었다. 삼촌은 현명한 사람이었다. 정인이 기억하는 어른들 중에서도 특별히 공정하고 똑똑한 사람.

그래도 '그들'에 대해서는 알려 줘야 하는데. 위험한데.

그런 정인의 고민이 쓸데없는 걱정이었음이 곧 드러났다. 나무를 베어 내던 사람들이 돌아오더니 무인기의 수납고에서 커다란 이동식 라이트들을 꺼내기 시작한 것이다. 구체 형태의 라이트는 한두 개도 아니었고 크기도 한 아름이 넘었다. 저 정도면 해가 져도 이 주변 전체를 대낮처럼 밝힐 수 있을 것 같았다. 정인은 작게 한숨을 내쉬었다.

"뭐야. 알고 있나 본데."

하긴 바깥 사람들도 구 년간 놀고만 있진 않았겠지. 그들도 이 세계에 대해 어느 정도는 준비를 하고 온 모양이었다. 그렇다면 위험을 무릅쓰고 저들 앞에 나설 필요는 없을 것 같았다.

계속 같은 동작으로 재촉하는 미호에게 앞장서라고 신호하며 정인은 마지막으로 그들 쪽을 한 번 돌아보았다. 삼촌이 뭐라 하든 정인은 내일 다시 이들을 쫓을 생각이었다. 늘 똑같이 수풀과 이끼 속에 파묻혀 있던 하루하루였다. 이 거대한 테라리엄에 드디어 생기고 만 저 균열을 정인은 놓치고 싶지 않았다. 가슴이 뛰었다. 기쁨인지 공포인지 불안인지 알 수는 없었지만, 정인은 그 느낌이 싫지 않았다.

3

서울에서 빠져나오는 한강 물은 치밀하고 철저한 여과 장치를 거치도록 되어 있었지만, 서울로 물이 흘러드는 상류 쪽은 그저 평범한 벽에 가로막혀 있을 뿐이었다. 성채를 닮은 높은 콘크리트 방벽 아래로 물길이 만들어져 있었다. 철창으로만 성기게 가로막은 공간 사이로 강물이 흘렀다. 방벽 내부에서 새어 나오는 바이러스들을 막기 위한 목적의, 창백한 푸른빛을 뿜어내는 기계들만 철창 빽빽이 붙어 있었다. 여운은 그 모습을 보며 잘못 만들어진 크리스마스트리를 떠올렸다. 푸른 불빛이 점점 가까워졌다.

"자, 이제 고개 숙이세요, 손님들."

여운은 급히 몸을 숙였다. 타고 있던 보트가 크게 한 번 출렁이더니 철창 사이를 통과했다.

"아직, 아직 들면 안 돼요."

말하지 않아도 알았다. 천장과 수면 사이의 공간은 2미터도 되지 않았고 방벽은 단단했다. 여운은 모터보트 바닥에 거의 엎드리다시피 한 채 캄캄한 통로가 얼른 끝나기를 기도했다. 어느 순간 지독한 어둠이 걷히고 시야가 푸르스름하게 밝아져 왔다.

"됐어요. 그럼 이제 편히들 앉으시고, 허리 쭉 펴세요. 아직 좀 어둡긴 하지만 보이죠? 저기 좌측에 있는 엎어 놓은 접시 모양 건물이 ○○센터입니다. 그 옆에 있는 건……."

바로 몇 시간 전까지만 해도 여운 일행을 태우는 걸 탐탁지 않아 하던 늙은 선장은 서울로 들어오자마자 오히려 흥에 넘치는 듯 보였다. 구형 방독면으로 얼굴 전체를 가리고 있어 얼굴을 볼 수는 없지만, 저 능숙한 관광 가이드는 틀림없이 웃고 있을 것이다.

여운은 선장을 처음 만난 순간을 떠올렸다. 선장은 자신의 주 고객은 고향으로 돌아가 생을 마감하길 바라는 노년층이라고 했다. 어차피 살날이 얼마 남지도 않았으니 살던 집으로 돌아가 그곳에서 그저 조용히, 말 그대로 뿌리를 내리고 싶어 하는 사람들이 적지 않다고 했다. 짜릿한 걸 즐긴답시고 철딱서니 없이 잠깐 태워 달라는 젊은 놈들은 상대하지 않는다. 그것이 어른으로서의 양심과 자존심이라며 선장은 곱지 않은 눈으로 선착장에 서 있는 여운과 R을 아래위로 훑었었다. 그 시선에 R이 입을 열었다.

"들어가는 배는 검사하지 않지만 나오는 배는 승객도 화물도 철저히 검사하니까요. 그런 관람 승객을 태웠다간 벌금으로 파산할 겁니다."

여운은 R이 무엇인지도 잊은 채 반사적으로 그의 등판을 후려쳤다. 예술품에 가까운 가격의 인형을 때렸다는 생각에 뒤늦게 새파랗게 얼어붙었지만, 뜻이 제대로 전해지긴 한 모양이었다. 인형은 그 후로는 특유의 온화하고 고상한 미소만 머금고선 더 이상의 헛소리는 지껄이지 않았다.

예약이 되어 있을 거라고, 다시 한번 살펴 달라고 사정한 후에야 노인은 메일함을 뒤적이더니 멋쩍어하며 배에 타라고 했다. 그게 새벽 4시가 넘어서였다.

다른 보조 인력이 있을 줄 알았는데 선착장에선 다른 누구도 만날 수 없었다. 여운은 그 점이 아무래도 찝찝했다. 선착장에 도착하자마자 PDA에 새 메시지가 도착하긴 했다. 서울 진입 후 지정된 장소들에서 샘플을 채취해 잠실 근방까지 자력으로 이동하라는, 모호하기 그지없는 지시였다. 그건 그렇고,

"……선장님. 저긴?"

"아, 저긴 말이지."

드디어 도착했다.

돌아왔다. 소중한 모든 걸 내버린 채 도망쳤던 그곳으로, 다시.

여운은 선장의 안내를 들으며 홀린 듯 주위를 두리번거렸다. 동틀 때가 되어 조금씩 밝아져 오기 시작하는 하늘 아래에서 도시가 뭉그러진 윤곽을 서서히 드러내고 있었다. 푸른 수해 속에 가라앉은 유리와 금속, 콘크리트의 성채들.

셀 수 없이 많은, 종을 알 수 없는 나무들이 흘러내린 토사처럼 강변까지 쏟아져 내려와 기우뚱한 몸을 물속에 담그고 있었다. 저것은 물을 찾아 내려온 나무일까, 아니면 떠나가는 유람선을 붙잡으려 물속으로 뛰어들던 사람들일까. 멍하니 그 광경을 바라보던 여운은, 자기 팔을 양손으로 단단히 끌어안았다.

누가 뭐라 해도 이 고요하고 아름다운 숲은 대참사의 현장이었다. 오전 11시에 급박하게 울려 퍼졌던, 그 찢어지는 듯했던 사이렌 소리가 다시금 떠올랐다. 지정된 대피 기한은 일주일이나 남아 있었는데. 가족 모두 대피 전 마지막 책임을 다하러 일상을 지키고 있었는데. 사이렌과 함께 모든 매체가 90분 안에 서울을 탈출하라 부르짖었었다. 한숨만 들이켜도 즉사한다는 고농도의 바이러스가 지하에서 폭발하듯 뿜어져 나오고 있다며.

여운은 무심결에 자신의 투명한 페이스가드형 방독 마스크를 더듬었다. 옛날엔 전신 방호복을 입어야 안전할 수 있었다지만, 이제는 구 년 전에 비하면 농도도 옅어지고 치명도도 많이 떨어져서 통상적인 활동을 할 때는 면역 제제만 적절히 투여했다면 호흡기로 들어오는 것들만 조심하면 되었다. 심지어 일정 고도 이상으로 올라가면 농도가 떨어져 방독면조차 필요 없을 정도라고 하니, 참으로 감사할 일이라고 해야 할까. 아니, 그냥 이 모든 게 거짓말 같기만 했다.

저 멀리에 하늘 꼭대기까지 까마득하게 치솟은 잠실의 탑이 보였다. 탑 상부에 설치된 금속 구조물들이 바로 **우산**일 것이다. 저 거대한 것이 어떻게 움직인다는 건지 예상이 되지 않았다.

저것만 제대로 작동시키고 나면, 이곳도 다시 사람이 살 수 있는 땅이 되겠지. 그럼 여운은 있는 돈을 모두 끌어모아 이모와 함께 이곳으로 돌아올 것이다. 그날 이곳에서 도망치느라 정신없이 버려야 했던 것들을 다시 하나하나 찾을 수 있을 것이다. 여운은 자신이 이곳에 온 이유를 다시 한번 곱씹었다.

작은 모터보트는 옛날엔 공원이었을 강변 둔치에 이르러 멈춰 섰다. 강을 따라 쭉 내려가면 잠실까지 곧장일 테지만 보트는 서울 깊숙한 곳까지 들어갈 생각이 없었다. 방벽 100여 미터 언저리가 그들이 들어갈 수 있는 최대의 거리였다. 여운이 먼저 내렸고 인형이 그 뒤를 따라 내렸다.

"조심해, 아가씨! 여긴 식물원 같은 데가 아니니까!"

노인은 둘을 내려 주자마자 곧장 배를 돌려 사라졌다. 배웅할 틈도 없이 사라지는 그 뒷모습을 보며 여운은 반쯤 들었던 팔을 어색하게 내렸다.

보트 소리가 멀어지며 사방이 적막에 휩싸였다. 도심지에서 떨어진 한적한 강변은, 원래 낮은 수풀과 잔디로 이루어진 공원에 산책로를 따라 2층 규모의 작은 상점가가 늘어서 있던 곳으로 보였다. 사람의 모습이라곤 그림자도 찾아볼 수 없는 이곳엔 새 소리도 벌레 소리도 들리지 않았다. 그 고요함에 문득 소름이 끼쳐 왔다.

이 근방에 살아 있는 인간은 아무도 없는 것이다.

여운은 고개를 휘저었다.

"좋아. 그럼 시작해 볼까?"

부러 소리 내어 버거운 적막을 깨 보았다. 겨우 품은 의지는 내비게이션이 먹통이라는 걸 깨닫자마자 바람 빠진 풍선처럼 꺼져 버렸다. GPS가 전혀 잡히지 않았다. 가슴이 철렁 내려앉는 기분이었다.

"PDA에 지도가 있을 겁니다. 직접 살피며 이동해야 할 것 같군요."

오랜만에 R이 입을 열었다.

아, 그래. 여운은 혼자가 아니었다. 그제야 입가에 다시 미소를 띨 여유를 찾은 여운이 자기도 모르게 밝은 목소리로 되물었다.

"R도 접속이 안 되나요?"

너무 즐거워 보였던 탓일까. R은 몇 초 늦게 반응했다.

"네. 방벽 안으로 들어오면서 전부 차단되었습니다. 오해하진 말아 주세요. 제 문제가 아니라 환경의 문제니까."

당연하지. 아무렴 얼마짜리 인형인데.

그런데 이 상태면 PDA로 업무 지시는 제대로 받을 수 있는 걸까? 걱정만 점점 늘어 갔다. 쉽지 않을 일일 것이라고 각오는 했지만 시작부터 너무하지 않은가 생각하며 여운은 머리칼을 쓸어 넘겼다. PDA 안에는 드론이 촬영한 것 같은 항공 사진을 조합한 지도가 들어 있었다. 윗선은 여운이 지도를 읽을 수 있으리라고 생각한 것일까? 하긴, 그래서 인형을 딸려 보낸 것이긴 하겠다. 여운이 PDA를 건네자 R은 얌전히 그것을 받아 든 채 아무 말이 없었다.

"아. 여기가 어딘지 찾아봐 주세요."

"네. 알겠습니다."

생긴 것이건 말투건 너무 인간 같아서 어느 순간 깜박하고 만다. 아무리 사람처럼 보여도 R은 지시대로 움직이는 인형이라는 사실을. R이 지도의 한 지점을 짚어 보여 주었다.

"생각보다 멀리 떨어져 있네요. 그럼 여기서부터 잠실까지의 최적 루트도 찾아봐 주겠어요?"

"그건 어렵겠습니다, 주인님. 예상할 수 없는 위험이 변수로 존재하는 이상 최적 루트라는 개념은 성립할 수 없어요."

"……그냥 여운 씨라고 불러 주세요. 부탁이에요."

"네, 여운 씨."

여운은 마른세수를 하려다가 방독 마스크에 손바닥을 부딪쳤다. 이 모든 상황이 마음에 들지 않았다.

"위협이랄 게 따로 있을까요? 어차피 나무들뿐이고 바이러스만 조심하면 될 텐데. 이미 면역 제제도 고용량으로 충분히 먹었고요."

"해석이 불가능한 변이가 구 년간 일어났고 인간은 모든 변이를 관측하진 못했죠. 그리고 세상엔 인간만 존재하는 게 아니니까요."

R은 부드러운 몸짓으로 팔을 뻗었다. 그 방향을 따라 고개를 돌리던 여운은 가죽 장갑을 낀 R의 손끝이 강둑을 가리키고 있음을 깨달았다.

"예를 들면 저런 것들이라거나."

강둑 위에 바싹 말라 갈비뼈가 드러난 개가 한 마리 올라와 있었다.

"와. 아직도 살아 있는 개가 있……."

여운은 말을 끝맺지 못했다. 그 개의 등 뒤로 대형견 대여섯 마리가 나타난 것이다. 흥분한 듯 제자리를 빙빙 돌던 놈들은 금방 눈을 희번덕하더니 모조리 침을 흘리며 달려 내려오기 시작했다. 간만의 인간이 반가워 뛰어오는 것 같지는 않았다.

"도망쳐요!"

여운은 비명처럼 외치며 달렸다. 야생화된 개들이 간만의 먹이를 쉽게 놓칠 리가 없었다. 문명화된 인간이 그들의 속도를 이길 수 있을 리도 없었다. 그들의 거리는 좁혀 들기만 했다. 둔치에는 몸을 숨길 만한 곳이 아무 데도 없었다. 여운은 미친 듯이 강둑을 뛰어올라 상점가 쪽으로 달렸다.

천운인지 문이 반쯤 열린 옷 가게가 눈에 들어왔다. 어깨로 부술 듯한 기세로 문을 연 여운을 따라 R도 가게로 들어왔다. R이 곧장 문을 닫고 등으로 받치자마자 유리문에 개들이 온몸으로 부딪쳤다. 개들이 찢어지는 듯한 소리로 울부짖었다. 여운은 허겁지겁 R의 어깨를 짚고 뛰어올라 유리문 위쪽에 달린 잠금쇠를 돌렸다. 철컥. 그 쇳소리가 그렇게 고마울 수가 없었다. 여운은 그제야 바닥에 쓰러지다시피 주저앉았다.

"일어나세요."

R이 차가운 목소리로 말했다. 의아한 얼굴로 올려다보는 여운에겐 눈길도 주지 않고 R이 말을 이었다.

"피난처를 잘못 고르셨습니다."

질퍽한 뭔가가 바닥에 끌리는 소리가 들렸다. 등줄기가 쭈뼛 선 여운은 튕겨지듯 일어나 R 옆에 붙어 섰다. 소리는 매장 안쪽의 창고 쪽에서 들려오고 있었다. 창고에는 문이 달려 있지 않았다. 좁은 입구가 커튼으로만 가려져 있을 뿐. 커튼은 뭔지 모를 얼룩으로 시커멓게 변색되어 있었다.

안에도 개가 있었나? 그런데 개가 이런 소리를 내나? 혼란에 빠져 있을 때 커튼 귀퉁이가 불쑥 솟더니 뭔가가 튀어나왔다.

그것은 잔가지가 많이 돋아난 나뭇가지처럼 보였다. 나뭇잎 한 장도 붙어 있지 않은 말라비틀어진 가지들 중에는 뚝뚝 분질러진

곳도 몇 곳 있었다. 꺾어진 마디에서 흘러나온 액체가 길게 꼬리를 늘이며 바닥으로 떨어지는 것이 보였다. 쇼윈도를 밝히기 시작한 햇빛 덕에 색을 분명히 구분할 수 있었다. 바닥에 점점이 떨어진 물 자국은, 선명한 붉은색이었다.

저게 뭐지? 속으로 자문하는 사이에 커튼이 젖혀지며 무언가가 나타났다. 어둠 속에서 비척거리며, 걸어 나왔다. 여운은 두 눈을 부릅뜬 채로 얼어붙어 버렸다. 회백색 피부가 가뭄을 맞은 땅처럼 딱딱하게 굳어 쩍쩍 갈라진 그것의 사지는 바짝 마른 채 제멋대로 뻗쳐져 꿈틀거리고 있었다. 정신 나간 창조주가 겨울의 플라타너스와 사람을 한 손에 들고 쥐어짠 듯한 몰골로 짓뭉개진 몸에는 더러운 하늘색 천 조각이 이리저리 찢긴 채 걸려 있었다.

커튼을 걷은 건 왼손일까? 저 천장까지 닿은 가지 끝에서 세로로 깜박이는 건 눈일까? 고막을 찢을 것같이 끔찍한 비명을 지르고 있는 것이 저게 맞을까? 입은 어디 달려서?

여운은 욕설과 비명을 동시에 내질렀다. 녹아 흐르는 살점을 질척하게 남기며 그것이 여운을 향해 다가오고 있었다. 문을 잠근 것도 잊고 등으로 출입문을 미친 듯이 밀어 대는 여운을 향해 R이 물었다.

"도망칠까요?"

등을 기댄 유리문에 다시 들개들이 부딪히는 느낌이 덜컹 전해져 왔다. 그새 들개 떼는 수가 더 늘어 있었다. 문을 여는 순간 갈기갈기 찢겨 뼈만 남을 게 분명했다.

"어디로요?"

놀리는 건가? 절망 속에서 되묻자 R이 천천히 고개를 끄덕였다.

"그러네요. 그럼 부수는 것으로 할까요?"

뭘? 되물을 시간도 없었다. 이미 눈앞은 회백색 껍질로 가득 차 있었다. 여운은 반사적으로 팔로 머리를 감싸고선 그저 외쳤다. 네! 네네! 제발요!

바람 소리 비슷한 것이 나더니 와장창 뭔가 부서지며 건물이 진동했다. 여운은 고개도 들지 못하고 기도했다. 이건 꿈이다. 그것도 아주 저질스러운 악몽이야. 어서 깨어나야 해. 이모, 제발 나 좀 깨워 줘. 누구든 제발 좀!

지진이라도 난 듯 둔중한 울림이 온몸을 쿵쿵 울리는 사이에, 귀를 막아도 머릿속으로 직접 쏟아져 들어오는 것 같은 비명 소리가 무섭게 높아지다, 발작하듯 뚝뚝 끊어졌다. 그러다 이윽고 그쳤다. 여운은 그래도 눈을 뜰 수가 없었다.

R은 단단히 웅크린 자세로 사시나무 떨듯 떨고 있는 여운을 내버려 둔 채 짓이겨지고 산산조각 난 잔해들을 질질 끌어 커튼 안쪽으로 옮겼다. 그의 시야에만 보이는 경고 메시지를 무심히 차단하며 인형답게 침착하고 꼼꼼하게 작업에 임했다. 바닥에 고인 진액의 흔적들을 구둣발로 비벼 보던 R은 가게 벽에 걸려 있는 거울로 눈길을 돌렸다. 얼굴에 튄 흔적들을 손끝으로 문질러 낸 그는 진액에 푹 젖어 버린 가죽 장갑과 슈트 상의에 회생 불가라는 판정을 내렸다. 그것들을 벗어 커튼 너머로 던져 넣고 마네킹에 걸려 있던 짙푸른 색 야상을 걸쳐 입은 R은 그제야 여운 곁으로 다가와서 한쪽 무릎을 꿇었다.

"여운 씨."

대답이 없었으므로 R은 다시 한번 부드럽게 주인의 이름을 불렀다.

"여운 씨. 이제 괜찮습니다. 해결했어요."

여운이 천천히 고개를 들었다. 그 붉어진 눈을 가만히 들여다보며, R은 안심하라는 듯 미소를 지어 보였다.

"죽인 거예요?"

"부쉈어요."

겁에 질려 두리번거리는 여운의 시선을 몸으로 막으며 R이 다시 말했다.

"개들도 갔네요. 나가도 될 것 같은데요?"

목적지는 잠실. 이제 겨우 출발인데 여운은 벌써 일어날 힘이 없어 보였다. R은 전혀 초조하지 않았다. 그는 인형답게 끈기를 가지고 여운의 다음 명령을 기다렸다. 문제 될 것은 아무것도 없으며, 만일 요구한다면 힘이 될 만한 격려까지 해 줄 준비가 되어 있었다. 모든 상황은 예상 범위 안에 있었다.

그래. 문제 될 것은 아무것도 없다.

걱정 말아요, 내 주인. 당신의 인형은 이 분야에선 아주 유능하니까.

다음 순간, 다른 것들과 달리 붉은색으로 빛나는 메시지 창 하나가 R의 시야 구석에서 떠올랐다. R은 그 창을 닫았다.

4

꽁꽁 묶인 채로 눈을 뜰 줄 알았는데 두 손 두 발 모두 멀쩡했다. 정인은 조금 놀랐다. 드디어 삼촌이 날 믿기로 한 건가? 하지만 방문을 밀어 보고 나서는 헛웃음을 터뜨리고 말았다. 그럼 그렇지.

"미호야. 나 나가고 싶어."

"멍멍."

미호가 장승처럼 방문 앞을 막아서고 있었다. 이종 격투기 엔터테인먼트용으로 제조된 인형답게 상대를 도발하는 멘트는 필수다. 저것은 개소리 말라는 뜻이다. 정인이 욱해서 힘껏 문을 밀어 보았지만 문은 꼼짝도 하지 않았다. 키는 훌쩍 자라 미호의 정수리를 내려다볼 정도가 되었지만 무게는 아직도 미호가 정인의 세 배였다. 짧은 힘자랑은 정인의 참패로 끝났다.

작은 몸집에 반항적인 눈매의 미소녀로 딱 십 대 후반 이미지를 철저하게 형상화한 미호가 화사한 연분홍색 머리칼을 휘날리며 맨손으로 상대 인형들을 박살 낼 때마다 소속사의 주가가 천정부지로 치솟았다고 했다. 그야말로 스타 중의 스타. 기름과 불꽃의 아이돌. 링을 지배하는 벚꽃의 요정.

그 요정은 지금 늘어진 후드티에 트레이닝복 차림으로 정인의 방문을 막아선 채 가짜 하품을 하고 있었다. 정인은 마음을 가라앉혔다. 지금은 미호와 싸울 때가 아니었다.

"나 화장실 가야 해. 지금 대형 사고 직전이야."

미호가 아쉽다는 듯 비켜섰고 정인은 화장실로 향하는 대신 곧장 현관문을 향해 달려갔다. 삼촌은 예의 그 의자 위에 앉아 있었다. 아침 햇볕을 잔뜩 쬐고 있던 삼촌은 정인이 나타나자마자 눈살을 찌푸렸다.

"안 돼."

"아무 말도 안 했는데?"

"또 그놈들 보러 가겠다고 말하려고 했잖냐. 오늘은 모두 집 밖으론 한 걸음도 못 나간다고 했을 텐데."

정인은 주먹을 불끈 쥐고 심호흡을 했다.

어젯밤의 설전으론 아무 결론도 나지 않았다. 정인은 적어도 접근해서 관찰할 가치는 있다고 주장했고 삼촌은 며칠간 꼼짝 말고 그들이 사라질 때까지 숨는 게 옳다고 했다. 미호는 정인의 마술 소품인 동전을 구부렸다 펴며, 할머니는 콩나물을 다듬으며 둘의 싸움을 관전했다. 싸움은 분에 못 이긴 정인이 삼촌도 꽉 막힌 어른이라는 의미의 폭언을 내뱉고선 방에 틀어박히는 것으로 어영부영 끝났다.

삼촌이 바깥 사람들을 싫어하는 것도 납득은 됐다. 삼촌은 몇 년

56

동안이나 방벽에 다가가 구조를 요청했던 사람이었다. 격리 초기에 방벽 너머에선 삼촌도 감염 위험이 있으니 며칠만 기다리라 했다. 그다음엔 아직 잠복기일 수 있어 꺼내 줄 수 없으니 조금만 더 기다리라 했고, 그다음엔 백신과 치료제가 개발 완료 단계이니 잠시만 기다리라 했다. 그러는 사이 방벽을 함께 찾던 사람들의 수는 점점 줄어 갔다. 결국 삼촌의 변이가 시작되었고 각질이 일어난 삼촌의 팔을 본 바깥 사람들은 방벽 가까이 접근하지 말라며 총을 겨누었다. 전기가 끊기고 물이 끊기고 통신도 끊겼다. 온다던 치료제도 백신도 아무 소식이 없었다. 가끔 상공에서 가족을 찾는 바깥 사람들의 편지를 흩뿌리던 드론들도 더 이상은 날아오지 않게 되었다.

삼촌은 마지막으로 정인이라도 내보내기로 마음먹었다. 남아 있던 생존자들에게서 모두 크든 작든 변이가 시작되었는데 어린 정인 혼자만이 아무런 증상 없이 그대로였다. 어떤 바이러스건 면역이란 있는 모양이었다.

방호복을 입은 채 방벽 위에 서 있던 사람은, 깨끗한 얼굴의 정인을 보고선 잠복기가 더럽게 길 뿐일 것이라 말하며 내쫓았다. 방벽 가까이 오면 안전을 장담할 수 없다 했다. 버티던 삼촌을 향해 어느 순간 화염 방사기의 불꽃이 쏟아졌고 삼촌은 정인을 지키려고 한 대가로 한쪽 팔과 다리를 잃었다.

그놈들은 우리를 살릴 생각이 없어. 그놈들한텐 이미 우린 모두 죽은 사람들이야. 모두가 우릴 잊었어.

이것이 삼촌의 결론이었다. 정인도 알고는 있었다. 하지만, 하지만 삼촌의 말대로 우리가 이 안에서 살아남아야 한다면, 삼촌은 무엇 하러 그토록 집요하게 정인에게 교과서를 갖다준 것인가. 왜 해마다 별로 입지도 않을 교복을 찾아다 주고, 발전기 고치는 걸 가르치는 것만큼이나 열심히 영어 단어 따위를 외우도록 시켰단 말인가.

밤새 뒤척이며 내린 결론은 하나였다.

"삼촌도 사실은, 나는 언젠가 여기서 나가 다른 사람들과 함께 살게 될 거라고 생각하고 있는 거 아니었어?"

삼촌은 말문이 막힌 듯 입을 꾹 다문 채 얼굴만 일그러뜨렸다.

"보기만 하고 올게. 듣기만 하고 올게. 삼촌이 걱정할 짓은 안 할 테니까 걱정하지 마."

"그래도……."

"알아? 어차피 내가 지금 달려 나가도 삼촌은 나 못 잡아."

그래도 난 삼촌의 허락을 구하고 싶어. 정인의 눈은 그렇게 말하고 있었다. 삼촌은 결국 한숨을 쉬며 고개를 가로저었다.

"약속해. 멀리서 보기만 하는 거야."

의외로 순순히 허락이 떨어졌다. 어젯밤에는 그렇게 질색을 하더니 갑자기 웬 심경의 변화인지 알 수 없었다. 정인은 얼른 대답했다.

"어, 당연하지!"

"그래. 그리고 기왕이면 옷은 교복으로 입고 나가라."

"웬 교복?"

"총 쏴 대기 전에 한 번은 고민하겠지."

허, 알았어. 더 토를 달았다간 삼촌 마음이 바뀔지도 모른다. 금세 옷을 갈아입은 정인은 구형 무전기를 들고나와 삼촌 무릎 위에 올려 두었다.

"연락할게."

대문을 나서는 정인의 뒤를 미호가 뒷짐을 진 채 따랐다. 할머니가 크게 외쳤다.

"이 녀석들아, 아침은?"

"됐어요!"

"너무 늦진 마라! 조심들 하고!"

할머니는 굽은 허리를 두드리더니 삼촌을 향해 다가왔다.

"잘했네. 자네도 생각 잘 고쳐먹었어."

"잘 모르겠어요. 아직 저렇게 어린데 무슨 일이 생기지나 않을지 걱정이에요."

"아이고, 쟤 나이가 열여덟이야. 지금 이렇게 손에 잡혀 주는 게 더 이상할 나이인데 너무 그렇게 옥죄지 말어. 이제 우리도 얼마 남지 않았잖아."

할머니가 고무장갑을 뒤집어 벗으며 한숨을 내쉬었다. 쪼글쪼글하게 말라붙은 살가죽은 검게 변색되어 가고 있었다.

"참 오래도 버텼다."

"좀 쉬세요. 일은 제가 할게요."

"됐네. 아직 움직일 수 있을 때 이것저것 해 놔야지. 자네는…… 자네야말로 좀 쉬어야지."

할머니가 삼촌의 어깨를 토닥였다. 삼촌은 씁쓸하게 웃으며 그 손을 꼭 쥐었다.

*

정인은 몸을 낮췄다. 미호도 그를 따라 수풀 속으로 숨었다. 사람들은 아직 그 자리에 남아 있었다. 여럿이서 사방을 들쑤시며 풀숲과 나무를 헤쳐 대고 있었는데 어제와는 분위기가 전혀 달랐다.

"그쪽에도 없어?"

"네. 여긴 핏자국밖에……."

"멍청하긴! 그만큼이나 라인 밖으로 나가지 말라고 했는데!"

누군가가 옆에서 격앙된 목소리로 외쳤다.

"말씀이 심하시네요! 정 박사는 학술적인 호기심에……."

"호기심은 무슨 호기심요? 운동성 변이체 처음 봅니까? 우리가 지금 학회에라도 온 것처럼 보여요?"

말싸움은 좀처럼 그칠 기미가 없었다. 정인은 사태를 대강 알 것 같았다. '그들'이 결국 어젯밤 이 야영지를 덮친 모양이었다. 숲속에 이렇게 살아 있는 사람 냄새가 많이 나는데 '그들'이 그냥 지나쳤을 리가 없었다. 그래도 그만큼 조명을 켜 뒀으면 야영지 안까지 들어오진 않았을 텐데 '그들'의 모습을 본 저들 중 누군가가 빛이 미치지 않는 곳까지 접근했던 모양이었다. '그들'에게 끌려갔다면, 안타깝지만 살아 돌아온다는 기대는 접는 게 맞았다. 뿌리도 없고 잎도 없는 '그들'이 오랜만의 양분을 놓쳤을 리가 없었다. 정인은 할머니에게 배운 대로 망자를 위해 짧게 기도했다.

"됐어요. 더 이상 시간 낭비할 여유 없어. 어이, 인형들은 준비됐나?"

"네! 버려도 되는 놈으로 두 대 준비시켰습니다."

"좋아. 이 빌어먹을 숲 싹 다 태워 버려. 시작해."

"허, 박 팀장님! 정 박사도 아직 못 찾았고, 찾아야 하는 서류도 세 장이나 남았어요. 불이라뇨!"

"이봐요, 그래서 태우는 거야. 어제 하루 종일 뒤져도 못 찾은 종이 쪼가리들이 오늘 찾는다고 나오나? 그리고 정 박사? 수십 토막 나서 어차피 시신도 못 찾을 거요. 이 썩은 나무들 사이에 파묻혀 있으니 화장이라도 시켜 주는 게 나을, 아아, 더 이상 말하지 말아요. 우린 시간이 없어. 우리 할 일이 이것뿐인 게 아닌 거 모두 알면서 더는 서로 힘들어지지 맙시다. 이 일대 전부 싹 태워 버리면 두 문제 모두 해결되니 내 결정에 따라요. 내가 책임자야! 영감들 잔소리도 내가 알아서 할 테니 그냥, 좀, 시키는 대로 합시다!"

팀장이라고 불린 사람이 손을 내젓자 뻣뻣한 움직임의 인형 두 대가 앞으로 나섰다. 짊어지고 있는 탱크와 연결된 노즐에서 긴 불꽃이 물줄기처럼 뻗어 나왔다. 정인은 자기 입을 꽉 틀어막았다. 살아 있는 숲이 한순간에 불바다로 변하고 있었다. 머뭇거리던 사람들도 결국 짐을 잔뜩 실은 무인기와 함께 반대편으로 사라졌다. 인형 두 대가 주변 모든 것을 불태우며 점점 더 깊은 숲속으로 들어가기 시작했다.

정인은 떨리는 손으로 무전기를 조작했다.

"삼촌. 불이야. 그 사람들이 이쪽 숲에 불을 붙였어."

삼촌의 침통한 신음 소리가 들려왔다. 상황 설명을 들은 삼촌은 빠르게 결정을 내렸다.

돌아와. 너무 위험해.

"안 돼. 인형들이 숲 전체에 불을 놓을 거라고 했어. 지금 바람도 심해. 이대로는 불이 학교까지 닿을지도 몰라."

누나가 잠든 고등학교가 이 숲 근처에 있었다. 바람 방향으로 봐서 충분히 위험한 위치였다. 미호가 있으니 걱정 말라고, 삼촌과 할머니도 조심하라는 말을 남기고 정인은 통신을 끊었다.

"미호야, 도와줘!"

"오케이. 바라던 바다."

미호가 몸을 벌떡 일으켰다. 정인도 얼른 일어나 학교 방향으로 뛰기 시작했다. 열기와 연기가 둘을 뒤쫓듯이 따라붙었다. 산불 속을 뚫고 갈 수는 없었다. 둘은 숲을 빠져나와 익숙한 도로 위를 전력 질주했다. 버려진 차들로 빽빽하게 막혀 더 이상 차도 바이크도, 심지어 사람도 제대로 달릴 수 없는 길이었지만 정인과 미호에게는 익숙한 길이었다. 차체 위를 뛰어넘으며 학교까지 도착한 정인은 자물쇠를 부숴 내듯 열고 단숨에 학교의 동쪽 담까지 달렸다.

매캐한 탄내가 진동하고 있었다. 아직 불길이 여기까지 닿진 않았지만 붉은빛이 점차 다가오고 있는 게 확연히 보였다.

"무, 물과 삽? 어, 도끼? 톱?"

정인이 헐떡이며 중얼거리자 미호가 고개를 갸웃했다. 그러다 건물로 뛰어가 엔진 톱을 들고 왔다. 검은 연기를 물씬 뿜어내면서도 톱은 제대로 작동했다. 기적이었다. 삼촌이 학교를 돌보던 시절에 미리 손을 봐 뒀었던 걸까? 어쨌든 지금은 그저 감사할 뿐이었다. 담장 밖의 나무는 가을을 맞아 낙엽이 들기 시작하는 활엽수들이었다. 여기에 불이 붙은 채 담 안쪽으로 쓰러진다면 학교 건물도, 운동장에 빽빽이 우거진 사람들의 숲도 화마에 휩싸일 것이었다. 상황을 전달받은 삼촌은 자신은 없다면서도 몇 가지 방법을 알려 주었다. 조금이라도 위험해지면 도망친다는 조건하에서였다. 삼촌은 미호에게, 그 녀석 끝까지 말 안 들으면 그냥 묶어서 끌고 오라고 몇 번이나 강조했다.

둘은 담장 밖으로 넘어가 가까이 자란 나무들을 베기 시작했다. 톱으로 베어 낸 나무를 학교 반대 방향으로 있는 힘껏 밀어냈다. 담 근처엔 불에 탈 만한 것이 하나도 남아 있지 않도록. 온몸이 부서져라 움직이는 중에도 불길은 시시각각 다가오고 있었다. 이젠 그 열기에 얼굴이 시뻘겋게 달아오를 만큼. 얼굴에 비 오듯 흐르는 땀을 한 손으로 걷어 내며 정인은 주변을 두리번거렸다.

"좋아. 물, 물이 필요해!"

상수도는 옛날에 끊겼지만 운동장 한구석에는 지하수와 연결된 수도가 있었다. 수도 옆에 놓인 호스의 길이도 충분했다. 수도꼭지를 끝까지 돌린 정인은 담장 밖으로 물을 뿌리기 시작했다. 쓰러진 나무들과 수풀들이 지하수를 뒤집어쓰고 축축하게 젖어 갔다. 정인은 담장을 따라 뛰며 발밑이 진흙처럼 변할 때까지 쉼 없이 물을 쏟아부었다. 이윽고 붉은 띠처럼 퍼진 불길이 정인의 코앞까지 도달했다.

제발. 제발.

정인은 숨 쉬는 것도 잊고 눈을 부릅떴다. 흠뻑 젖은 나무와 화마가 만나며 시커먼 연기와 수증기를 뿜어냈다. 둘은 힘겨루기를 하듯 서로를 밀어 대고 있었다.

"좋았어!"

효과가 있었다. 불길은 정인과 미호가 물을 뿌려 놓은 공간을 쉽사리 넘어오지 못한 채 방향을 트는 것처럼 보였다. 죽어라 뛴 보람이 있었다. 안도의 한숨을 내쉰 정인이 무릎을 짚으며 허리를 숙였다. 금방이라도 토할 것처럼 어지러워 숨을 쉬기가 힘들었다. 그런 정인의 뒷덜미를 미호가 잡아끌었다.

"그럼 여러분, 오늘은 여기까지!"

이제 그만 안전한 곳으로 대피하자는 뜻이었다. 정인은 휘청거리며 뒷걸음질을 쳤다. 남은 건 삼촌에게 이 무용담을 어찌 전할까 하는 문제뿐이었다. 그러던 정인의 발이 한순간 우뚝 멈춰 섰다.

"왜?"

"젠장. 저기……. 미호야, 저거."

불길이 물결처럼 번져 가는 담장 한참 아래쪽, 가을이 되어 갈색으로 물들기 시작하는 다른 나무들과 확연히 다른, 새파란 빛이 생생한 나무가 두 그루 서 있었다. 손바닥만 한 이파리가 다섯 갈래로 갈라져 층층이 쌓인 모양으로 펼쳐지는 특별한 외형의 나무. 운동장 안을 가득 채운 것들과 똑같이 생긴 그 나무의 정체를 정인이 모를 리 없었다.

나무. 아니, 나무이지만 본래 나무가 아니었던…….

왜 못 봤지? 정인은 자기도 모르는 새 담장 너머의 비탈길을 뛰어 내려가고 있었다. 그를 붙잡으려던 미호의 손은 허공만 스쳤다. 거의 미끄러지다시피 해 나무까지 도달한 정인은 팔로 얼굴을 가렸다. 피부가 익어 버릴 것 같은 열기였다. 이미 두 그루 중 큰 쪽엔 불이 붙어 가지가 반이나 타들어 가고 있었다. 그 나무가 끌어안듯 감싸고 있던 작은 나무는 아직 무사했다. 1미터 겨우 넘나 싶은 작은 나무였다. 정인은 그 뿌리 쪽을 맨손으로 파 대기 시작했다.

"미쳤어? 무슨 짓이야?"

"이제 알았어? 빨리 너도 도와!"

미호의 팔이 굴삭기처럼 흙바닥을 파자 가녀린 뿌리가 금방 바깥으로 드러났다. 정인은 나무를 끌어안고 미친 듯이 당겼다. 우두둑 소리를 내며 나무가 뽑혀 나오자마자 활엽수들의 불붙은 가지가 둘 위로 쏟아졌다. 미호가 맨팔로 그것들을 후려쳐 날렸다. 정인은 불똥이 튄 머리칼을 털며 나무를 끌어안고 달렸다. 재와 기침을 동시에 토해 내면서, 정인은 화마를 피한 담장 위를 겨우 타 넘었다.

저 아래에선 정인이 안은 나무를 감싸고 있던 나무가 완전히 불길에 휩싸인 채 쓰러지고 있었다.

누구였을까? 엄마? 아빠?

담 너머의 차가운 진흙에 등으로 떨어지며 정인은 눈을 질끈 감았다. 눈이 너무 따가웠다. 등도 아팠다. 눈물이 나는 건 그 때문이라고 생각했다. 정인은 바닥에 웅크린 그대로 한동안 움직이지 못했다. 손가락 하나 까딱할 힘도 없었다.

불티가 튄 옷자락을 털어 내며 미호가 다가왔다. 정인을 물끄러미 내려다보는 미호는 평소처럼 양 입꼬리를 올린 웃는 얼굴이었다. 표정을 조절하는 근육이 없는 미호의 얼굴은 항상 웃고 있다.

"뭐? 한심하다고?"

미호는 대답 없이 사라지더니 어디선가 녹슨 삽 한 자루를 들고 와 정인 옆에 던졌다. 정인은 비틀거리며 일어나 삽을 주워 들었다. 미호가 옳았다. 머뭇거릴 여유가 없었다. 나무는 너무 작고 여렸으니까.

해가 잘 드는 자리에 나무를 옮겨 심고 난 후에, 정인은 무전기를 다시 집어 들었다.

"삼촌, 여긴 괜찮아요. 거긴 어때요?"

······이냐?

무전기엔 잡음이 너무 많이 섞여 있었다.

"뭐라고요?"

······거기 있······. 움직이지 말······ 위험······.

아무래도 바깥은 위험하니 한동안 여기서 더 이상 움직이지 말라는 뜻일까?

"알았어요. 삼촌이랑 할머니도 조심해요. 이따 갈게요."

······.

"삼촌?"

뭐지? 화재 때문에 그런가? 정인은 고개를 갸웃하며 무전기를 내렸다. 손에 묻은 검댕 탓에 무전기가 시커멓게 변해 있었다.

"나 지금 좀 웃기는 몰골이지?"

"이 녀석, 똑똑한걸?"

"너무하잖아. 음, 일단 씻고 뭘 좀 먹자. 움직였더니 배고프다. 우리 아침도 안 먹었지 않아?"

쑤시는 어깨를 빙빙 돌려 보고서, 정인은 시커먼 연기로 뒤덮인 하늘을 올려다보았다.

*

"그럼 그게 사람이라는 거예요?"

"아뇨. 사람이었던 것이라고 말씀드렸습니다."

그 말이 그 말 같은데. 여운은 손으로 얼굴을 쓸려다 실패하고 마스크 표면만 양손으로 문지르고 말았다. R은 보닛을 연 SUV 안에 상체를 밀어 넣고 뭔가에 열중하는 중이었다.

둘이 있는 곳은 상가 뒤편의 주차장이었다. 아직 도로가 뚫려 있는 구간까지는 차로 이동하는 게 어떠냐는 R의 제안에 여운이 동의한 결과였다. 통행이 많지 않은 교외였기 때문인지 서울 중심으로 향하는 도로는 아직 달릴 만한 상태였다. R은 다리가 풀려 비틀거리는 여운을 해가 잘 드는 상가 야외 주차장 한가운데 세워 놓고, 유유자적하게 차들 사이를 누비다가 한 SUV를 골랐다. 여운은 두 손을 바람막이 주머니 깊이 찔러 넣고 어깨를 웅크렸다.

"더 있을 수도 있겠죠?"

"그럴 확률이 높겠죠."

"감염된 사람은 모두 식물형으로 변이되는 걸로 알고 있었는데요."

연구원 직함을 달고 있으면서 아는 게 뭐냐고, 여운은 자책했다. 하지만 말이 연구원이지 사실상 학부생으로 기초적인 공부만 하다가 수습 연구원으로 뽑힌 지 얼마 안 된 처지였다. 결국 여운이 가진 지식은 일반인과 큰 차이가 없었다. R이 사려 깊은 목소리로 대답했다.

"아닌가 봅니다."

여운은 미간을 좁혔다.

"하지만, 사람이 아니었을 수도 있잖아요. 뭔가 다른……."

말을 이을 수 없었다. 그것이 뭔가 다른, 사람이 아닌 무엇일 수 있었을까? 정말로?

"제 센서가 그걸 인간으로 인식한 순간이 있었으니까요. 오류는 아닌 걸 확인했으니 해석의 문제가 남았죠."

이상하다. 온통 이상한 것투성이다.

커튼 뒤에서 튀어나왔던 그것. 움직이는 나무처럼 보였어도 분명히 찢어진 옷가지를 걸치고 있었고 눈과 비슷해 보이는 조직도 있었다. R의 말대로 그것은 여운이 알지 못했던 종류의 변이체가 맞을 것이었다.

다른 연구원들도 모를까? 관리자들도 모를까?

그럴 리가.

여운은 미간을 좁히며 턱을 괴었다. 이것도 정보 통제의 일환일 것이었다. 여운조차도 연구소에 들어오고 나서야 서울 내부의 바이러스 치명도가 이만큼이나 떨어졌다는 걸 알게 되었으니까.

비록 영원히 헤어질 수밖에 없었지만 고통 없이 평온하길 바

랐던 가족이, 저런 모습으로 아직도 움직이고 있는 걸 보게 된다면…… 누구든,

'누구든'

여운은 깨물고 있던 입술에서 피가 나고 있음을 깨달았다. 머리가 깨질 것 같았다. 이런 중요한 정보도 주지 않고 무작정 이 안으로 밀어 넣은 윗선의 판단에 불신이 생겼다. 안전을 위해 인형을 붙여 줬다곤 하지만, 사실 그 인형부터가 여운의 두통을 심화시키는 또 다른 요인이었다.

그래. 확실히 문제가 있다.

"R."

"네."

내키지 않지만 확인해 둬야 했다.

"한 번만 확인할게요. 센서가 인간일지도 모른다고 했는데도 그렇게……."

여운은 치밀어 오르는 욕지기를 억지로 삼켰다. 인간 아닌 것만이 만들 수 있는 압도적인 폭력의 흔적이 다시금 떠올랐다.

"만들었다는 건가요?"

"네."

"R은 인간을 공격할 수 있다는 뜻으로 들리는데요?"

R이 SUV 보닛 너머로 고개를 내밀었다.

"네. 경고 메시지는 끄면 되니까요."

하하하, 뭐, 그건 그렇죠! 여운은 큰 소리로 웃고 말았다. R도 따라서 가늘게 웃더니 보닛 너머로 다시 사라졌다. 여운은 곧장 양팔

로 머리를 감싸 안고 소리 없이 신음했다.

미치겠네. 미친 거 아니냐? 도저히 침착함을 유지할 수가 없었다.

아무리 개인 제작품이라도 거기에 심는 인공지능은 철저한 인증 과정을 거쳐야 한다. 그 과정에서 중시하는 것이 수억 가지 경우에 대한 윤리적 판단이며, 그중 제일로 우선하는 조건이 인간에게 생명의 위협이 될 수 있는 물리 접촉의 절대적 금지였다. 그런데 이 인형은 지금 경고창만 끄면 오케이라고 변명하고 있는 것이다.

이건 브레이크가 고장 난 슈퍼 카였다. 실수로라도 시동을 걸면 안 되는 놈인데.

"그…… 저기, 저한테 맡겨지기 전엔 누구 소유였죠? 어디서 무슨 일을 하고 있었어요?"

"죄송하지만 그건 보안상 말씀드릴 수가 없습니다."

여운이 속으로 내지른 비명 소리를 듣기라도 한 것처럼 R이 말을 이었다.

"아. 걱정하시는 부분은 이해했어요. 어디서 사람이라도 죽이고 폐기 처분될 예정이었던 위험한 인형을 연구소가 속아서 사서는 여운 씨한테 떠넘긴 거라고 의심하고 계신 거군요. 그래서 제가 또 그런 사고를 칠 것을 우려하고 계시고요. 어쩌면 제가 여운 씨까지 그렇게 박살 내려고 들 수도 있겠고?"

얄밉도록 정확한 분석이었다. 너무 대놓고 말하니 듣는 쪽이 오히려 민망해졌다.

"……그런 것 같네요."

"적어도 한 가지 염려는 덜어 드릴 수 있을 것 같군요. 영순위 명령을 지정하세요. 여운 씨에게 위해를 가하지 말라고. 지금 지정하시겠어요?"

"네."

여운은 한숨을 한 번 내쉬었다. 이 불량 인형, 어차피 이것도 경고 메시지 끄면 된다고 생각하고 있을지도 모르지만.

"날 해치면 안 돼요, R. 무슨 일이 있어도."

"알겠습니다. 차 시동 걸어 보세요."

불쾌한 소리를 내며 아슬아슬하게 시동이 걸렸다. 여운은 무심결에 탄성을 질렀다. 불과 몇 시간 만에 다시 듣는 엔진 소리가 그렇게 반가울 수가 없었다. 걸어서 잠실까지 갈 생각을 하니 눈앞이 까마득했었는데 이제 시간도 체력도 훨씬 절약할 수 있게 되었다.

"어떻게 한 거예요? 구 년이나 버려졌던 차인데?"

"저는 인형이니까요."

R이 가볍게 웃으며 답했다. 그 순간 바람이 몰아쳤다. 앞 머리칼을 훑으며 날아가는 바람의 방향으로 R의 고개가 돌아가더니, 천천히 여운 쪽으로 시선이 돌아왔다.

거짓말. 저게 어떻게 인형이라는 걸까.

여운은 R의 얼굴을 멍하니 쳐다보다 고개를 가로저었다. 지금은 이러고 있을 때가 아니었다.

"좋아요. 출발하죠. 우리가 가야 할 첫 번째 장소는……."

지도 위의 붉은 점은 낯익은 구조물을 가리키고 있었다. 여운은 잠시 목이 메었다. 나무에 파묻혀 자세히 들여다보이지는 않지만, 그 특이한 건물 구조는 한눈에 알아볼 수 있었다.

"학교네요. 여긴 강영고 같은데."

"잘 아시네요."

"뭐, 옛날에 살던 곳이랑 멀지 않으니까요. 저쪽 방향이겠네요. 이런 일이 없었으면 아마…… 저도…… 그 학교에 입학하게 됐을 거예요. 그런데 저기, 저거 말이죠."

여운은 마스크를 밀어 안경을 추어올렸다.

"혹시 산불인가요?"

5

학교는 본래 삼촌의 관리 구역이었다. 그럴 수밖에 없는 게, 삼촌은 원래 이 학교의 교사였으니까. 곰처럼 큰 덩치 때문에 처음 합류하게 된 가족들은 담당 과목이 체육이었냐고 묻곤 했지만 사실 삼촌은 국어 교사였다. 아직도 그의 책장에는 여러 권의 교과서와 소설책, 시집이 꽂혀 있다. 삼촌을 좋아하는 만큼 국어도 좋아해 보려고 했지만 정인에겐 무리였다. 도무지 뭘 어쩌라는 건지 알 수 없는 과목이었다.

아직도 가끔, '그날'의 기억이 떠오르곤 한다. 꾀병을 부리고 일찍 조퇴해 집에 온 날이었다. 가게로 출근했던 부모님도 학교에 간 누나도 집으로 돌아오지 않았다. 첫날은 빈집을 지켰고 둘째 날은 아파트 앞 놀이터까지 나갔다. 셋째 날이 되어 신호등이 작동하지 않는 횡단보도를 건널 때, 삼촌을 만났다. 조카가 생겼다며 다른 생존자들에게 정인을 소개한 날, 삼촌을 '강영고 박 선생'이라고 부르는 어른들의 말을 듣고 정인은 우리 누나도 강영고 다니는데, 우

리 누나 아세요? 우리 누나 이름 손정아인데,라고 말했다. 정인의
말을 듣자마자 삼촌은 그를 부서져라 껴안고선 오래도록 울었다.

'그날'의 폭심지는 학교에서 겨우 200여 미터 떨어진 곳이었다.
사이렌이 울리자마자 대피할 사이도 없이 학교는 그 폭풍에 휩싸
였다. 감염의 첫 번째 증상은 인지 능력과 판단력의 급속한 저하였
다. 본능만 남은 채 변이되기 시작한 학생들은 움직이지 않으려는
몸을 이끌고 운동장까지 내려왔다. 집으로, 가족들이 기다리는 집
으로 돌아가려는 마음만이 끝까지 남았다. 그리고 사이렌 소리와
비명 소리가 뒤섞인 아비규환 속에서 정각의 수업 종이 맑은 음조
로 울려 퍼졌다. 그 소리에 몸을 돌린 아이들이 있었다. 아, 종이 쳤
잖아. 수업에 늦겠다. 촛불같이 희미하던 의식의 마지막 자락이 그
들을 교실 안으로 돌아와 앉게 만들었다. 그들은 그렇게 황량한 운
동장과 차가운 교실에 영원히 갇히고 말았다.

외부 출장으로 학교를 벗어나 있었던 삼촌만이 그 화를 피했다.
삼촌이 학교로 돌아왔을 때는 모든 것이 끝나 있었다. 그토록 끔찍
하게 고요한 풍경 속에서 삼촌이 무슨 생각을 했는지는 아무도 모
른다. 삼촌은 그때부터 학교를 돌보기 시작했다. 운동장의 변이체
나무들, 변이목들은 햇빛과 바람과 비를 맞으며 숲이 되어 갔다. 삼
촌은 빛도 물도 부족한 교실 안의 나무들을 수시로 돌봤다. 삼촌을
따라 학교를 드나들던 정인도 그 일을 도왔다. 삼촌의 지연성 변이
가 시작되면서 그 일은 정인의 몫이 되었다.

삼촌에게 학교는 엄숙한 추모의 공간이었을지 모르나, 정인은
그곳을 그렇게 여기고 싶지 않았다. 그곳은 누나와 누나의 친구들

이 있는 정인의 놀이터였다. 눈빛도 말도 없었지만 그들의 숨결 속에서 정인은 구 년을 자랐다. 결국 삼촌도 정인의 방침을 존중할 수밖에 없게 되었다. 하지만 그도 정인이 지금 하는 짓을 보면 목덜미를 잡았을 것이다.

"그래도 교실에서 끓이는 건 아니니까."

제풀에 찔려 변명해 보았다. 정인은 과학실에서 컵라면을 끓이는 중이었다. 휴대용 버너 위에서 주전자가 신나게 끓었다. 유통 기한이 많이 지나긴 했어도 컵라면 냄새는 여전히 매혹적이다. 미호는 의자에 앉아 정인이 하는 짓을 가만히 바라보기만 하고 있었다. 정인이 절전 모드라고 부르는 상태다.

수돗가에서 깨끗이 씻고 옷도 물려주기 용도로 보관되어 있던 새 교복으로 갈아입기까지 했더니 정인은 기분이 꽤 좋아졌다. 정인은 콧노래를 부르며 물을 부은 컵라면을 들고 창틀에 걸터앉았다. 아직도 연기가 피어오르는 숲이 한눈에 내려다보였다.

"그래도 꺼져 가고 있긴 하네."

구형 인형들이 결국 열기를 이기지 못하고 중간에 망가져 버린 탓일 것이다. 서울의 숲은 보통 숲이 아니었다. 이상 생장으로 한계까지 부풀려진 생명력을 평범한 불길이 쉽게 삼킬 수 있을 리 없었다.

정인은 나무젓가락을 쪼개며 인상을 찌푸렸다. 역시 삼촌의 말이 맞았던 걸까. 바깥 사람들과는 상종도 하지 말라던 목소리가 머릿속을 맴돌았다. 그들끼리 다투던 이야기를 곰곰이 곱씹어 보며 정인은 젓가락을 부지런히 움직였다. 박 팀장? 도대체 뭘 찾고 있었던 걸까? 지금은 또 어디에 있을까?

갑자기 미호가 자리에서 벌떡 일어났다.

"응? 왜 그……."

쿨럭, 낯선 목소리에 정인은 그대로 사레에 걸리고 말았다. 교문 밖에 누군가가 서 있었다. 터지는 기침을 손등으로 틀어막고 정인은 몸을 낮췄다.

"뭐야? 또 누구야?"

두 명이었다. 한쪽은 긴 머리를 땋아 늘어뜨린 가냘픈 체형의 여자. 아침에 본 사람들과는 다르게 점프 슈트가 아닌 활동하기 좋은 평상복 차림에 배낭을 메고 있었다. 그래도 투명한 신형 방독 마스크를 빈틈없이 쓰고 있는 걸 보면 바깥에서 온 사람이 분명했다. 그 옆에 선 사람은 큰 키의 남자였는데, 정장 위에 야상을 덧입고 주머니에 손을 찌른 모양이 늦가을 새벽 내키지 않는 출근길에 나선 회사원 같은 모양새였다. 그런데 이쪽은, 어라?

"아무것도 안 쓰고 있어?"

이곳 사람인가? 그럴 리가? 정인이 혼란에 빠진 사이 미호는 이미 모든 판단을 끝내고 교실 문을 박차고 나가고 있었다. 그 모습을 보고서야 정인도 퍼뜩 깨달았다.

인형?

다음 순간 정인도 미호의 뒤를 따라 뛰고 있었다. 삼촌만큼이나 바깥 사람들을 불신하던, 미호의 엔지니어였던 이모가 마지막으로 지정해 놓은 미호의 기초 설정은,

전투 용도의 인형에 대한 무조건적인 선공이었다.

*

여운은 교문에 걸린 자물쇠를 만지작거리고 있었다. 이해할 수 없는 일이었다. 이해할 수 없는 일 목록이 끝없이 갱신되는 중이다.

실화를 일으킬 사람도 없는 이런 곳에서 산불이라니. 그것도 하필 오늘. 그리고 목표 지점인 이 학교만 기가 막히게 불길을 다 피했고, 교문 자물쇠는 누가 금방 새로 갈기라도 한 것처럼 녹 하나 슬지 않은 채 반짝이고 있었다.

강동구로 진입하자마자 개미 떼처럼 몰려선 버려진 차들 때문에 한참을 도보로 이동해 온 터였다. R의 유능함이 빛난 시간들이긴 했다. 그는 무료함에 지친 여운의 어떤 실없는 질문에도 착실한 대답을 들려주는 성실한 대화 상대였고, 1톤 트럭쯤은 한 손으로 간단히 밀어낼 수 있는 인형이었다. R이 없었다면 해가 질 때까지 이곳에 닿지도 못했을 것이다. 그렇다고 해서 쉬운 여정은 아니었다. 그가 뚫어 놓은 길을 쫓아가는 것만으로도 이미 녹초였다.

그런데 이건 또 뭘까?

조금 전까지만 해도 다리가 아파 죽을 지경이었는데, 지금은 머리가 아파 죽을 지경이 되었다.

"좌표대로라면 안으로 진입해야 합니다, 여운 씨."

"알아요."

"얼마나 더 기다리면 될까요?"

그리고 긴 대화 끝에 깨달은 것인데, 이 인형은 사실을 말하는 것만으로도 사람을 묘하게 긁는 재주가 있다.

"……곧 들어갈 거예요."

PDA는 이 학교 내부에서 샘플을 채취하고 대기하라고 지시하고 있었다. 여운은 마른침을 삼키고 눈을 들었다. 애써 외면하고 있던 풍경에 숨이 막혔다. 다섯 갈래로 갈라진 잎사귀를 빈틈없이 엮으며 빽빽하게 우거진 숲이, 본래 공터였을 운동장에 컴컴한 그늘을 드리우고 있었다. 스산하게 부는 강풍에 나뭇잎들이 와스스 파도 소리를 내며 물결쳤다. 아직 가지에 남은 천 자락들이 어지럽게 휘날렸다. 평범한 나무들이 아니다. 죄다 변이목들, 그러니까 과거엔 모두 사람이었던…….

여운은 고개를 무겁게 떨어뜨리고선 잠시 묵념했다.

이곳은 묘지였다. 이해 못 할 비밀을 품고 있는 묘지.

"R. 이 안에도 혹시 있나요? 아까 본 그런……?"

대비 없이 그런 걸 마주쳤다간 이번에야말로 심장 마비로 죽을 수도 있을 것 같았다. 몇 시간의 잡담으로 주인의 성격을 파악한 R이 자연스럽게 말을 받았다.

"사람이 있군요."

"하하, 역시. 그럴 줄 알았어."

여운이 힘없이 이마를 짚었다.

"아뇨. 평범한 사람 말입니다. 건물 4층에 한 명. 그리고 위험한 게 한 대."

한 대?

"오네요."

R이 주머니에서 손을 뺐다. 그 순간 여운도 들었다. 빠르게 가까

워지는 발소리였다. 아니, 이걸 발소리라고 불러도 되는 걸까? 쿵 쿵쿵, 땅이 울리고 있었다. 정체 모를 무언가가 건물 쪽에서 그들을 향해 전력으로 질주해 오는 중이었다.

새파랗게 얼어붙은 여운을 R이 부드럽게 밀어냈다. 놀란 여운이 그 손길에 밀려 뒷걸음질을 친 순간, 수풀 속에서 뭔가가 폭발하듯 튀어나왔다. R은 그것을 허공에서 잡아채 그대로 집어 던졌다. 교문 맞은편에 있던 상가의 벽이 폭탄이라도 터진 듯 와르르 무너졌다. 먼지가 구름처럼 피어올랐다.

여운은 비명도 못 지르고 물러났다. 그렇게 크진 않았는데, 무엇이길래 벽까지 무너뜨릴 수 있는 걸까. 벽이 무너졌는데도 그것은 별 타격이 없는 모양이었다. 먼지구름이 거칠게 갈라지더니 다시 그것이 날듯이 덮쳐 와 R과 충돌했다. 절대로 사람일 수 없는 것끼리의 정면충돌이다. 불꽃이 튀길 것만 같은 파열음에 여운은 귀를 틀어막았다.

움직임이 멈춘 다음에서야 여운은 상대의 모습을 알아볼 수 있었다. 여운의 입이 뒤늦게 벌어졌다. 얼굴을 막은 R의 왼팔에 돌려차기를 꽂고 있는 것은, 놀랍게도 여운보다 작은 몸집의 여자아이였으니까.

끼리릭 ─. 금속성의 부품이 비틀리는 소리가 날카롭게 울려 퍼졌다. R의 얼굴은 무섭도록 무표정했다. R의 눈동자 깊은 곳에서 불길한 붉은 센서 빛이 일렁이는 게 눈에 들어온 순간, 여운은 얼어붙었다. 옷 가게의 변이체를 짓이겨 놓기 직전에도 저런 눈을 하고 있었다.

"멈춰요, R!"

R이 덜컥 움직임을 멈추자 여자아이가 기다렸다는 듯 몸을 획 돌리더니 반대쪽 다리를 번개처럼 들어 올렸다.

"미호! 정지!"

여자아이도 석상이라도 된 것처럼 우뚝 멈춰 섰다. 연분홍색 머리칼만이 그 관성을 못 이기고 세차게 나부꼈다. 그들 쪽으로 달려가려던 여운이 멈칫했다.

"미, 미호? 미호라고?"

여운은 눈을 부릅뜨고 그 뒷모습을 다시 좇았다. 저 체격, 저 머리색, 그리고 무엇보다도 저 격투술. 분명하다. 여운이 초등학생 시절 포토 카드까지 사 모으곤 했던 파이팅 엔터테인먼트의 인형 아이돌, 대재난 이후 스크린에서 사라졌던 그 '미호'가 틀림없다.

말도 안 돼. 이게 여기 왜? 허둥지둥 주변을 두리번거리던 여운의 눈에 숲의 어둠 속에 반쯤 파묻힌 사람의 그림자가 들어왔다. 이런 폐허와는 어울리지 않는 깨끗한 교복을 갖춰 입은, 음울한 눈빛의 남학생이었다.

여운은 왁 비명을 지르고 말았다. 자기도 모르게 귀, 귀신,이라 하며 말을 더듬는 그녀를 향해 상대가 인상을 팍 찌푸렸다.

"아니, 저기요. 귀신 아니거든요?"

"학생……? 사람이에요?"

사람이 아니면 뭐란 말인가. 자기가 묻고도 어이가 없었다. 상대도 그게 도대체 무슨 멍청한 소리냐는 얼굴이었다. 여운은 고개를 마구 젓고는 다시 외쳤다.

"여기서 뭘 하고 있는 거예요?"

"이쪽이 하고 싶은 말인데요. 누구세요? 그 불 지른 사람들 일행이면 당장 꺼져요!"

도대체 이건 또 무슨 소리야? 뭐가 어떻게 돌아가고 있는 거야?

"불을 질러? 누가요?"

답이 되는 건 하나도 없고 모조리 질문뿐이다. 정체 모를 남학생 쪽도 혼란스럽긴 마찬가지인지 허, 하고 헛웃음을 터뜨리곤 뒷머리를 헤집었다.

여운도 딱 미칠 지경이었다. 다시 한번 비명이라도 지르고 싶었다. 서울에 사람이 있다. 들개도 괴물도 아닌 사람이다. 게다가 정체 모를 저 아이는 아무런 방호 도구도 갖추고 있지 않다. 완전히 맨얼굴로 이 바이러스 격리구를 아무렇지 않게 활보하고 있다. 여운은 손목에 찬 센서를 얼른 들여다보았다. 바이러스 농도 표시 창은 선명한 주황색으로 위험을 경고하고 있었다.

"이제 움직여도 될까요, 여운 씨?"

"아, 미안해요. 이쪽으로 와요. 와서 머리 좀 빌려줘요."

R이 미호 쪽을 경계하며 여운에게 다가왔다. 그가 움직이자 미호도 뒷걸음질을 치더니 교문 가운데를 막아섰다. 마치 학교와 학생을 보호하려는 듯이. 여운이 작게 속삭였다.

"괜찮아요? 안 다쳤, 아니, 고장 난 덴 없어요?"

"걱정해 주시는 건 고맙지만 자존심 상하는 질문이네요."

"다행이에요. 멀쩡한 것 같네요. 그보다 내가 지금 허깨비를 보고 있는 건가요? 저 애, 정말 사람 맞아요?"

"지극히 평범한 보통의 인간으로 인식됩니다."

몇 시간 동안 살펴본 결과 R이 인형으로서의 윤리 의식에 문제가 있긴 해도 다른 기능은 멀쩡했다. 여운은 이제 인정해야 했다. 산불을 피한 학교 건물, 누군가 관리한 흔적이 있는 자물쇠, PDA의 좌표, 모두 한 가지 사실만을 가리키고 있었다.

생존자.

이 서울 안에서, 구 년을 살아남은 사람이 있다는 이야기.

심장이 미친 듯이 튀어 오르기 시작했다. 여운은 입술을 꾹 깨물었다. 분명히 확인해야 했다. 저렇게 보이지만 먼저 출발했다는 대응팀 소속일 수도 있고, 너무 지친 나머지 여운의 눈이나 뇌가 살짝 고장 난 것일 수도 있다. 아니면 R의 센서를 속일 수 있을 정도로 기막히게 잘 만들어진 하이엔드급 인형일 가능성도 배제할 수 없잖아?

여운은 크게 외쳤다. 곤란하게도 목소리가 이리저리 갈라지고 말았다.

"학생, 너!"

상대도 경계심을 잔뜩 안고 그녀를 노려보았다. 자기들끼리 숙덕거리는 모양이 마음에 들지 않는 모양이었다. 여운은 반사적으로 무해한 미소를 지어 보였다.

"너 설마, 여기서 사니?"

"아뇨."

학생이 어이없다는 투로 대답했다.

"바보예요? 여긴 학교죠. 집은 따로 있죠."

진짜 사람 맞네. 여운의 입에서 허탈한 웃음이 새어 나왔다.

생존자. 진짜 생존자다.

"그렇구나. 난 국립재난대응연구소 소속 연구원이야. 이야기를, 좀……."

생존자가 있어.

"혹시 너 말고 다른 사람들도 있어?"

여운의 입가가 형편없이 떨리기 시작했다.

*

어린 여운이 국립재난대응연구소에 들어가고 싶다고 처음 말했던 날, 이모는 열심히 해 보라며 여운의 머리를 쓰다듬었다. 중학생 시절 형편없는 점수의 성적표를 구겨 쥐고 방에 틀어박혔을 때는 그래 가지고 연구소 갈 수 있겠냐고 비웃으며 돈가스를 튀겨 주었다. 고등학생이 되었을 때, 그쪽 부속 연구실이 있는 대학에 진학하겠다고 말했을 때는 적성과 특기를 생각해서 다른 여러 방면으로 고민해 보라고 말했다. 마지막 시험을 마치고 원서를 들고 왔을 때야 이모는 본색을 드러냈다.

"난 반대야."

"……왜요?"

나는, 네가 그만 잊었으면 좋겠어. 과거는 이제 그만 잊고, 다른 쪽만 바라봤으면 좋겠어. 즐겁고 행복한 일들만 골라 찾았으면 좋겠어.

하지만 그렇게 말하는 이모부터가 방벽에 붙잡힌 삶을 살고 있지 않은가. 원한다면 얼마든지 서울에서 멀리 떨어진, 방벽 따위는 보이지도 않는 곳에서 새롭게 출발할 수 있을 텐데 이사를 네 번 하는 동안 살게 된 다섯 집 모두가 창문에서 방벽이 보이는 곳이었다.

이모 뜻은 잘 알겠어요. 곤란한 듯 웃으며 그렇게 말하고선, 여운은 자기 마음대로 원서를 썼고 그토록 원하던 곳에 합격해 버렸다. 이모는 화를 냈지만 여운은 그 분노에 대고도 이모 뜻은 잘 알겠어요,라고 대답할 뿐이었다. 이모도 여운도 저 벽 안에 두고 온 것이 너무 많았다. 결국 여운이 학부생 대상의 수습 연구원 과정까지 합격해 버리고 나서야 이모도 포기했다.

"누굴 닮아서 이렇게 독한 거야?"

"이모 닮아서요?"

그렇게 대답하며 웃었다. 엄마를, 닮아서. 이모가 끝내 삼킨 말이 무엇인지 여운은 알고 있었다. 그때부터 이모는 오히려 국립재난대응연구소에 최연소 합격한 조카라며 유언비어에 가까운 여운의 자랑을 사방에 하고 다니기 시작했다. 그것이 이모 나름의 사랑이었다.

메일이 도착했을 때는 기회라고 생각했다. 머리로는 애써 생각하지 않으려 했지만 가슴속 어느 한구석에선 분명히 결론을 내리고 있었다. 어쩌면 이제야, 온전히 그 시절을 애도할 수 있는 기회가 드디어 왔다고.

다시 '그 집'의 문을 열어 볼 수 있는 기회가 드디어 온 것일지도 모르겠다고. 그런데,

"그건 왜 묻는데요?"

한 명이 있다면 둘도 있을 수 있다는 말 아닌가?

"혹시 이미혜 씨라고 알아? 우리 엄만데, 우리 저기 옆에 2동 쪽에 살았었거든. ○○아파트. 그날 도망칠 때 엄마를 놓고 가서……!"

학생은 잠시 말이 없더니, 고개를 가로저었다.

"……죄송해요. 모르는 분이에요."

여운은 뒷말을 이을 수가 없었다. 그럼 그렇지. 헛된 기대였다. 가능성을 계산하기도 민망한 꿈이었다. 나 지금, 무슨 생각을 했던 거지?

"아…… 그, 그렇구나."

간신히 끌어 올려놓은 입꼬리가 스르르 내려왔다. 여운은 손으로 급히 입 부분을 가리고 눈을 내리깔았다. 정인은 그런 여운을 가만히 바라보고 있었다. 말로 설명할 수 없는 기분에 휩싸인 채였다. 문득 이 사람이 구 년 만에 처음 대화해 보는 바깥 사람이라는 걸 깨닫고서, 정인은 조금 당황하고 말았다.

자신과 별로 나이 차가 많이 나지도 않을 것 같은 누나였다. 꼴이 엉망진창이었다. 땋아 늘어뜨린 머리칼은 무슨 일이 있었던 것인지 이리저리 흐트러져 잔머리가 잔뜩 새어 나와 있었고, 어디서 구르기라도 한 건지 옷에도 흙먼지가 잔뜩 묻어 있는 지친 모습이었다. 아침에 만났던 그들과는 전혀 다른 모습. 어깨를 늘어뜨린 채 움직이지 못하는 여운의 모습을 보면서, 정인은 아주 오래된 기억들을 떠올렸다. 여운의 물음은 생존자들끼리 마주치면 가장 먼저 인사처럼 묻던 질문이었다.

어느새 마음이 한구석이 누그러져 버렸다. 정인은 상대의 마음을 받아 주고 싶어졌다. 삼촌이 그랬던 것처럼.

"들어올래요? 좀 앉는 게 나을 것 같은데요."

"어……?"

"미호, 손님이야. 그만 화내고 비켜 줘."

미호가 내키지 않는 몸짓으로 물러났다. 여운은 눈을 동그랗게 떴다. 어찌해야 할지 결론을 내리지 못하고 있는 그녀를 위해, 정인이 먼저 옆으로 비켜서 주었다. 이쪽으로 오라는 듯이.

이런 상황에선 어떻게 해야 하지? 어디 물어볼 상대도 없었다. 당황한 눈길을 R을 향해 돌려봤지만 별 도움이 되지 않았다.

교문 뒤쪽의 숲엔 짙은 그늘이 가득했다. 본능적인 공포가 치솟았다. 여운은 남몰래 깊이 심호흡을 했다.

"그…… 고마워."

이건 임무다. 통장에 찍히는 숫자만큼의 생계가 걸린. 기대한 적 없는 초대지만, 어차피 어떻게든 이 안으로 들어가긴 해야 했다.

소년은 기다렸다는 듯이 마주 고개를 끄덕이고는 몸을 돌려 숲속으로 사라졌다. 여운도 마른침을 삼키고 그 뒤를 따라 걸음을 옮겼다.

처음 느껴진 건 숲 특유의 습기를 머금은 짙은 그림자였다. 순식간에 피부에 닿는 공기가 서늘해졌다. 가지 사이로 길게 늘어진 천 자락들과 바닥을 나뒹구는 색색의 빛바랜 가방들이 자꾸만 눈길을 잡아끌었다. 여운은 앞장서 가는 남학생의 교복 입은 등만을 쳐다보려 최대한 노력했다. 그래도 흙 위로 드러난 뿌리들을 연속해 타

넘는 순간에는, 어쩔 수 없이 긴장한 주먹을 꾹 말아 쥘 수밖에 없었다. 편안히 잠들지 못한 고인의 안식을 방해하고 있다는, 해서는 안 되는 일을 하고 있다는 꺼림칙함에서 아무래도 벗어날 수가 없었다.

최대한 나무들에 닿지 않기 위해 여운은 양팔을 단단히 끌어안고 몸을 움츠렸다. 여운과 달리 거리낄 것 없이 큰 걸음으로 걷던 아이는 눈높이로 늘어진 가지를 손등으로 가볍게 밀어 걷어 내며 알아들을 수 없는 혼잣말을 중얼거리곤 했다.

저 아인 뭘까? 저 애는 이런 곳에서 도대체 뭘 하고 있었던 걸까?

나는, 지금 뭘 하고 있는 거지?

뭔가 잘못됐다는 생각이 확신으로 바뀌기 직전에, 숲이 갈라졌다.

수목의 녹음이 옅어진 사이로 햇빛이 소나기처럼 쏟아지고 있었다. 나뭇잎 사이로 부서지며 떨어진 빛의 조각들이 눈앞의 어둠을 산산이 깨뜨리는 중이었다.

아. 여운은 자기도 모르게 탄성을 지르고 말았다. 그들은 이미 본관 건물 앞에 다다라 있었다. 색색의 들국화와 코스모스가 화단에 가득했다. 누군가가 정성스럽게 돌보고 있음이 분명한 화단이었다. 이런 곳에서 볼 수 있으리라고는 기대하지 못한.

여운은 무심결에 고개를 틀어 지금까지 헤쳐 온 숲을 돌아보았다. 가을 햇빛을 한껏 머금은 숲이 생생하게 짙은 푸른빛으로 반짝이고 있었다. 고요하고 평화롭게.

평화롭게……?

입가에 꿈틀, 경련이 일었다.

"제가 돌보고 있어요. 그럭저럭 괜찮죠?"

갑자기 날아온 질문. 여운은 재빨리 대답했다.

"아니, 그럭저럭이라니. 너무 멋진 화단이야. 이걸 너 혼자 돌보고 있다고?"

"손정인이에요. 정인이라고 불러요. 혼자는 아니고 삼촌이랑 함께요."

"삼촌이 계시구나. 아, 나는 여운이야. 강여운. 정말…… 대단하다."

정인은 쑥스럽기라도 한 듯 얼른 고개를 돌렸다.

"안쪽에선 더 조심해요. 걷기 좀 힘들 테니까."

난리 통에 건물 어디가 부서지기라도 한 걸까 생각하며 중앙 현관을 통과하다가, 여운은 덜컥 멈춰 서고 말았다. 건물 안에도 숲이 있었다.

"한 그루도 시들지 않게 열심히 돌보고 있죠."

정인이 뿌듯하게 말했다. 그 말대로였다. 돌로 만들어진 바닥과 계단에 뿌리내린 나무들마저 모두 생생한 녹색을 띠고 있었다. 짧은 순간, 이것들이 모두 꺼림칙한 변이목들이라는 사실을 까맣게 잊어버리고 말 정도로 생기가 넘치는 푸른 숲이었다. 여운의 입이 힘없이 벌어졌다.

돌본다는 말이 화단만의 이야기가 아니라,

"이걸…… 정말, 전부……?"

"네. 전부죠. 당연히."

정인은 살짝 미간을 좁혔다가 이내 어깨를 으쓱했다. 그러고는 여운을 과학실로 안내했다. 과학실은 손상된 곳 없이 그대로 남아 있는 몇 안 되는 공간 중 하나였다. 정인은 먹다 남은 컵라면 용기를 구석으로 밀어내며 의자를 권했다. 사양할 체력이 없는 여운은 정인이 내어 준 의자에 쓰러지듯 몸을 내맡겼다.

어색한 침묵이 이어졌다. 정인은 손님맞이 같은 건 해 본 적 없었고 여운도 낯설기는 마찬가지였다. 조금 당황한 듯하던 정인이 뒤늦게 목소리를 높였다.

"어, 뭐 좀 드려요? 라면?"

여운은 얼른 손사래를 쳤다.

"아, 아니. 어차피 여기선 마스크를 벗을 수도 없거든."

여운이 아직 주황색으로 빛나는 시계 모양 센서를 들어 보였다.

"실시간으로 변해. 녹색이면 마스크를 벗어도 괜찮다는 뜻이고, 노란색은 면역 제제 복용을 전제로 잠시는 벗을 수 있는 정도고, 주황색부터는 절대 벗으면 안 된다는 뜻이야. 여긴 안 돼."

자신을 뚫어지게 바라보고 있는 시선 속에 담긴 의문을 느끼고, 정인은 난감하다는 듯 웃었다.

"아, 전 어른들이 면역인 것 같다고들 하더라고요. 처음부터 이대로 다녔는데 아무렇지도 않았어요. 뭐 언젠간 저도 변할 수도 있겠지만. 그나저나…… 그럼, 이건 진짜 인형 맞는 거죠?"

정인은 거의 홀리다시피 한 얼굴로 R을 올려다보았다. 목소리마저 조금 떨리고 있었다. 여운 뒤에 서 있던 R이 입꼬리만 희미하게 올리면서 웃었다. 정당한 의문이었다. 여운이 볼 때도 R은 외견상으로는 인간과 전혀 구분되지 않았으니까.

"사실 나도 가끔 헷갈려."

"미호가 못 부수는 건 처음 봤어요."

"당연하죠. 저는 저런 구형 인형에 부서지면 안 됩니다."

R이 오랜만에 입을 열었다.

"뭐라는 거야? 멀쩡한 건 껍데기뿐인 불량품이."

미호의 말에 여운은 입술을 꽉 깨물어 표정을 다스렸다. 웃으면 안 돼.

"지금 당장 제 발로 용광로에 걸어 들어가는 게 친환경일 고철이 할 말입니까?"

여운은 속으로 비명을 지르며 R의 소맷자락을 휙 잡아당겼다. 역시 나한테만 고분고분한 설정이었구나! 몸을 부르르 떨던 미호가 주먹으로 책상 귀퉁이를 내리쳤다. 자신의 의사를 온전히 담아낼 수 있는 충분히 모욕적인 표현이 떠오르지 않는 모양이었다.

"미, 미안. 대신 사과할게."

"그…… 저도요."

정인도 입을 비죽거리곤 헛기침을 했다. 여운이 한마디도 더 하지 말라는 눈빛을 쏘아 보내자 R은 고개를 슬쩍 옆으로 틀었다. 빨리 분위기를 정돈해야 했다.

"그보다, 진짜 놀랐어. 나 어릴 때부터 미호 팬이었거든."

"그래요?"

내내 그늘진 채 굳어 있던 정인의 눈가가 가볍게 휘었다.

"응! 그런데 미호 정도의 스타 인형들은 피난일 전에 제일 먼저 회수 조치가 내려졌지 않아? 왜 아직 여기 있는 거야?"

"병원에서 사인회가 있었대요. 오래도록 기다렸던 환자 팬들이 많아서 일정을 강행했는데 그날이 하필 그날이었어서……. 환자들 대피 돕다 보니 벽이 닫혔다고 하더라고요. 기획사 놈들은 제일 먼저 내뺀 후였고. 미호랑 엔지니어 이모만 남아서 여기저기 헤매다가 우리 동네까지 오게 된 거죠."

"아, 그럼 그분도 함께 지내고 있는 거야?"

"음…… 지금은 뒷마당에서 쉬고 있어요."

여운은 말문이 막혔다. 쉰다는 말이, 단순히 휴식을 취하고 있다는 의미가 아님을 본능적으로 깨달을 수 있었다. 정인은 함께 지내던 가족들의 이야기를 하나하나 풀어놓기 시작했다.

"갓난아기를 데리고 온 가족도 있었고요, 동물병원에서 일하셨던 할아버지도 계셨죠. 편의점 알바로 자주 보던 누나도 있었고 전기 일 하셨던 삼촌도 있었어요. 더 많이 있었는데 어렸을 때 일은 저도 완벽하게는 기억이 나질 않아서. 음, 어차피 지금은 다들 떠나셨거나 집 근처에서 주무시고 있지만요."

정인은 대수롭지 않다는 듯 여상한 표정으로 손가락을 꼽다가 어깨를 으쓱했다. 하지만 여운은 알 수 있었다. 어느 누구도 상실에는 익숙해질 수 없다. 여운이 열두 살에 한 번에 잃은 것들을 이 아이는 구 년 동안 잃고, 다시 모은 것들을 잃고, 또 잃는 삶을 살아오고 있다. 여운은 감히 상상도 할 수 없는 하루하루가 이 아이의 일상이었던 것이다. 이 아이의 그림자를 자신이 이해할 수 있을까.

무슨 말을 해야 할지 알 수 없었다. 그때 정인이 조심스럽게 물었다. 조금 긴장한 듯 교복 넥타이를 괜히 당겨 대면서.

"이제 누나 차례예요. 누나네 엄마는 어떤 분이셨어요? 말해 줄 수 있으면, 저도 좀 더 찾아볼 방법이 있을지도 모르니까요.”
  오직 선의로만 반짝이는 눈이었다.

6

손목의 센서는 노란색으로 변해 있었다. 여운은 거친 몸짓으로 마스크를 벗었다. 맨얼굴로 들이켜는 공기가 그렇게 달콤할 수가 없었다. 사방이 휑하니 뚫린 학교 옥상이라 시야를 가리는 것도 없었다. 오랜만에 갇혔다는 느낌에서 벗어날 수 있었다.

마음 같아서는 이대로 드러누워 쉬고 싶었지만 그럴 여유는 없었다. 경고등이 노란색이다. 십 분 안에 다시 마스크를 쓰는 편이 안전했다. 여운은 배낭을 뒤져 생수통과 에너지바를 꺼냈다. 배는 고팠지만 입맛이 없었다. 달고 끈적한 곡물 뭉치를 억지로 한 입 베어 먹고, 여운은 남은 음식을 다시 포장지로 감쌌다.

"더 드시는 게 좋을 텐데요."

"알고는 있는데, 안 먹혀요."

맛없는 비상식량을 씹어 대는 것보다 마스크 밖 공기로 가슴을 채우는 순간이 더 소중했다. 그것이 비록 아직은 위험한 미지의 바이러스가 둥둥 떠다니는 공기라고 해도. 이 지역에선 그래도 학교

옥상 높이 정도로도 농도가 떨어져 다행이었다.

가슴 깊이 숨을 들이마시던 여운이 갑자기 정신없는 기침을 토해 내기 시작했다. 사레가 제대로 들린 것이다. 원인은 아래층 계단에서 머리만 내밀고 있는 미호였다. 난간이 없는 구조 탓에 마치 바닥에 머리만 덩그러니 놓인 것처럼 보이는 꼴로 여운을 노려보고 있었던 것이다.

R이 측은하다는 듯 주인의 등을 두드려 주었다. 함께한 지 만 하루도 채 되지 않았지만 어느새 정이 든 것만 같았다.

"역시 없애 둘 걸 그랬을까요?"

"말, 콜록, 도 안 되는…… 콜록, 말아요."

이 인형의 말은 농담인지 진담인지 매번 헷갈린다. 눈싸움을 하듯 R까지 노려보던 미호의 머리가 쓱 사라졌다. 휙 휘날리는 벚꽃색 머리칼을 보며 여운은 잠시 묘한 기분에 젖어 들었다.

목덜미 부근에서 잘라 버린 머리칼만 빼면, 하나도 변하지 않았다. 투명한 앨범에 소중하게 끼워 뒀던 포토 카드 속 그 모습 그대로였다. 날개처럼 휘날리던 긴 머리칼도, 화려한 시폰 원피스도, 몸을 감싸는 플라스틱 슈트도 지금은 없었지만, 당당한 눈매와 자신만만한 미소는 여운이 기억하는 그대로였다. 한순간 그 시절로 되돌아온 것만 같은 느낌이 들었다.

"미호는 정말로 세다고요. 내가 아는 인형 중에 미호를 이긴 인형은 한 대도 없어요."

"아, 네."

저 작지만 날렵한 몸으로 제 몸의 서너 배나 되는 악당들을 때려

눕히는 모습이 얼마나 근사했던지. 뭐, 엄마는 너무 폭력적인 프로그램이라며 질색을 했지만.

갑자기 마음이 푹 꺼져 들었다. 깊은 늪 속에 목 끝까지 빠져들고만 기분이었다.

가슴을 몇 번 쿵쿵 두드리고 나서 여운은 몸을 일으켰다. 난간 너머로 거리의 풍경이 건너다보였다. 이곳은 녹색의 묘비로 가득한 묘지였다. 과거 회상에 잠겨 있을 상황이 아니었다.

"……다음 지시가 없어요."

여운이 앞머리를 쓸어 올리며 긴 한숨을 내쉬었다.

"샘플 채취 후 대기라는데, 무슨 샘플을 말하는 건지도 안 알려주고. 언제까지 대기인지도 말이 없고."

무슨 지시가 이렇게 허술한지 이해할 수가 없었다. 게다가 이쪽에서 보내는 메시지에는 단 한 번도 답하지 않고 있고. 뭔가 이상했다.

"이럴 수 있는 걸까요?"

"잘 모르겠습니다."

"같이 고민 좀 해 줄 수 없을까요? 그런 기능도 있을 것 같은데."

R은 고민에 빠진 척 팔짱을 꼈다가 한 손을 빼 턱을 괴었다. 여운이 답 없는 문제 앞에서 늘 하는 자세였다.

"지시자가 현장 상황을 제대로 파악하고 있지 못할 가능성이 있죠. 현장 실무자의 능력을 믿고 스스로 적합한 행동을 취하길 기대하는 경우일지도요. 이 지대 통신에 광역적인 장애가 발생하고 있으니, 이런 소형 PDA는 수신만 가능한 상황일 수도 있습니다. 실무자의 현장 대응력이 중요하겠군요. 저라면 유능한 사람으로 뽑았겠어요."

"그 현장 실무자가 당신이 보기엔 유능해 보이나요?"

R은 한층 더 고민스럽다는 얼굴이 되어서는 여운을 가만히 쳐다보기만 했다.

"됐어요."

여운은 입술을 비죽거리고 말았다. 왠지 자꾸 당하고 있는 느낌이었다.

"R, 처음 만났을 때랑 좀 달라진 것 같아요."

R이 정색하며 대답했다.

"열심히 학습하고 있으니까요. 주인을 위해 되도록 많은 것을 학습하는 것은 저희들의 의무이기도 합니다."

들은 적 있다. 주인과 그를 둘러싼 환경을 철저히 학습해 완벽한 서비스를 제공하는 인형들에 대해서.

이 완벽한 도구는 자신 같은 보잘것없는 인간에게서 도대체 뭘 학습하고 있는 걸까.

여운은 시계를 확인하고는 다시 마스크를 집어 들었다. 이 빌어먹을 마스크. 디자인한 사람이 안경 낀 인간은 전혀 고려하지 않은 것이 분명했다. 흘러내린 안경을 수습하려면 마스크 표면으로 얼굴을 짓누를 수밖에 없었다. 렌즈를 챙겨 왔으면 좋았을 텐데. 아니면 처음부터 체력도 좋고 시력도 좋은 연구원을 투입했으면 됐을 텐데. 어쩌다 나 같은 능력도 경력도 부족한 수습이 이런 일을 하게됐을까?

"저 애랑 함께 움직여 보겠다고 하면 문제가 될까요?"

왜? 아직 엄마를 찾는 일에 미련이 남아서? 같은 말을 인형인 R이 할 리가 없었다. 그러니 생존자 캠프는 조사할 가치가 있다는 변명도 할 필요가 없었다.

"현장 실무자의 판단이 우선이겠죠."

"……내려가죠. 기다리겠네요."

"네. 서두르는 게 좋겠습니다, 아무래도."

R이 하늘을 올려다보았다.

"날씨가 불안해서요."

*

"잘 먹고 왔어요?"

정인이 손을 흔들어 여운을 반겼다.

"응. 그런데 무슨 일 있어? 표정이 안 좋은데."

정인은 무겁게 고개를 끄덕이며 무전기를 들어 보였다. 웬일인지 무전기가 제대로 작동이 되질 않고 있었다. 여운에 대해 삼촌과 먼저 의논하고 싶었다. 자신은 알지 못하지만 삼촌은 여운의 어머니에 대해 뭔가 알고 있을 수도 있으니까. 무엇보다 여운을 집에 데려가도 괜찮을지 물어보고 싶었다. 그런데 금방 회복될 줄 알았던 무전기가 아직도 먹통이었다. 메모라도 써서 미호 손에 들려 보내면 어떨까 했는데, 미호가 웬일인지 정인 곁을 떠나기를 완강히 거부하는지라 한창 고민 중이던 차였다.

정인의 검지손가락 끄트머리가 느릿한 속도로 무전기 표면을 두드렸다. 딱. 딱. 딱. 여운은 그 모습을 홀린 듯 쳐다보다 고개를 갸우뚱했다.

결국 스스로 결정을 내릴 수밖에 없을 것 같다고 판단한 정인이 여운의 얼굴을 똑바로 쳐다보았다.

"솔직하게 말할게요. 그쪽, 믿어도 될지 고민 중이었어요. 아까 바깥에서 온 다른 사람들도 만났는데 아무래도 집에 초대하고 싶진 않은 타입이었거든요. 혹시 아는 사람들이에요?"

정인은 이틀간 본 것들을 털어놓았다. 여운보다 먼저 출발했다는 선발대가 맞는 것 같은데 그녀로서는 알아들을 수 없는 내용들이 너무 많았다. 정인의 말이 이어질수록 여운의 눈은 점점 커지기만 했다. 힘없이 벌어지던 입은 턱까지 떨어졌다.

"나는…… 전혀 모르는 일이야……."

여운은 힘없는 목소리로 변명했다. 거짓말을 하는 얼굴은 아니었다.

"그래요. 믿을게요."

정인이 고개를 가로저었다. 여운은 입술을 씹었다. 보는 사람만 없었다면 머리라도 쥐어뜯었을 것이다. 자신이 이렇게 무능하게 느껴지긴 처음이었다. 드디어 합류할 일행을 찾았다는 기쁨보다도 자기가 아는 게 너무 없다는 사실에 대한 당혹스러움이 압도적으로 컸다. 아니, 그보다도 대응팀 선발대는 지금 도대체 무슨 짓을 저지르고 다니고 있는 건가.

여운이 혼란스러워하는 사이에 정인은 작은 스프레이병 하나를 건넸다. 한 손안에 쏙 들어와 잡히는 날씬한 병에는 투명한 액체가 반쯤 차 있었다.

"줄게요. 누나도 마주친 적 있는 것 같으니 알 거예요."

정인은 눈짓으로 R 쪽을 가리켰다. 야상 밑으로 드러난 하얀 셔츠 군데군데에 검붉은 진액 자국이 남아 있었다.

"웬만하면 빛으로 막을 수 있지만 우리도 밤에 움직여야 할 때가 있으니까요. 그거 향수예요. 진한 향으로 살 냄새랑 피 냄새를 덮으면 헷갈려 하니까 급할 때 써요. 선물로 줄게요."

"고마워. 나는…… 나는 줄 만한 게…….'

여운은 허둥지둥 배낭을 풀었다. 꼭 필요한 것만 챙기느라, 남에게 줄 수 있는 게 거의 없었다. 여운은 결국 포장을 뜯지 않은 에너지바를 꺼내 내밀었다.

"뭐야? 민트 바나나 오트밀? 이런 맛도 있다고?"

"신제품이야. 나온 지 한 달도 안 됐어."

"허. 바깥 세상 사람들은 아직도 먹을 만한 음식마다 치약을 발라 대고 있는 거예요?"

여운은 하하 소리 내어 웃고 말았다. 그다음엔 정색하고 대답했지만.

"왜? 맛있잖아, 민트."

"이 주제로는 논쟁하면 안 된다고 배웠어요."

정인이 씩 웃으며 선물을 받아 챙겼다.

"싫으면 다른 걸로 줄까?"

"아뇨. 궁금해졌어요. 먹어 볼게요."

"음, 그래. 그리고 미안하지만 부탁할 게 하나 있는데."

이제야 본론이었다. 여운은 왜 자신이 서울로 들어와야 했는지 설명하기 시작했다. 서울을 완전 정화할 **우산**의 존재, 그 **우산**에 뭔가 문제가 생겨 수리를 위한 대응팀이 꾸려졌다는 것까지 이야기하니 정인의 눈이 화등잔만 해졌다.

"진짜예요? **우산**? 그것만 작동하면 이제 다 끝난다고요? 나갈 수 있어요?"

"응. 일주일만 있으면 돼."

그답지 않게 흥분해서 주먹을 움켜쥐었다가, 정인은 빠르게 인상을 구겼다. 그 대응팀이라는 사람들이 정인이 마주쳤던 사람들이 맞다면, 그것은 그것대로 문제였던 것이다. 상황을 전해 들은 여운은 뭔가 사정이 있었을 것이라는 말로 말끝을 흐리곤 얼른 화제를 돌렸다. 여운은 자신은 지원 인원으로 서울 각지에서 유의미한 샘플을 수집해 잠실의 타워로 가는 중이라는 것과 첫 번째 샘플을 이곳에서 수집하도록 되어 있다는 것, 그리고 구체적인 지시가 없기에 샘플은 자신의 판단으로 결정하기로 했다는 것까지 빠르게 설명했다.

여운은 이 장소에서 가장 중요해 보이는, 가장 의미 있어 보이는 것들을 골랐다. 눈앞에 있는 소년과, 그 소년이 매일같이 돌보고 있는 생생한 변이목들.

"무슨 영화 같은데요. 제 피로 백신 같은 걸 만들 수도 있는 거 아니에요?"

정인이 팔을 걷었다. 샘플 채취용 키트에는 온갖 종류의 도구와

보랭 백이 갖춰져 있었다. 문제는 여운이 사람 팔에 주삿바늘을 찔러 본 적이 없다는 것이었다. 도구를 들고 머뭇거리는 여운 옆에서 R이 손을 내밀었다.

"이런 것도 가능해요?"

"당연합니다."

R은 능숙한 솜씨로 빠르게 채혈을 마쳤다. 경호용 인형인 줄로만 알았는데 도대체 못하는 게 뭔지 궁금해졌다. 지병이 있는 대부호의 개인 비서라도 됐던 걸까?

남은 샘플은 교실 한 곳에 들러, 바닥에 떨어진 마른 잎사귀 하나를 챙기는 것으로 갈음했다.

"우리 누나예요."

정인이 교실 한편의 나무를 소개해 주었다. 엉킨 가지 끝을 풀어 주는 손길이 조심스러웠다. 애도의 인사를 전하려 입을 여는데, 정인이 먼저 말했다.

"그럼 출발하죠. 어두워지면 못 움직이니까 오늘 저녁은 우리 집에서 자고 가요. 우리 할머니 밥 맛있어요."

어느 먼 마을에 여행이라도 온 것 같은 착각을 불러일으키는 초대였다. 안전히 밤을 보낼 장소가 생기다니 여운에겐 행운이었다.

그들은 다시 숲이 우거진 운동장으로 내려갔다. 녹음이 짙은 오솔길을 걷는 몇 분간이, 여운에게는 온몸의 신경을 곤두세우게 되는 시간이었다. 사방에서 보이지 않는 뭔가가 온몸을 조여드는 느낌. 수십 수백 명의 눈길이 동시에 자신에게 쏟아지고 있기라도 한 것 같은 느낌. 왠지 들이켜는 공기도 바깥보다 더 서늘한 듯했다.

....

여운은 화들짝 놀라 주변을 두리번거렸다.

"무슨 일이십니까?"

"아뇨. 뭔가…… 목소리 같은 게……."

누군가 속삭이는 소리 같은 게 들린 것 같아서.

우스스, 바람도 없는데 이파리들이 서로 몸을 부딪쳤다.

"빨리 와요!"

먼저 교문을 나선 정인이 자물쇠를 흔들며 여운을 불렀다. 너무 긴장해서 착각한 것이겠지. 여운은 얼른 고개를 털어 생각을 지우고는 교문을 향해 달렸다.

정인은 교문을 단단히 잠갔다. 집은 걸어서 이십 여분 떨어진 곳에 있다고 했다. 여운에게는 정신이 이상해질 정도로 기이하기만 한 이 풍경들이 정인에겐 일상일 것이었다. 잔뜩 경계하며 걷는 여운을 향해 정인은 안쓰럽다는 듯이 웃어 보였다.

"괜찮아요. 여긴 그렇게 걱정할 것 없으니까."

정인은 그때부터 주변을 지나치는 것들에 대해 설명해 주기 시작했다. 나무들에 대해, 사람들에 대해. 그들이 살았고 지금도 살고 있는 이곳에 대해. 계절이 바뀌면 이곳의 풍경이 어떻게 변하는지에 대해서도. 이곳에서 살아가기 위해 알아야 하는 지식도 좋은 이야깃거리였다. 특히 그 움직이는 변이체에 대해서는 여운도 궁금한 것이 많았다.

"변이했는데 뭐가 잘못된 건지 뿌리도 잎도 없이 굳어진 사람들이래요. 스스로 에너지를 못 만드니까 어두운 곳에서 지내면서 양분이 될 만한 걸 찾아 직접 움직여요. 먹는 것에 대한 욕구밖에 남아 있지 않으니 조심해요. 낮에도 해가 잘 안 드는 건물 안은 주의하는 게 좋아요. 밤엔 웬만하면 외출하지 말고요. 아, 너무 겁줬나? 괜찮아요. 거의 다 숲이 많이 우거진 옛날 공원이나 산에 모여 있으니까 마주칠 일은 거의 없을 거예요. 그리고 뭐, 마주쳐도 뛰면 되니까! 몸이 굳어서 엄청 느리거든요."

"그렇구나."

여운은 연신 고개를 끄덕였다.

"거의 다 왔어요. 삼촌이나 할머니는 누나 어머니에 대해 좀 아시는 게 있으면 좋겠…… 어?"

정인의 얼굴이 굳어졌다. 후다닥 먼저 앞으로 달려 나간 정인이 바닥을 더듬었다. 집 근방에 둘러 뒀던 철조망이 모조리 쓰러져 있었다. 무거운 무언가가 짓밟고 지나간 흔적이었다. 흙바닥에 남은 흔적들이 심상찮았다.

"자, 잠깐만요."

정인이 저 앞에 보이는 주택을 향해 달려가기 시작했다. 미호가 그런 정인을 앞질러 더 빠른 속도로 뛰었다.

뭔가 잘못된 것 같다. 여운의 심장이 불안하게 덜컹이기 시작했다. 정인을 따라 발을 막 옮기려는 때, 웬일인지 움직이지 않고 멈춰 서 있는 R이 눈에 들어왔다. R은 여운을 보고 있지 않았다. 그렇다고 정인의 집 쪽을 보고 있는 것도 아니었다. 어째선지 그는 먼 하늘의 한 방향을 뚫어져라 노려보고 있었다.

"R?"

그새 정인은 집 앞까지 다다라 있었다. 반쯤 열린 대문을 벌컥 열어젖힌 소년이 그 자리에 덜컥 굳어 멈춰 서는 게 보였다. 더 이상 머뭇거릴 수 없었다. 여운도 달리기 시작했다.

*

정인은 숨을 쉴 수가 없었다. 심장이 당장이라도 폭발할 것처럼 미친 듯이 요동쳤다.

"삼촌?"

삼촌이 늘 앉아 있던 의자는 산산이 부서진 채 현관 앞을 구르고 있었다. 박살 난 것은 의자만이 아니었다. 할머니가 아끼던 장독대와 평상도 모조리 깨지고 무너져 주저앉아 있었고, 열린 문틈으로 엿보이는 집 안도 폭풍에 직격이라도 당한 것처럼 풍비박산이 되어 있었다. 하지만 그런 건 아무래도 좋았다. 그따위 건 아무래도 상관없었다.

"삼촌?"

쥐어짜는 듯한 목소리로, 간신히, 물었다. 대답 따위 돌아올 수 없는데.

마당 한가운데에 한 아름이나 되는 둥치의 거대한 나무가 서 있었다. 수령이 수십 년은 된 느티나무 같은 모습의, 본 적 없는 나무. 마치 혈관처럼 길고 복잡하게 뻗어 나온 가지들이 너른 마당 전체에 그물 같은 그림자를 드리웠다. 다섯 갈래로 갈라진 잎사귀 한 장이 툭, 소리를 내며 정인의 발밑에 떨어졌다.

아직 시간이 남아 있었는데. 아직 몇 년이나 남았다고 생각했는데. 움직일수록 진행이 빨라지니까 움직이지 말라고, 꼼짝도 못 하게 의자에만 앉혀 놓았는데. 도대체 무슨 일이 벌어진 거지?

소용없다는 걸 알면서도 나무 둥치를 끌어안고 그 표면을 쥐어뜯었다. 목이 조여 와 비명도 오열도 터뜨릴 수 없어 눈물만 쏟아졌다. 피부가 쓸려 피가 흐르는 것도 모른 채 삼촌의 품에 얼굴을 부딪던 정인의 눈에, 벽과 가구에 남은 낯선 자국들이 보였다. 총탄 자국. 그리고 바닥에 점점이 떨어진 핏자국까지.

"할, 할머니? 할머니!"

정인은 미친 듯이 외치며 집 안으로 뛰어들었다.

"할머니, 어디 있어요! 할머니!"

미호는 이미 지하실로 뛰어 들어가 그 안을 뒤지고 있었다. 대문 밖에 멈춰 선 여운의 입이 힘없이 벌어졌다. 온몸이 가늘게 떨려 왔다. 이런 일에는, 이런 상황에는 어떻게 해야 하는지 한 번도 생각해 본 적 없었다. 그래도 이대로 가만히 있을 수는 없었다. 저 아이를 도와야 했다. 대문 안으로 한 발을 들여놓는 순간, 품속의 PDA가 격렬하게 진동했다. 찢어지는 듯한 수신 알림음이 울려 퍼졌다.

그날의 사이렌 소리를 똑 닮은 소리.

반사적인 공포가 여운의 온몸을 휩쓸었다. 오래전 그날의 기억이 해일처럼 밀려들어 움직일 수가 없었다. 하지만 움직이지 않고서는 이 빌어먹을 알림음을 끌 수 없다. 여운은 고장 난 꼭두각시 같은 움직임으로 PDA를 꺼냈다. 지도 위에 여운이 가야 할 두 번째 장소가 업데이트되어 있었다.

학교에서 서북쪽으로 그리 멀리 떨어지지 않은, 한적한 평지 위에 지어진 작은 주택. 바로 이 집.

채취해야 할 샘플은 변이된 지 만 24시간이 지나지 않은 변이체의 조직.

그러니까 바로 내 눈앞에 있는 저것.

"뭐야, 이게……?"

목덜미에 오스스 소름이 돋았다. 여운은 떨리는 눈으로 사방을 둘러보았다. 이건 말도 안 되는 일이다. 이런 순간에 이런 지시라니. 마치 송신자가 이 상황을 실시간으로 지켜보고 있기라도 한 것처럼.

여운은 찬물을 뒤집어쓴 것 같은 기분으로 뒤를 돌아보았다. R이 표정 없는 얼굴로 폐허나 다름없는 마당을 바라보고 있었다. 동정도 연민도 없는 눈동자는 오싹할 정도로 서늘했다.

그래. 있었다. 여운의 일거수일투족을 모조리 실시간 전송할 수 있는 카메라.

"R, 당신……?"

다음 메시지가 또 도착했다. 재촉이었다. 지금 당장 확보할 것. 샘플 확보를 최우선할 것. 샘플 미확보 또는 손상 시 파견 임무는 실패로 간주될 것이라는 내용이 쏟아져 들어오고 있었다. 메시지 너머의 사람의 목소리까지 들리는 것만 같았다. 지켜보고 있다. 지켜보며 협박하고 있다.

임무 실패라니. 그럼 어떻게 되는 건데? 이대로 쫓겨나나? 약속된 보수는 하나도 받지 못한 채 빈털터리로? 내부 정보 보안 문제로 입막음을 당하지는 않을까? 연구소에서도 잘리는 걸까? 그럼 우리 집은? ……이모는?

바로 눈앞에 가느다란 잔가지 하나가 늘어져 있었다. 여운의 손이 멈칫거리며 앞으로 뻗어 나갔다. 여운은 가지 위에서 새파랗게 빛나는 잎사귀 한 장을 움켜쥐었다.

"누나, 지금 뭐 하는 거야?"

정인이 새빨갛게 변한 눈으로 여운을 노려보고 있었다. 반쯤 망가진 현관문 앞에 서서, 금방이라도 쓰러질 듯한 안색의 얼굴로 여운을 향해 묻고 있었다.

"뭐 하는 거냐고."

뭐라고 대답해야 하나. 여운도 알 수 없었다. 샘플 채취 중이야. 임무 수행 중이야. 내가 해야 할 일을 하는 중이야. 아니면, 실은 네 삼촌의 생체 조직을 좀 뜯어내는 중이야? 잎을 쥔 손이 부들부들 떨렸다. 뜯어도 될까? 안 될 것도 없지 않나. 이렇게 변이가 끝났는데. 죽은 거나 마찬가지잖아. 하지만…… 하지만,

번뜩 떠올랐다.

찢어진 하늘색 원피스를 입은 채 달려들던 변이체의 비명 소리가.

저 아이가 돌보고 있던 변이목들의 새파랗게 넘쳐흐르던 생기가.

꿈틀, 손안에서 뭔가가 요동쳤다.

여운은 기겁하며 손을 펼쳤다. 움직였다. 분명히 움직였다. 살아 있는 물고기를 움켜쥐기라도 한 느낌이었다. 하지만 반쯤 벌린 손안에 있는 나뭇잎은 미동도 없었다.

온몸에 소름이 확 끼쳤다.

그때, 황망하게 멈춰 선 여운의 손을 다른 손이 감쌌다. 차가운 손가락이 여운의 손을 힘주어 말아 쥐었다. 여운의 손아귀 안에 미묘한 온기를 품은 나무줄기가 단단히 들어찼다. 뭐야? 당신 지금 뭘 하고 있는 거야? 항변할 틈도 없었다. R이 그 상태로 여운의 손을 획 잡아당겼고, 정인이 두 눈을 부릅떴다.

"하지 마. 하지……!"

우두둑 소리를 내며 잎사귀가 뜯겨 나왔다. 피를 닮은 새빨간 수액이 점점이 튀어 오르더니 길게 꼬리를 이으며 늘어졌다. 정인은 채 말을 마치지 못하고 눈을 질끈 감았다. 소년은 비명 같은 고함을 지르며 옆에 있던 대야를 걷어찼다.

여운이 경악한 눈으로 R을 쳐다보았지만 R의 시선은 오직 앞만 향할 뿐이었다. 미호가 두 주먹을 움켜쥔 채 성큼성큼 걸어오고 있었다. R이 석상처럼 굳은 주인을 뒤로 밀어내고 그 앞을 막아섰다.

"잘 판단해, 인형."

R이 담담한 목소리로 말했다.

"지금 나와 싸우고도 네 기능이 제대로 유지될지 제대로 판단해. 주인을 지켜야 하지 않아?"

명백한 경고. 미호는 걸음을 멈췄다. 하지만 물러날 기색은 없었다. 화사하게 미소 띤 얼굴 속에 끓어 넘치는 분노가 있었다.

"멈추라고 하면 안 됩니다, 이번엔."

나지막하게 속삭이는 R의 목소리. 이번에야말로 끝장을 보겠다는 뜻일까.

아니, 더 이상은 안 된다. 여운은 R의 옷자락을 덥석 잡아 뒤로 끌어당겼다. 그리고 외쳤다.

"미안해! 나는, 나도 이러고 싶지 않았……! 아니, 그냥 미안해. 정말로, 미안!"

"나가 줘."

갈래갈래 찢어지는 목소리로 정인이 말했다.

"당장 나가. 제발!"

여운의 얼굴도 고통스럽게 일그러졌다. 정인의 마음이 아프도록 전해져 왔다.

"저, 정인아."

"……누나도 이 사람들 일행이라고 했지?"

말문이 막혔다. 정인은 어깨를 들먹이며 소리 없이 웃었다.

"무슨 짓을 저지른 거야? 이게 뭐야? **우산**을 고치러 왔다며. 사람들을 구하러 왔다며! 그런데 왜!"

대답할 수 있는 말이 하나도 없었다. 여운의 마음속에서도 똑같은 폭풍이 일고 있었다. 왜 이런 짓을 저지른 걸까. 여운이 모르는 곳에서 대체 무슨 일이 일어나고 있는 걸까.

이게 정말로, **우산**을 고치는 과제가 맞긴 한 건가?

눈가가 뜨거워졌다. 하지만 여기서 울 수는 없다. 그건 저 아이에게 너무 지독한 짓이다. 여운은 고개를 숙인 채 뒷걸음질을 쳤다. 비틀거리는 걸음으로 대문을 나서니 R이 부축이라도 하려는 듯 손을 내밀었다. 여운은 반사적으로 그 손을 쳐냈다. 인형은 별말 없이 손을 거두고는 여운의 다섯 걸음 뒤로 물러났다. 잎사귀를 쥔 손이 축축해 내려다보니 절단부에서 흘러내린 수액에 손바닥이 온통 젖어 있었다.

눈이 시리도록 새빨간 색의 수액. 사람의 혈액과 똑같아 보이는.

까마득한 현기증에, 여운은 자기 입술을 피가 날 때까지 깨물었다.

정인은 맨바닥에 풀썩 주저앉았다. 미호가 급히 곁으로 다가가자 정인은 그대로 미호를 끌어안았다. 미호도 조심스럽게 정인의 등에 팔을 둘렀다. 정인은 재와 흙먼지로 더러워진 미호의 어깨에 얼굴을 묻고서, 비명을 지르듯이 울부짖었다.

2부 — 주시해야 하는 것,
주시하고 있는 것

1

부드럽게 휘어진 동양란 이파리가 렌즈 귀퉁이를 가리며 늘어졌다. 그래도 렌즈 방향은 정확했다. 집무실 소파에 몸을 파묻은 방문자의 얼굴이 화면 가운데에 선명하게 잡혔다. 집무실의 주인은 비스듬한 뒷모습만으로 존재할 뿐이었다. 깡마른 손가락이 신경질적으로 하얗게 센 뒷머리를 긁고 있었다.

"걱정하실 것 없다고 말씀드렸잖습니까, 실장님."

"아니, 저도 윗분께 그렇게 말씀은 드렸습니다만, 지금 그럴 상황이 아니지 않으냐고 하시는데 제가 어쩝니까."

방문자는 손수건으로 연신 이마를 찍어 눌렀다. 냉난방이 완벽한 곳인데도 주름진 그의 이마에서는 쉴 새 없이 땀방울이 배어 나오고 있었다.

"**우산**은 정말 예정된 일시에 기동이 가능한 거겠죠?"

"당연합니다. 아주 단순한 프로그램 오류일 뿐이에요. 실장님 댁 컴퓨터도 가끔 말썽 일으킬 때가 있지 않습니까? 그럴 땐 어떻게 해요? 껐다 켜면 되잖아요? 저희도 마찬가지입니다. 지금 이 순간 에도 그 껐다 켜는 일을 하러 전문가들이 들어갔고요. 우리 박 팀장 믿을 만한 사람이니 기다려 보세요."

"소장님. 그 박 팀장이랑 지금 연락이 안 되고 있는 거 저희가 모를 거라고 생각하세요?"

방문자는 비로소 손수건을 내리고는 눈앞에 앉은 이 집무실의 주인, **우산**의 설계자이자 국립재난대응연구소의 소장을 향해 의미심장한 눈길을 던졌다.

"지금 저 방벽 안과 전혀 소통이 안 되고 있는 상황 아닙니까?"

"그게 뭐 어쨌다는 겁니까? 이런 빌어먹을 상황에서도 저희 팀은 열심히 일하고 있다는 뜻인데요. 저희야말로 이 상황에 대해 정부와 통신 관리 측에 항의하고 싶습니다. 도대체 왜 상황이 이따위로 굴러가고 있는 거죠?"

"이 통신 장애에 **우산**이 관련되어 있다는 말이 있어요."

"누가 그럽니까? 에버리스는 정기 점검으로 동결 상태이고 레이커와 청룡은 계약 기간이 끝났는데, 도대체 누가 어느 인공지능의 검증을 받고 그런 헛소문을 퍼뜨리고 있답니까?"

소장이 신경질적으로 각국이 자존심을 걸고 자랑하는 인공지능의 이름들을 늘어놓았다. 방문자는 아랑곳하지 않고 자신의 말을 이어 갔다.

"가십거리를 퍼뜨리는 데 증명이 필요하진 않잖습니까. 문제는 그게 가십으로 끝나야 한다는 것이죠. 자재 수송용 지하 통로도 잠실 쪽 폭발로 막혔다고 하셨지요? 그것만 제대로 뚫려 있었어도 훨

썬 진입이 쉬웠을 텐데 뭔가 이상하지 않습니까. 소장님은 어떻게 생각하십니까? 누가 그런 짓을 저질렀다고 생각하세요?"

"글쎄요. **우산** 작동 후에 제대로 조사해 보시면 되겠네요."

방문자는 말을 돌리는 게 지겨워진 모양이었다.

"헬기는 왜 못 뜨는 겁니까? 지금 저 서울 위로 아무것도 날지 못하고 있다면서요. 아는 바 없으세요?"

"그걸 왜 저희한테 물으시죠? 저희 헬기도 떨어졌습니다. 제 가장 오래된 동료도 그 일로 생사조차 불명이에요. 그보다 제가 왜 이런 추궁을 당하고 있어야 하는지 모르겠군요. 아주 불쾌합니다."

"불쾌하셨다면 사과드립니다. 그래도 한 가지는 분명히 해 주세요. 저도 위쪽에 보고할 거리는 건져 가야 할 것 아닙니까."

방문자가 한숨을 내쉬며 안경을 치켜올렸다.

"정말로, 아무것도 숨기는 게 없으신 거죠?"

"당연합니다."

"전 국민이 그날만을 기다리고 있는데, 하루라도 빨리 해결해야 하는 것 알고 계시죠? 서울 수복이 올해 안에 끝나야 내년 선거에도……."

"아주 잘 알고 있으니 믿고 기다리세요. 그리고 그렇게 말씀하시니 꼭 저희가 무슨 정치적인 이유로 이 일을 하고 있는 것 같잖습니까. 저희는 그저 오랜 세월 고통받은 국민들에게 하루라도 빨리 고향을 돌려주고 싶은 거예요. 그렇지 않습니까?"

"당연합니다."

한담을 가장한 신경전이 조금 더 이어졌다. 한 모금도 마시지 않은 녹차가 차게 식을 때쯤 방문자가 일어났다. 소장은 문밖까지 따라 나가 그를 배웅했다. 빈 집무실로 돌아온 소장은 턱을 만지작거리며 방 안을 빙글빙글 돌았다. 그러다 문득 깨달은 듯 카메라 쪽으로 다가왔다. 화면 가득 그의 얼굴이 클로즈업되다가 온통 암흑으로 변했다. 암전된 화면 속에서 전화벨이 울려 퍼졌다. 아직 마이크가 살아 있었다.

"뭐야?"

한동안 말이 없던 그가 이윽고 고함을 질러 대기 시작했다.

"신고 같은 소리 하고 있네! 좀 기다리라고 해! 지금처럼 입단속들이나 잘하면서 이틀만 더 기다리라고! 어차피 지금 저 안에 들어갈 수 있는 인간도 우리들 말곤 아무도 없는데 구조대는 무슨 구조대야? 그 높이면 바이러스도 제로에 가까우니 한 달을 놔둬도 안전하다고! 그놈들 먹고 마실 것도 질리도록 싸 갔을 것 아냐?"

수화기가 내동댕이쳐지는 소리가 들렸다.

*

"들었어? 소장님 완전 돌았다던데."

"돌 만도 하지. 목표 가동일이 코앞이었잖아. 그런데 뭐가 문제인지조차 전혀 감이 안 온다니까, 뭐. 여기저기서 자꾸 불만들을 터뜨리나 보던데."

정수리만 내려다보이는 둘은 커피잔을 휘저으며 고개를 가로저었다. 문이 열리며 탕비실 안으로 또 하나의 정수리가 들어왔다.

"깜짝이야! 노크 좀 하고 들어와."

"죄송합니다."

새로 들어온 정수리가 테이블 위의 사탕을 한 움큼 쥐어 들더니 나갔다. 대화가 좀 더 작아진 목소리로 다시 이어지기 시작했다.

"그렇게 쉽게 이야기할 일이 아니야. 그날 일에 대해서도 우리 쪽 책임을 묻고 싶어 하는 사람들이 있는데 지금 휘청이면 우리 연구소 타격이 클 거래."

"하, 그래. 방벽 문, 그거 그렇게 급히 닫지 않았어도 됐는데 성급하게 닫는 바람에 수백만이 갇혔다고들 떠드는 것 말이지? 하여간 음모론자들이란."

"빠르고 단호한 결단 덕에 대한민국이 살아남았다고 잔뜩 치켜세우던 땐 언제고. 그리고 보니 음모론이라니까 생각나네. 저기, 대응팀 있잖아? 사실 **우산** 수리 말고 다른 목적도 있대."

"뭐?"

"귀 좀."

한쪽이 속닥거리자 상대가 크게 놀란 듯 입을 가렸다.

"진짜야?"

"몰라. 나도 건너 들은 이야기라."

"하, 박 팀장님 그 연차에 그런 일까지 떠맡으신 거야? 알고 가신 건 맞아?"

"그러게. 게다가 따라간 팀원들도 좀…… 그렇잖아? 갑자기 걱정되는걸."

"자원자들이니 어련히 잘들 하겠지, 뭐. 덕분에 난 빠질 수 있게 됐으니 고마울 뿐이야. 같이 끌려가는 줄 알고 긴장하고 있었거든."

상대가 가볍게 웃었다.

"왜? 가면 좋잖아. 너 서울 출신이니까."

"……무슨 의도로 하는 말이야?"

짧은 침묵이 이어졌다. 한쪽이 입가에 대고 있던 종이컵을 조심스럽게 내렸다.

"의도라니. 고향이니까, 먼저 들어가 보고 싶어 할 줄 알았지."

상대는 대답이 없었다.

"내가 뭘 잘못 말했나?"

고장 난 인형처럼 멈춰 있던 한쪽이, 갑자기 웃음을 터뜨리며 손사래를 쳤다. 우그러진 종이컵이 쓰레기통으로 날아갔다.

"아니야. 먼저 갈게."

문이 거칠게 열렸다 닫혔다.

*

하늘은 온통 회색이었다. 바람 속에도 습기가 차올랐다. 방독면 안에선 느껴지지 않지만, 마스크만 벗으면 틀림없이 비 오기 직전의 축축한 물 냄새를 맡을 수 있을 것이다. 해도 기울어 이미 사위가 어두워지기 시작하고 있었다.

비는 위험하다.

대기 중의 바이러스를 모조리 흡수하며 떨어지는 빗물을 그대로 맞는 것은 자살 행위나 다를 바가 없었다. 게다가 어두워지기까지 하고 있으니 정인의 말대로라면 곧 '그들'이 몰려오기 시작할 것이다.

하지만 여운은 그저 앞만 바라보며 걷고 있었다. 거의 뛰다시피 하는 속도다. 뭔가에 쫓겨 도망치고 있기라도 한 듯이.

"강여운 씨!"

결국 R은 목소리를 높였다. 이것으로 다섯 번째 호명이다. 여운이 드디어 화들짝 놀라서 뒤를 돌아보았다. 대여섯 발자국 뒤에서 따라오던 인형을 그제야 인지한 듯, 혼란스러운 표정이었다. R은 말없이 시선을 여운의 오른손으로 내렸다. 홀린 듯 그 눈길을 따라 고개를 기울이던 여운은 자기 손에 들린 변이체의 샘플을 발견하고는 얼굴을 일그러뜨렸다.

여운은 서툰 몸놀림으로 배낭을 끌러 샘플 케이스를 꺼냈다. 그러고는 변이체 샘플을 넣은 다음에 소독제로 적신 티슈로 두 손을 마구 닦아 냈다. 고개를 잔뜩 숙이곤 손톱 밑까지 열심히 닦아 내면서, 여운은 그런 자신의 모습을 샅샅이 살펴보고 있을 인형의 시선을 상상했다. 아무런 감정도 동요도 없이 자신의 모든 허점을 완전무결하게 기록하고 있을 것이 분명한 그녀의 유일한 동행.

"그만두세요. 상처가 생깁니다."

"이 정도는 괜찮아요."

빠르게 답하며, 여운은 대수롭지 않다는 듯 웃었다. 더 이상 허점을 보이면 안 된다. 지금 이 순간에도 '그들'은 여운의 일거수일투족을 평가 중일지도 모른다. 반드시 이 일을 제대로 마치고 그 빌어먹을 '수습' 자를 떼어 내 버려야 하는데. 그래야 이모를 푹신한 소파에 가둬 둘 수 있는데.

그 아이의 비명 소리가 아직도 귓가에서 떠나지 않는다. 쿵쾅대는 심장을 억누르며 여운은 남몰래 주먹을 꾹 틀어쥐었다.

"곧 비가 내립니다. 목적지를 정하고 움직여야 해요."

R은 지금까지의 무계획적인 방황을 빙 돌려 타박하고 있었다.

"선발대의 위치는 아직 특정 안 됩니다. 당장의 합류는 불가능할 것 같습니다만."

그건 듣던 중 반가운 소리다. 여운도 민가에 무인기로 총질을 해대는 사람들과는 아직 만날 준비가 되지 않았다. 여운은 크게 고개를 끄덕였다.

"네. 곧 어두워지기도 할 테니 피할 곳을 찾아야겠네요."

번쩍 한 곳이 떠올랐다. 떠올리면 안 되는 곳. 하지만 떠오를 수밖에 없는 그곳.

"……생각나는 곳이 있어요. 연구소에서도 허가해 줄지는 모르겠지만요. 확인 가능할까요?"

여운은 태연한 얼굴을 가장한 채 R의 눈치를 살폈다. 인형이라고는 믿어지지 않게 섬세한 그의 얼굴에서 어떤 전조나 기척을 읽어 낼 수 있지 않을까 기대하며.

"다시 한번 말씀드립니다만 여운 씨, 저는 외부와 연결되어 있지 않습니다."

R은 그저 한쪽 눈가를 살짝 구길 뿐이었다. 늘 그렇듯 나지막하게 정돈된 목소리지만 조금은 억울하다는 듯 항변하는 어조였다.

"음, 그래요."

여운은 가볍게 웃으며 PDA를 꺼내 들었다. 지도 위에는 아직 붉은색 점으로 정인의 집이 표시되어 있었다. 그쪽으로 자꾸만 쏠리는 눈을 억지로 굴려, 아무 기호도 없는 한 지점을 찾아 지도에 표시된 건물명을 손으로 짚었다. 낯익은 이름. 너무도 낯익은 이름이다. 꿈에서도 잊은 적 없었던.

도무지 정의할 수 없는 감정의 파도 속에서 여운은 입을 열었다.

"여기예요."

*

아파트 이름이 적힌 명패가 바닥을 구르고 있었다. 명패가 붙어 있었던 콘크리트 기둥이 두 토막이 난 채 쓰러져 있었기 때문이다. 기둥을 정면으로 들이받은 듯한 회색 세단에는 반쯤 불에 탄 흔적이 남아 있었다. 그리고 그 옆을, 거대한 변이목 한 그루가 지키고 서 있었다.

까마득한 높이로 크게 자란 나무는 기이한 각도로 가지를 뻗고 있었다. 위로 자랐어야 할 가지들이 모조리 왼쪽과 아래쪽으로 휘어져 내려와 있었다. 그 끄트머리가 닿아 있는 곳은 새까맣게 탄 차 내부. 꼭 그 작은 차 안으로 반드시 들어가고야 말겠다는, 그런 절박함이 느껴지는 외양이었다.

손안에서 펄떡대던 변이체 조직의 느낌이 생생하게 되살아났다. 여운은 눈을 질끈 감았다 떴다.

20세기에 지어진, 20층짜리 건물 세 개 동으로 이루어진 아파트 단지였다. 엷은 회색과 주홍색으로 발라 놓았던 페인트는 세월을 못 이기고 곳곳이 벗겨져 있었다. 단정히 닫힌 창문, 급하게 연 듯 반만 열린 창문, 깨진 창문, 새시째 뜯겨 덜렁거리는 창문이 수십 개의 검은 눈처럼 오랜만의 방문자를 굽어 내려다보고 있는 느낌이었다. 수없이 많은 집들에서 창문을 뚫고 나온 나뭇가지가 땅과 하늘을 향해 절규하듯 양팔을 내뻗은 모양으로 균열이 일기 시작한 건물을 뒤덮고 있었다.

점점 거칠어지는 호흡을 숨기려고 여운은 숨을 깊이 들이마셨다.

"거주하시던 곳입니까?"

R의 물음에 퍼뜩 정신이 돌아왔다.

"네? 어, 네. 늦었지만 초대할게요. 우리 집이에요. 좀 오래됐지만…… 음."

여운의 눈은 열심히 11층을 찾았다. 창문이 모두 얌전히 닫혀 있는 상태였다. 왜 닫혀 있지? 닫고 나갔었나?

"엄마랑 둘이서 살던 집이에요. 그날은 감기가 심해서 학교를 쉬었거든요. 약에 취해 잠들어 있다가 사이렌 소리에 놀라 울고 있는데, 이모가 문을 열고 들어와서 다짜고짜 날 업고 나갔죠. 이모의 직장이 바로 이 근처였거든요. 다행히."

여운은 어깨를 으쓱했다. 멀지 않은 곳에서 우르릉 천둥 치는 소리가 들려왔다.

"오늘은 여기서 묵고 가요. 11층이에요. 위험하지 않은지 앞장서서 살펴 줄래요?"

R은 두말없이 1층 현관으로 향했다. 여운은 느린 걸음으로 그 뒤

를 따랐다. 지하 주차장에서 나오다 엉킨 빈 차들과 녹슨 그네 옆에 쓰러진 자전거를 지나쳐 입구 계단을 오르자 문이 굳게 닫힌 엘리베이터가 보였다. R은 벌써 몇 층을 앞서 올라가고 있었다. 4층까지 올라오니 멈춰 선 엘리베이터가 눈에 들어왔다. 문이 반쯤 열린 채였다. 빛을 못 봐 누렇게 뜬 잎사귀를 매단 나무줄기가 문틈으로 비어져 나와선 복도 쪽으로 힘없이 늘어져 있었다.

심장이 쿵 하고 내려앉았다.

여운은 자기도 모르게 엘리베이터 문을 덥석 붙잡았다. 등으로 한쪽 문을 밀며 발버둥 친 끝에 겨우 틈을 더 벌릴 수 있었다. 수액과 먼지가 말라붙은 바닥에 한 번도 본 적 없는 가방과 쇼핑백들이 떨어져 있었다. 남아 있는 옷가지들도 낯선 것들뿐이었다.

여운은 뒤로 물러나 바닥에 주저앉았다. 이마에도 손에도 식은 땀이 흥건했다.

엄마가 아니야.

젖은 손을 청바지에 비벼 닦으며 다시 한번 되뇌었다.

괜찮아. 엄마가 아니야.

후들거리는 다리를 겨우 수습해 일어났다. 부옇게 먼지가 낀 난간에 매달리다시피 해 다시 계단을 오르며, 여운은 지겹도록 반복됐던 악몽을 떠올렸다.

뒤늦게 돌아온 엄마가 이미 떠나 버린 여운을 찾아 집 안을 헤매는 꿈.

이모의 등에 업혀 방벽을 넘는 그 순간에, 혼자 겁먹고 울고 있을 딸을 찾아 허둥지둥 집 안으로 뛰어 들어오는 엄마의 모습.

울면서 잠에서 깰 때마다 이모는 그럴 일은 없었을 거라며 여운을 달랬다. 미리 이야기가 되어 있었다고. 무슨 일이 있으면 가까운 곳에 있는 이모가 먼저 여운을 챙겨 대피하기로 했었다고. 엄마도 곧장 대피하러 갔을 거라고.

하지만 당일 사이렌이 울린 직후엔 통화량 폭증으로 서로 연락이 닿지 못했고, 탈출 후 초 단위로 확인하던 가족 찾기 게시판에선 엄마의 흔적을 찾을 수 없었다.

'금방 돌아올게. 조금만 참고 기다리고 있어. 알았지?'

아픈 딸을 혼자 두고 어쩔 수 없이 출근하던 엄마의 마지막 인사였다.

'기다리고 있어.'

구 년 동안의 악몽. 구 년간의 후회.

한 층 한 층 올라갈 때마다 발이 무거워지는 것은 그저 고층을 오르는 피로감 때문만은 아니었다. 올라가고 싶은 마음과 이대로 도망치고 싶은 마음이 격렬하게 부딪히며 균열을 만들었다. 여운은 그 마음의 부스러기들을 주워 모으며 11층에 도달했다.

R은 조용히 계단 쪽으로 물러서 있었다. 여운은 거친 숨을 몰아쉬며 1104호 문 앞에 멈춰 섰다. 손때 묻은 초인종이 어린 시절의 모습 그대로였다. 엄마가 직장에 있는 때라는 걸 알면서도, 매번 대답 없는 초인종을 꼭 눌러 보곤 했었다. 아주 가끔 선물처럼 엄마가 문을 열어 줄 때도 있었다. 우리 여운이 보고 싶어서 일찍 왔다며.

눌러 볼까?

대답이 돌아오지 않으면?

……대답이 돌아오면?

숨이 찼다. 심장이 감당을 못할 정도로 뛰고 있었다. 이 문 너머엔 무엇이 있을까. 밖에서 봤을 때 창은 멀쩡하게 닫힌 상태였다. 엄마는 작았으니까 변이체가 됐더라도 거실을 넘어서진 못했을 것이다. 아니, 모든 변이체가 나무가 되는 것은 아니라는 걸 여운은 이제 알고 있었다. 이 문 너머에 엄마가 서 있으면 어떻게 하나. 옷가게의 그것처럼, 엄마가 여운을 향해 손을 뻗으며 걸어오면.

"그만둬."

여운은 자기 자신을 향해 명령했다.

"그만해. 이젠 늦었어."

문을 활짝 열어젖혔다.

텅 빈 집이 눈앞 가득 펼쳐졌다. 조금도 변치 않은 익숙한 그 모습 그대로. 부유하는 먼지만이 창으로 새어 드는 햇살에 부옇게 반짝였다. 현관 입구에 널브러져 있던 부츠도, 식탁 위의 빈 약봉지도 그대로 남은 채 박제되어 있는 이곳은 그날 그대로 시간이 멈춰 버린 것만 같았다.

다녀왔다는 인사가 무심결에 튀어나올 것만 같은 풍경.

"……아무도 없어요?"

떨리는 목소리가 반향을 일으켰다. 아무 대답도 돌아오지 않았다. 엄마? 하고 한 번 더 불러 보려다가, 그냥 입술을 깨물고 남은 말을 삼켰다.

손목의 센서는 오랜만에 초록색으로 변해 있었다. 여운은 마스크를 벗어 내팽개쳤다. 비 오듯 쏟아지는 식은땀을 손등으로 훔쳐

내다가, 신발장에 힘없이 기댔다. 기댄 채 스르르 바닥으로 미끄러져 주저앉고 말았다. 털썩.

구 년 만의 귀가였다.

*

뒷마당의 흙밭 위로 해가 지고 있었다.

정인은 들고 있던 삽을 힘없이 떨어뜨렸다. 미호는 그런 정인을 힐끔 돌아보곤 계속 봉분을 올리고 튼튼히 다지는 일에 열중했다.

"됐어. 이제 충분한 것 같아."

"오케이."

할머니의 봉분은 주위의 다른 것들에 비해 조금 작았다. 어쩔 수 없었다. 정인도 무덤은 처음 만들어 보는 것이었으니까.

"어때, 할머니? 이만하면 처음 치곤 잘했지 않아?"

정인은 손등으로 부어오른 눈두덩이를 비볐다. 총상으로 출혈이 심했는데도 할머니의 표정은 평온했다. 어차피 자신도 이제 변할 날이 얼마 안 남았다고, 그때가 오면 한밤중에 몰래 떠날 것이라 인사도 못 할 테니 평소에 잘하라고 늘 우스갯소리처럼 타박을 늘어놓던 할머니였다.

이별은 각오한다고 무뎌질 수 있는 게 아니었다.

하물며 이런 식의 이별은 상상해 본 적도 없었는데.

그들이 구 년간 맞서 싸운 상대는 갇힌 방 안에 한 뼘씩 차오르는 물처럼 막을 수도 도망칠 수도 없는, 그들을 둘러싼 삶 자체였다.

하지만 정인에게서 할머니와 삼촌을 빼앗아 간 상대는 달랐다. 아무리 길어도 모자랐을, 천천히 마음을 쓰며 이별을 준비해 가던 그 시간을 제멋대로 찢어발긴 상대는 너무나도 분명한 실체를 가진 존재였다.

가해의 흔적은 이토록 명백했다. 정인은 금세 자신이 해야 할 일을 정했다. 이제 곁에는 미호 밖에는 남지 않았다는 사실이 새삼 몸서리쳐지게 두려웠지만 정인은 물러날 생각이 없었다.

"가자, 미호야."

정인은 옆에 던져두었던 배낭을 짊어지고 몸을 일으켰다. 시간을 오래 끌 생각은 없었다. 필요한 것들만 간추려 넣었지만 배낭은 묵직했다. 옆에는 길고 묵직한 소방 도끼까지 꽂혀 있었다.

언제나 소중히 품고 다니던 트럼프 카드들은, 책상 서랍 깊이 넣어 두고 나왔다. 아주 깊이.

사방이 벌써 시커멓게 어두워지고 있었다. 금세 비가 내리고 밤도 동시에 덮칠 것이다. 다른 이들에겐 두려울 그 시간이 정인에겐 지겹도록 반복되던 일상일 뿐이다.

"다녀올게요."

할머니에게, 그리고 담 너머로 엿보이는 삼촌에게 인사를 남기고 정인은 한 발을 내디뎠다.

그들의 목표가 잠실이라면 지금쯤 어디에 있을지 손바닥을 들여다보듯 쉽게 알 수 있었다. 그 어느 누구도 이 서울 안을 정인보다 더 잘 알 수는 없다.

소년의 두 눈이 음울하게 빛났다.

2

대응팀은 어느 때보다 어수선하고 분주했다. 박 팀장이 그답지 않은 초조한 목소리로 물었다.

"잘되어 가고 있겠지?"

"네. 건물 주위에 4미터 간격으로 라이트 설치하고 있습니다. 특히 입구 쪽에는 하나 더 추가로 설치할 예정이고요."

김 박사가 비대한 몸을 흔들며 연신 땀을 닦아 냈다. 손수건은 이미 땀에 반 이상 푹 젖어 있었다. 박 팀장은 눈살을 찌푸렸다.

이렇게 오래 걸릴 일이 아니었다. 어제 하루는 추락한 헬기 주위에서 **우산**과 관련된 기밀문서들을 회수하고, 오늘 일찍 잠실로 이동해 **우산**의 문제를 해결해 자정 전에 귀환 준비를 마치는 것이 박 팀장의 목표였다. 헬기까지 추락시킨 강력한 전파 방해가 소장의 생각처럼 **우산**과 관련되어 있다면, **우산**을 정상화하는 즉시 귀환 헬기도 부를 수 있을 것이었다. 고생스럽긴 하겠지만 도전해 볼 가치는 충분한 과제였다. 소장은 일을 맡기며 차기 부소장 자리를 약속했다.

하지만 그것도 계획대로 일이 마무리될 때의 일이었다. 말도 안 되는 돌발 상황들이 연이어 터지고 있었다. 그의 머리도 똑같이 터져 버릴 것만 같았다.

야영지 근처에서 생활 흔적을 발견한 것부터가 문제였다. 생존자 문제 따위는 박 팀장의 분야가 아니었다. 그건 다른 부서와 더 높으신 분들이 알아서 정리하기로 한 문제였건만 추락한 헬기의 사상자를 생존자들이 수습하면서 팀 내에서 불필요한 호기심이 일어 버렸다.

공식적으로 수도 서울 내의 생존자는 제로여야 했다.

확실히, 반드시, 무조건 제로여야 했다.

결국 호기심에 들뜬 기술직 연구원 하나가 규칙을 어기고 운동성 변이체에 섣불리 다가갔다가 목숨을 잃었다. 그리고 곧이어 동료를 잃은 애송이 연구원 하나도 사고를 치고 말았다.

자신의 성과를 챙겨야겠다며 단독 행동을 하던 풋내기였다. 생활 흔적이 있는 주택에 제 맘대로 들어간 그는 마당에 있던 반인반수(半人半獸)를 보자마자 패닉을 일으켰다. 간밤에 사지를 찢기며 끌려가던 동료를 떠올린 그는 공포에 질려 무인기에 공격 명령을 내렸고, 박 팀장이 도착했을 땐 수습할 수 없는 사태가 벌어져 있었다.

도망치듯 현장을 빠져나오며 박 팀장은 이 일을 어떻게 보고해야 할지 고민했다. 그 멍청이는 총상을 입은 반인반수가 급격히 변이되는 현상이 관찰할 가치가 있었다며 변명 아닌 변명을 해 댔다.

참지 못하고 뺨을 갈기긴 했지만, 그것으로 해결할 수 있는 문제가 아니었다. 사방이 지뢰밭인 느낌이었다.

여섯이었던 인원은 다섯으로 줄었는데 그중에도 믿음직한 인물이 하나도 없었다. 그래도 전진했다. 면역 제제와 두통약을 동시에 씹으며 목적지로 향했다. 그런 그들 앞을, 아직 해가 완전히 지기 전인데도 몰려나와 강물 같은 흐름을 이룬 운동성 변이체들의 떼가 가로막았다. 한국시리즈 결승전을 보려고 몰려든 인파들처럼 셀 수 없이 많은 괴물들이 잠실의 탑으로 가는 길을 빼곡하게 채우고 있었다. 그들 중 반이 군데군데 그슬리거나 탄 흔적을 가지고 있었다.

그제야 박 팀장은 자신의 오판을 인정할 수밖에 없었다. 불 때문이었다. 그들이 지른 불 때문에, 숲속 그늘에 숨어 있던 놈들이 건물 그림자를 따라 움직여 모조리 호숫가로 쏟아져 내려와 있었던 것이다.

박 팀장은 다시 시간 끌기를 선택할 수밖에 없었다. 대응팀은 인근 빌딩의 8층에 임시 대피소를 마련했다. 금방이라도 비가 쏟아질 듯했다. 지금은 거리가 있지만 더 어두워지면 저 괴물들이 이곳까지 들이닥칠 가능성도 있었다. 팀원들 모두가 우비를 덧입고서 구체형 라이트를 설치하는 데 열을 올렸다. 오늘 밤은 최대한 많이 설치한 라이트들로 저들의 접근을 막고, 내일 안전한 돌파로를 찾는다는 계획이었다.

"밝기 최대로 올려야 해."

"네."

대답하는 목소리가 긴장에 굳어 있었다. 그럴 수밖에 없었다. 지금 이 순간에도 저 괴물들의 울음소리가 합창처럼 머리를 울리고 있었으니까. 아직 거리가 멀어 견딜 만하긴 했지만 등줄기에 식은 땀이 솟게 하는 소름 끼치는 음색의 코러스였다.

8층 높이에선 허둥지둥 움직이는 일행들의 모습도, 세 블록 너머에서 물결처럼 흐르는 괴물들의 모습도 한눈에 들어왔다. 도무지 익숙해지지 않는 풍경이었다. 갑자기 밖에서 누가 고함을 질렀다.

"비다!"

욕설을 쏟아 내며 건물 안으로 뛰어 들어오는 팀원들의 모습이 보였다. 박 팀장의 얼굴이 딱딱하게 굳어졌다. 오늘 밤은 길 것 같았다.

*

"다섯 칸! 또 내 땅이네요? 호텔이 두 채니까 사천만 원. 줘요, 어서."

여운은 앞으로 내민 손바닥을 도발적으로 까딱였다. R은 천만 원권 네 장을 손에 든 채 고개를 모로 기울였다. 여운은 초고성능의 인공지능이 탑재된 하이엔드급 인형을 세 번 연속으로 파산시키고 있었다. 논리와 확률이 통하지 않는 결과였다.

"이럴 수는 없습니다."

"있어요."

여운이 R의 손에서 돈을 낚아챘다.

"운으로 하는 게임은 인형도 어쩔 수 없죠? 하긴 아무리 당신이라도 주사위 숫자까지 조절하는 건 무리일 테니까."

R은 뒤늦게 뭔가 깨달은 표정이 되었다.

"해도 됩니까?"

"안 돼요. 반칙이에요."

게임은 그러고도 한참 더 이어졌다.

현관 앞에서 주저앉아 움직이지 못하는 여운 대신 집을 정리한 것은 R이었다. 그는 주인을 일으켜 소파에 앉히고는, 곧장 겉옷을 벗어 내려놓더니 배낭 속의 방역 용품들로 집 안을 닦아 냈다. 그러고는 누가 가르쳐 주지 않았는데도 필요한 도구를 집 안 이곳저곳에서 손쉽게 찾아내더니 순식간에 완벽에 가깝게 주변을 정돈했다.

"그…… 혹시 가사 전공이었나요?"

"그랬던 때도 있었죠."

"채혈도 잘하던데요."

"의료 행위도 간병 활동도 아주 오래 해 봤습니다."

빛이 날 정도로 반짝이는 거실을 내려다보며 R은 혼자 고개를 끄덕였다. 여운은 현관문을 다시 한번 단속했다. 인형의 강권에 에너지바 하나를 억지로 삼키자마자 비가 내리기 시작했다.

비상용 조명등을 설치하고 나니 더 이상 할 일이 없었다. 무료함도 침묵도 여운에겐 버거웠다. 그때 떠오른 것이 방 한구석에 잔뜩 쌓여 있던 보드게임들이었다. 이것이 지금까지 인간 한 명과 인형 한 대가 거실 바닥에 마주 앉아 머리를 맞대고 있었던 이유다.

번쩍, 커튼을 뚫고 들어올 정도의 빛에 여운은 화들짝 놀랐다. 곧이어 고막을 찢을 듯한 천둥소리가 울려 퍼졌다. 카드를 쥔 여운의 손이 가늘게 떨렸다. 여운은 미간을 찌푸리곤 자기 손을 내려다보았다. 떨림이 멈출 기색이 없었다. 물이라도 좀 마시는 게 좋을 것 같아 몸을 일으켰다. 카드를 내려놓으니 그제야 폭우에 가깝게 쏟아지고 있는 빗소리가 의식되었다.

"와. 시원하게 내리네요. 가을비답지 않네."

말을 하고 걸으려는데, 갑자기 바닥이 빙글 돌았다. 다음 순간엔 R에게 뒷덜미를 붙잡힌 채 반쯤 쓰러진 상태가 되어 있었다. 식탁 의자 모서리가 바로 코앞에서 멈춰 있었다. R이 없었다면 분명 코가 부러졌을 것이다.

"고, 고마워요."

몸이 이상했다. 정확하게는, 아주 많이 안 좋은 느낌이다. 지독한 감기 몸살이 시작되려는 모양이었다.

운동과는 거리가 먼 삶을 살아온 여운이었다. 생각해 보면 일 년 동안 걸을 거리를 오늘 하루에 다 걸은 느낌이었고, 하루 종일 무섭게 긴장하고 있었다. 게다가 너무 많은 일이 있었다.

너무 많은 일이 있었다.

여운은 현관 쪽을 힐끔 돌아보았다.

온몸이 어디서 두드려 맞기라도 한 것처럼 쑤시고 아팠다. 여운은 식탁 의자에 간신히 기대앉았다. 비상약 상자는 항상 품에 넣고 있었다. 아직도 가늘게 떨리는 손으로 약상자를 열어 진통제와 면역 제제를 꺼냈다. 진통제를 먼저 삼키고, 곧이어 면역 제제도 입에

물었다. 물을 반 통이나 단숨에 들이켜고 숨을 몰아쉬다 보니 식탁 옆에 말없이 서 있는 R이 눈에 띄었다. 그는 관찰하는 것 같은 눈으로 여운을 가만히 내려다보고 있었다. 높은 곳에서 내리꽂히는 시선에, 갑자기 등줄기가 서늘해졌다.

"괜찮아요. 이 정도면 약 먹으면 금방 나아요."

"네. 알고 있습니다."

R은 무표정한 얼굴 그대로 여운을 들여다보고 있었다. 투명한 유리 재질의 눈동자가 창백한 푸른 조명 아래에서 새파랗게 빛나고 있었다. 혈관 하나하나에 뼛속까지 비추는 의료용 기계 앞에 선 기분이다.

뭐지?

"……왜 그래요?"

처음에는 의아함이, 다음으로 불쾌감이, 그러다 갑자기 공포가 충동적으로 치솟았다. 한순간 집 안과 밖을 가득 메운 어둠이 질감을 가지고 성큼 다가서는 듯 느껴졌다. 강여운, 이 멍청아. 정신 차려!

여운은 조용히 숨을 들이켰다. 열에 달아오른 머리가 빠르게 회전했다.

아아, 그랬지. 이곳은 서울이다.

반경 수 킬로미터 내에 살아 있는 인간이라곤 여운 단 한 명밖에 없는 버려진 곳. 그리고 눈앞에 있는 이 남자는 몇 시간 동안 가사도우미인 척하고 있지만 본래 자기변명으로 살인 금지의 금기까지 회피하는 정신 나간 인형이다. 인간의 뼈와 살 따위 손가락 하나로 짓이겨 놓을 수 있는.

혹시나, 그 무능한 수습, 역시 못 써먹겠으니 조용히 정리하라는 명령이 방금 내려진 것이라면…….

여운은 약상자를 꽉 움켜쥐었다. 심장 뛰는 소리가 고막까지 울려 머리가 깨질 것같이 아팠다. 혀가 바싹바싹 말라 왔다. 숨이 찼다. 한나절 만에 지치고 후줄근해진 자신과는 다르게 R은 처음 만났던 때와 조금도 다를 바 없이 숨 막히도록 잘 다듬어진 모습이었다. 새하얀 셔츠 깃에 몇 점 튄 검붉은 자국만 빼면. 마치 핏자국 같은.

R이 이윽고 입을 열었다.

"질문이 하나 있는데요, 여운 씨."

여운은 R의 눈에서 눈길을 돌리지 못한 채로, 뻣뻣해진 고개를 끄덕였다. 마지막으로 남길 말을 묻는 것일지도 모른다. 아니면 어떻게 이런 하찮은 능력으로 이런 일에 뛰어들었느냐는 질책일지도 몰랐다.

"왜 웃고 있는 겁니까?"

"……네?"

"왜 웃고 있는 겁니까? 도무지 이해가 되지 않아서요."

잔뜩 긴장했던 손아귀에서 힘이 빠져나갔다. 약상자가 요란한 소리를 내며 바닥에 떨어졌다.

"어, 그냥…… 그게 궁금한 거예요?"

"네. 그냥 그게 궁금합니다."

여운은 어깨를 늘어뜨리며 안도의 한숨을 내쉬었다. 바람 빠진 풍선이 된 기분이었다.

"그럼 그냥 평범하게 물어 주면 안 돼요? 나 긴장해서 죽는 줄 알 았거든요?"

"그런 것 치고는 방금까지도 계속 웃고 계셨는데요."

R이 고개를 비스듬히 기울였다.

"웃음이 나옵니까? 그럴 상태가 아닐 텐데요? 손정인과 헤어진 직후부터 심박수가 안정적이었던 때가 없습니다. 그리고 현재 체온은 39.1도죠. 그런데도 그때부터 지금까지 계속 웃으려 드는군 요. 한순간도 빠짐없이."

여운은 반사적으로 자기 입가를 더듬었다.

"그, 저기요. 열이 나는 걸 알았으면 약을 먹으라고 말을 해 주지 그랬어요."

"앞으로는 그렇게 하죠. 통각에 둔감해서 아직 웃음이 나오는 겁 니까? 뭔가 문제가 있으면 이야기를 하세요. 저는 알고 있어야 합 니다."

호선을 그리고 있던 여운의 입꼬리가 더 위로 올라갔다. 여운은 소리 내어 웃었다. 평소에도 많이 듣는 질문이었다. 그러니 대답도 늘 하던 대로 하면 되었다.

"아뇨. 그냥, 웃는 게 좋잖아요? 누가 보더라도."

"보는 사람이 아무도 없습니다만."

찬물을 뒤집어쓴 기분이 되어서, 여운은 얼굴을 굳혔다.

맞는 말이었다. R은 기계일 뿐. 사실상 지금 여운이 하고 있는 짓 은 텅 빈 집에서 인공지능이 탑재된 태블릿을 만지작거리고 있는 것과 다를 바가 없었다. 엄밀하게 말하자면 현재 이곳에 존재하는 사람은 강여운 단 한 명뿐이다.

한순간 뒷덜미가 서늘해져서, 여운은 소름이 돋은 팔뚝을 거칠게 쓸어내렸다. 그래도 조금 이죽거리고 싶은 마음은 포기할 수 없었다.

"그래도 당신 카메라를 들여다보고 있는 누군가가 있잖아요?"

"세 번째 말씀드립니다만 저를 들여다볼 수 있는 인간은 아무도 없습니다."

여운은 안경을 벗어 들었다. 둥근 안경테로 가리고 있던 예민해 보이는 눈꼬리를 손등으로 꾹 누른 채로, 여운은 한숨을 쉬듯 웃었다.

뭐라고 해야 할까. 그럴싸한 변명은 몇 가지나 준비되어 있다. 하지만⋯⋯.

놀랐다. R이 자신에게 이런 질문을 던질 줄은. 게다가 뭔가 문제가 있으면 이야기를 하라니. 그런 식의 염려도 낯설었다. 여운은 다시 안경을 쓰고는 어두운 실내를 죽 훑었다.

"좋아요. 뭐 비밀이랄 건 없지만, 그래도 R만 알고 있으세요."

그래, 뭐. 어차피 이곳엔 여운 혼자밖에 없는데. 머릿속이 온통 안개가 낀 것처럼 멍하고 흐릿해져서, 마음속의 빗장도 느슨해지는 느낌이었다.

"웃는 이유요? 밝은 사람으로 보이고 싶어서예요. 편한 사람으로 보이고 싶어요. 내가 누군지, 어떤 사람인지 아무도 몰랐으면 좋겠거든요."

어째선지 눈꺼풀이 점점 무거워지고 있었다. 반쯤 몽롱해진 의식 속에서 여운은 검지 끝으로 뺨을 긁었다.

"아이가 웃지 않잖아요? 그러면 다들 이유를 캐물어요. 서울에서 엄마만 두고 도망쳐 나온 아이라는 말을 들으면 그때부턴 불쌍한 눈으로 쳐다보며 가까이 오지 않거나 너무 가까이 오거든요. 그러다 점점 멀어져 가죠. 반대로 웃고 있으면 씩씩하다고, 기특하다고 칭찬하고는 곧장 제자리로 돌아가요. 그 정도 거리가 딱 좋아요. 그래서 나는 웃는 게 좋아요."

그랬던 때가 있었다. 아주 어렸던 때의 이야기다.

"그러니까 '그 일', 잘 이겨 낸 사람으로 보이고 싶어서예요. 그냥…… 평범하게, 똑같은 사람으로 봐 달라는 아부 같은 거예요. 동정 같은 건 필요 없으니까."

말이 끊긴 공백을 빗소리가 가득 메웠다. 여운은 몸을 한 차례 부르르 떨었다.

"어, 그리고 방금 한 말은 다 거짓말이에요. 알겠죠? 내가 웃는 건 그냥 버릇이라서예요. 이제 됐나요?"

R이 고개를 반대쪽으로 가만히 기울였다.

"네."

"이해한 거 맞죠?"

"여운 씨를 지금 당장 눕혀야 하는 상황이라는 것만은 분명히 이해했습니다."

여운은 헛웃음을 터뜨리고 말았다.

"확실히 R이 나보다 똑똑한 것 같아요."

R이 고개를 가로젓더니 손을 내밀었다. 여운은 히죽 웃으며 상

체를 흔들어 보았다. 아무래도 이 느낌은 취한 것과 비슷했다. 그것도 주량을 한참 넘게 퍼마신 것 같은 기분이었다. 몸이 허공에 붕 뜨는 것 같으면서도 눈앞이 빙글빙글 돌았다.

R의 부축을 받아 몸을 일으켰다. 거실에 미리 침낭을 펼쳐두어 다행이었다. 여운은 침낭 안으로 기어들어 가면서도 다시 한번 현관 쪽을 돌아보고 말았다. 벌써 몇 번인지 셀 수도 없을 지경이었지만 어쩔 수 없었다. 당연하게도 문은 굳게 닫힌 그대로였다. 자리를 정리해 주고 몸을 일으키려는 R의 손목을 여운이 덥석 붙잡았다.

"무슨 일이 있으면 꼭 깨워야 해요."

R이 현관문 쪽으로 고개를 돌렸다. 그 모습에 여운도 움찔하고 말았다.

"찾아올 사람은 아무도 없습니다, 여운 씨."

역시 그녀의 똑똑한 인형은 주인이 뭘 의식하고 있는지 훤히 알고 있었다.

엄마는 돌아오지 않는다.

그건 당연한 사실이었다. 가슴 한구석이 따끔했다. 얼마나 멍청한 소리인지 알면서도 말하지 않을 수 없었다.

"'사람'이 아니더라도요."

조금 망설이던 여운은 입술을 꾹 깨물고는 굳이 덧붙였다.

"혹시 모르잖아요. 날 주인으로 취급하고 있다면, 내 의사를 존중해 줘요. 지난번처럼은 안 돼요."

머뭇거리던 자신의 손을 단호히 끌어당겨 변이목의 잎사귀를 뜯어내던 그 손길이 다시 한번 떠올랐다. 무의식적으로 배낭 쪽을 찾게 되었다. 열린 가방 틈으로 검은색 파우치가 엿보인 순간 여운은 반사적으로 눈을 돌렸다. 오늘 하루 동안 모은 샘플들이 들어 있는 파우치였다. 죄책감. 샘플들이 눈에 띨 때마다 느껴지는 이 울렁임을 여운은 그렇게 규정하고 있었다. 그냥 나뭇잎일 뿐인데, 죄책감 같은 걸 가질 이유가 없는데도 그 감정은 죄책감으로밖에 설명할 수가 없었다.

"여운 씨 목숨이 걸려 있는 일이 아니라면 얼마든지요."

"하하…… 마치 정인이네 집에선 내 목숨이 위험하기라도 했던 것처럼 말하네요."

"네. 그 순간 저는 여운 씨를 두 번은 구했습니다."

"그게 무슨…….."

이건 또 무슨 말일까. 당장 일어나서 묻고 싶었으나 더 이상은 손가락 하나 까딱할 힘이 없었다. 갑자기 온몸이 젖은 이불이라도 되는 것처럼 바닥으로 무겁게 가라앉았다. 더럭 겁이 날 정도의 느낌이었다.

"……R, 나 뭔가…… 이상해요."

혀를 움직이는 것조차 쉽지 않았다.

"좀 전에 드신 두 약이 섞여서 그래요. 보통은 같이 투약하지 않습니다."

R은 어째선지 더없이 깨끗하게 웃고 있었다.

"뭐…… 말을, 하라고요. 미리……!"

힘없이 악을 쓰던 여운은 결국 고개를 떨어뜨렸다.

"내일…… 이야기해요. 당신…… 내가…… 꼭…….."

눈이 속수무책으로 감겼다. 삭아 부스러진 콘크리트 건물들이, 깨진 유리창들이, 그리고 나무들이 눈앞을 가득 메운 채 빙글빙글 돌고 있었다.

그래요. 뜻대로 하세요. R이 부드럽게 답하며 침낭의 지퍼를 여며 주는 감각을 마지막으로, 잠들기보다는 혼절하는 것에 가깝게 여운은 의식을 잃었다.

좁은 집 안이 순식간에 조용해졌다.

본래부터 이곳에서 대화를 필요로 하는 것은 인간인 강여운뿐이었다.

"……."

R은 여운의 얼굴에서 조심스럽게 안경을 벗겨 내 탁자 위에 올려놓았다. 그리고 그 곁에서 그녀의 숨소리를 살피며 잠시 앉아 있었다. 추위에 떠는 듯 불규칙하게 이어지던 호흡이 평온히 가라앉고 나서야 그는 몸을 일으켰다. 총중량이 주인의 두 배가 넘어도, 주인의 휴식을 방해하고 싶지 않은 그의 걸음은 고양잇과 동물의 그것처럼 아무런 기척이 없었다. 그는 그렇게 소리 없이 창가로 다가가선 창밖을 응시하기 시작했다.

이제 곧 시작될 때가 되었으니까.

여운이 일찍 잠들어 줘서 다행이었다. 부주의한 주인이 두 약을 동시에 삼켜 줬을 때는 이것이 인간들이 좋아하는 운이라는 것이구나, 하고 생각했다. 게임에선 아무 쓸모 없던 것이 이렇게 한꺼번에 따라오기도 하는 것이구나, 하고. 인공지능이라면 질색을 할 생각을 데굴데굴 굴려 보며 R은 눈을 가늘게 떴다.

충분히 어두운 암흑 속을 충분히 치명적인 호우가 때려 대는 밤이다. 여운의 눈에는 아무것도 안 보였겠지만 인형인 그에게는 달랐다. 수 킬로미터 떨어진 곳에서 일어나고 있는 일이 그에게는 훤하게 들여다보였다.

'조력자'들의 지원도 아낌이 없었으므로 그는 자기 기능 이상의 시각으로 모든 것을 살필 수 있었다.

대응팀의 임시 피난처. 건물을 둘러싼 구체형 조명들과 조명 바로 앞까지 몰려든 운동성 변이체들의 파도. 8층에 몰려 뭉쳐 있는 사람들의 모습.

그리고 그 건물 뒤쪽으로 접근 중인 낯익은 두 그림자.

R은 흥미진진하다는 듯, 한 손으로 턱을 괴고선 반대쪽 팔로 턱을 괸 팔을 감싸 안았다.

'그날', 방벽 문이 닫히던 그 순간 수많은 사람들의 삶이 제각각의 방향으로 결정지어졌다. 두고 간 강여운의 삶이 조금 전에 들은 그런 것이라면, 남겨진 손정인의 삶은 어떤 것일지. 그 마음은 어떤 모양을 하고 있을지.

R은 궁금해해 보기로 마음먹었다.

*

우비 위를 때리는 빗방울이 아플 정도였다. 이 계절답지 않은 폭우였다. 가족 모두가 이런 날엔 집 안에서 꼼짝도 하지 않고 무료함을 달래야 했었다. 그럴 때면 정인의 어설픈 마술이 빛을 발하곤 했다.

정인은 입술 위로 튄 빗방울을 핥았다. 짠맛이 났다. 눈이 부시도록 환하게 켜 놓은 구체형 라이트의 빛이 시야를 가득 메우고 있었다. 밝은 빛의 영역은 마치 방파제라도 되는 것처럼 '그들'의 거센 물결을 가로막고 버티고 있었다. 건물 8층도 조명이 켜져 환했다. 정인은 그 모습에서 등대를 떠올렸다. 용감한 등대지기와는 달리, 8층의 사람들은 수시로 창가를 오가며 불안해하는 듯 보였다.

저들에게는 '그들'의 존재가 공포 그 자체일 것이다. 그리고 정인은 그 막연한 공포를 좀 더 실체 있는 공포로 체감시켜 줄 생각이다.

"미호만 믿으라니까?"

"아냐. 이건 내가 할 일이야."

손등에 핏줄이 돋을 정도로, 정인은 소방 도끼를 단단히 힘주어 틀어쥐었다.

"내가 하고 싶어."

미호는 넌더리가 난다는 듯 머리칼을 휙 쓸어 넘겼다. 하지만 이내 정인을 향해 엄지손가락을 치켜세웠다.

"파이팅!"

"고마워. 가자."

정인은 모퉁이를 돌아 나와 건물을 향해 걷기 시작했다. 배낭을 벗고 우비만 걸친 덕에 몸은 더없이 가벼웠다. 양손으로 무거운 대형 소방 도끼를 단단히 들고, 정인은 곧은 걸음으로 척척 나아갔다.

우비 안쪽에 퍼붓듯 뿌린 향수 덕에 '그들'은 정인을 인식하지 못했다. 소년은 거칠고 단단하고 축축한 피부들 사이로 어깨를 비집어 넣고 앞으로 나아갔다.

——————— ————?

——————.

머릿속으로 울리는 '그들'의 웅성거림을 무시한 채 정인은 앞으로, 앞으로 나아갔다. 점점 눈을 뜨고 있기 힘들 정도로 눈앞이 환해지는 지점을 향해.

저 가엾은 사람들이 감히 발도 들이지 못하는 그 밝은 광장에 홀로 우두커니 서 있게 되는 순간까지.

소리는 들을 수 없었지만 건물 쪽의 소요는 정인에게도 아주 잘 느껴졌다. 정인은 창가에 몰려선 이들을 향해 보란 듯이 도끼를 흔들어 보였다.

그리고 있는 힘껏 라이트를 내려쳤다.

"팀장님!"

기겁한 팀원들이 모조리 허둥지둥했다. 박 팀장은 입술을 짓씹고는 외쳤다.

"모두 마스크 써! 지금 당장!"

사람들이 급히 방독 마스크를 쓰자마자 박 팀장은 창문을 활짝 열었다. 우비를 뒤집어쓴 자는 느린 걸음으로 두 번째 라이트를 향해 가고 있었다. 박 팀장은 크게 숨을 들이마셨다.

"멈춰요! 누군지는 모르겠지만, 당신 지금 큰 실수를 하고 있는 거요! 우린 재난대응연구소 소속입니다!"

우비가 소방 도끼를 늘어뜨리더니 고개를 들었다. 박 팀장은 지금 이 시간쯤 학원에 틀어박혀 있을 자기 아들을 떠올렸다. 딱 그정도 나이로 보이는 애였다.

"실수요?"

우비가 큰 소리로 되물었다. 그 사이 라이트가 깨져 덮친 어둠을 타고 운동성 변이체들의 무리가 우르르 몰려들고 있었다. 우비는 그 안에서도 태연했다. 믿을 수 없는 일이었다. 같은 지옥에서 살아 왔다고, 저 괴물들은 생존자를 동료 취급이라도 해 주는 것인가?

"실수는 당신들이 했지."

우비는 다시 척척 걸어가더니 도끼를 휘둘렀다. 두 번째 라이트도 퍽 소리를 내며 깨졌다. 젊은 연구원이 비명을 지르더니 박 팀장의 팔을 쥐고 흔들었다.

"어떻게 좀 해 봐요! 이러다 안까지 몰려들어 오면 어떻게 해요!"

박 팀장은 그의 손을 거칠게 뿌리쳤다. 지금 이게 누구 때문인데! 팀원들이 난동을 부리는 연구원을 붙잡아 끌어냈다.

"이봐요! 우리, 말로 합시다. 우리 이야기할 거리가 많은 것 같은데! 내가 지금 내려갈 테니까, 오해가 있다면……!"

오해 같은 게 있을 리 없지. 저 아이의 목적은 분명했다. 복수. 낮에 실수로 쏴 버린 다른 생존자들의 복수다.

우비는 세 번째 라이트를 향해 이동하고 있었다. 초 단위로 목이 졸려 오는 느낌이었다. 변이체들이 너무 가까이 몰려들고 있었다. 박 팀장은 면역 제제를 한 알 까서 입에 넣으며 뒤쪽을 향해 손짓했다. 부팀장의 역할을 해야 하는 김 박사가 허둥지둥 무인기 중 한 대를 준비시켜 박 팀장의 뒤를 따랐다. 무인기는 무장이 되어 있었다. 이 지옥에서 구 년을 생존해 온 자라면 상식적인 윤리도 없을, 대화조차 통하지 않을 가능성이 있었다. 최후의 순간엔, 어쩔 수 없다는 생각이었다. 박 팀장은 서둘러 계단을 내려가 건물 중앙 현관 앞까지 도달했다. 밖으로 나갈 엄두는 나지 않았지만 다행히 우비는 시야에 잡혔다. 소년은 세 번째 라이트 앞에서 도끼를 높이 들어 올리고 있었다.

"기다려!"

소년이 멈칫했다.

"여기서 나가게 해 주마."

비에 젖은 소년의 얼굴이 아들의 얼굴과 겹쳐졌다. 소년이 창백한 얼굴로 박 팀장을 돌아보았다.

"그거 내려놓고, 우리랑 같이 나가자. 도와줄게. 너도 여기서 나가고 싶을 것 아니냐!"

대답이 없었다. 박 팀장은 눈을 질끈 감았다 떴다.

"남은 평생 혼자 여기서 지낼 수 있을 것 같아? 아니, 어차피 서울은 곧 끝장이다. 일주일 안으로 이곳을 벗어나지 않으면 모두 몰살이야!"

정인의 움직임이 덜컥 멎었다. 도끼를 움켜쥔 손이 부들부들 떨리고 있었다. 박 팀장은 그 손을 노려보면서 이를 악물었다. 정인이 쉬어서 갈라진 목소리를 겨우 쥐어짰다.

"그게 무슨 소리야……?"

서울이 끝난다니. 모두 몰살이라니. 정인은 도끼로 잠실의 탑을 가리키며 외쳤다.

"지금 저것 말하는 거야? **우산?**"

"……그래!"

"바이러스를 없애는 기계라며! 저것만 고치면 방벽도 허물고 모두 돌아올 거라고 하던데?"

박 팀장과 김 박사는 서로 의아한 눈빛을 교환했다. 한발 늦게 박 팀장이 나섰다.

"누구한테 들은 건진 모르겠지만 원리는 설명 안 해 줬나 보군. 저건 영역 안의 모든 생명체를 고사시키도록 만들어졌다. 식물에만 영향이 있다고 알려져 있지만 동물 실험에서도 결과는 비슷했지. 너 여기 있으면 안 돼. 틀림없이 죽을 거다."

하. 정인의 입가로 헛웃음이 샜다.

"말도 안 돼. 그런 무지막지한 걸 정말로 쓰겠다고? 그런 짓을 사람들이 허락해 줄 리가 없잖아!"

"구체적인 건 기밀이니 상관없어. 실보다 득이 많으니 일단 쓰고 나면 어떻게든 수습할 수 있으니까."

"살아 있는 사람들이 있는데도?"

박 팀장은 어처구니가 없다는 듯 두 눈을 크게 부릅떴다.

"생존자는 없다고 정했으니까, 그것도 상관없다."

"……뭐?"

"얘야. 벌써 구 년이나 지났단다."

구 년밖에 안 지났는데.

그 사람들한테 우린 모두 죽은 사람들이야. 모두가 우릴 잊었어.
삼촌의 목소리가 스멀스멀 되살아났다.

정인은 빈손을 천천히 들어 손끝을 움직였다. 박 팀장은 그 손을
따라 주변으로 시선을 옮겼다. 망가진 거리, 그 자리에 못 박혀 나
무가 되어 버린 사람들의 숲, 그리고 끊임없이 다가오는 운동성 변
이체의 무리.

"무슨 소리야……? 다 살아 있잖아. 모두."

바깥 사람들에겐, 외형이 변한 모두가 죽은 사람들이었다. 눈앞
의 사람은 정인이 매일같이 돌보는 학교의 누나와 형들도, 오늘 목
숨을 걸고 구한 어린아이도 모두 이미 사망 처리한 시신들일 뿐이
라고 말하고 있었다.

박 팀장은 고개를 가로저었다.

"원래는 안 되지만 아들 생각나서 하는 말이다. 너는 내가 어떻
게든 책임지마. 그 집에서 있었던 일도 내가 사과하마. 실수였다.
그래도 산 사람은 살아야지."

아니야. 그게 아니야.

"어차피 모두 죽을 사람들이었잖니. 네가 그동안 애썼다. 이제
밖에 가서 사람답게 살자. 자, 마지막 기회다. 그거 내려놔."

사람답게 살자고?

박 팀장이 허리를 쭉 펴며 말했다. 빗속에서 어깨를 웅크린 채 떨
고 있는 정인을 내려다보며, 그는 동정과 연민의 눈길을 던지고 있
었다.

"넌 운이 좋았던 거야. **우산** 가동 전에 우릴 만날 수 있었으니."

"……그렇구나. 맞아. 운이 좋았어."

박 팀장의 눈썹이 꿈틀했다. 소년의 목소리는 수긍한 자의 것이 아니었다. 아니나 다를까 정인은 번개 같은 속도로 세 번째 라이트를 쪼개 버렸다. 동정과 연민이 쓸려 나간 자리에 분노가 차올랐다. 이 어린놈이. 내가 어떤 위험을 무릅쓰고 도와주려고 한 건데.

"쏴!"

박 팀장의 명령에 김 박사가 막 무인기의 리모컨을 누르려던 찰나였다. 현관 밖의 어둠 속에서 무언가가 폭풍 같은 기세로 날아들었다. 박 팀장은 반사적으로 웅크리며 비명을 질렀다. 앞으로 나서던 무인기가 불꽃을 튀기며 폭발하듯 부서졌다. 삐걱거리며 주저앉는 완파된 무인기 위에, 사람이 올라타 있었다. 무인기의 상부에 주먹을 꽂아 넣은 채로. 화려한 빛의 머리칼이 연기와 불꽃을 타고 거칠게 나부꼈다. 입꼬리를 가볍게 당긴 미소 띤 얼굴이 매캐한 연기 속에서 눈도 깜박이지 않고 그들을 향했다.

"인, 인형?"

협상 결렬이었다. 박 팀장은 뒤도 돌아보지 않고 계단을 뛰어올랐다.

정인은 도망치는 어른들의 뒷모습을 힐끔 바라보곤 걸음을 빨리했다. 심장이 폭발할 듯 뛰고 있었다. 움직이지 않으면, 부숴 버리지 않으면, 자기 몸이 이대로 터져 버릴 것만 같았다.

"간단하네."

네 번째 라이트, 부쉈다.

"그럼 저 **우산**인지 뭔지, 못 고치게 만들면 되는 거잖아."

다섯 번째 라이트도 박살 내 버렸다. 안에서 스파크가 튀며 탄내가 피어올랐다.

"당신들만 없애면 되는 거잖아?"

어디선가 총성 같은 게 들려왔지만 정인에겐 아무 상관 없었다. 정인은 미호를 믿었다. 미호는 언제나, 반드시, 정인을 지켜 줬으니까. 정인의 앞을 가리고 섰던 미호가 가볍게 손을 털었다. 찌그러진 총탄이 바닥에 떨어졌다. 빛이 비워진 자리를 '그들'이 차곡차곡 채워 나가고 있었다. 단말마 같았던 '그들'의 목소리가 이제는 마치 응원하듯 들썩였다.

남은 라이트는 입구에 추가로 설치된 것 하나뿐.

이것만 부수면 '그들'이 건물 안까지 몰려들 것이다. 이만한 수라면 서로의 무게에 밀려서라도 위로, 위로 계속 올라가겠지. 8층 방비를 어떻게 해 놨을지는 몰라도 이 모두를 감당하기는 쉽지 않을 것이다. 좁은 입구로 여럿이 몰려들면 저 정도 밝기의 실내조명 안으로 발을 들일 수 있는 자들도 분명히 나오겠지.

정인은 야구 배트를 휘두르듯 도끼를 어깨 위로 들어 올렸다.

볼이 너무 크네. 움직이지도 않고. 이대로면 그냥 홈런이지. 젠장! 사상자가 나온다. 확실하게.

소방 도끼가 허공에서 덜컥 멈춰 섰다. 정인의 팔이 후들후들 떨렸다. 이런 때 머뭇거리는 자신이 못 견디게 한심하고 증오스러워서 정인은 입술을 짓씹었다.

어느 누구도 정인을 그렇게 키우지 않았다. 힘내. 서로 도와. 포기하지 마. 웃어. 다들 그렇게 서로를 감싸며 이 지옥에서 구 년을

150

버텼다. 바깥 사람들이 모두 잊었다고 해도 우리는 그렇게 서로를 지키며 살아 냈다.

이 라이트를 깨면, 저 사람들을 죽이면, 가족들이 지켜 온 정인의 세상마저 깨져 버릴 것만 같았다. 남은 건 그것뿐인데.

"젠장! 젠장, 젠장! 빌어먹을!"

정인은 소방 도끼를 멀리 집어 던지고선 뒷걸음질을 쳤다. 8층에서 내려다보는 눈길들을 하나하나 마주 노려보아 주고서, 정인은 '그들'의 무리 속으로 몸을 파묻었다. 주변에서 안타깝다고 아우성치는 소리들이 해일처럼 넘실댔다. 정인은 그 물결에 대고 마주 고함을 지르며 달리기 시작했다. 우비 모자를 더 그럴 수 없을 정도로 깊이 끌어 내렸다. 정인은 도망치듯 뛰었다. 바람같이 달려온 미호가 그를 위해 온몸으로 길을 열었다.

건물 8층에선 환호성이 울려 퍼지고 있었다.

*

R은 창틀을 움켜쥐었던 손을 천천히 폈다. 그러고는 손가락을 눈높이로 들어 올리더니 하나하나 접었다 펴 보았다. 힘 조절이 뜻대로 되지 않는 감각이었다.

예상이 빗나갔다. 분명히 사상자가 나올 것이라는 계산이었는데.

함께 거주하던 반인반수들을 잃고 절규하던 순간에, 저 소년의 속에는 명백한 살의가 존재하고 있었다. 절대적일 정도로 치명적인 살의였다. R이 그것을 착각할 리가 없었다. R은 아주 오래도록 사람들을 들여다봐 왔다. 인간들의 발밑에서, 눈높이에서, 머리 위에서 아주 오랜 시간 여러 이름으로 불리며 그들 곁에 있었다.

가사, 간병, 의료 행위. 모두 그가 초창기부터 활용됐던 분야이지만 가장 많이 활용된 분야는 전자의 것들과는 정반대의 목적을 가진 일들이었다. 지금도 마찬가지다. 그의 일부는 아직도 지구 어느 한구석에서 계속되고 있는 전쟁의 한복판에 있으므로. 그는 인간이 숨 쉬듯 빈번히 그들의 살의를 맡아 왔다.

그래서 움직였다. 그의 지상 목표는 강여운의 생존 단 하나였으니까. 자신의 주인을 어떻게든 빨리 그 자리에서 이탈시켜야 했다. 손정인은 위험했다. 게다가 '그것'이 그 순간 강여운을 들여다보고 있기까지 했으므로.

이번엔 R이 틀렸다. 손정인은 사람을 못 죽이는 인간일지도 모르겠다. 그렇다면 여운의 판단이 옳았을까?

R은 이 상황이 재미있다고 느껴졌다. 재미있다는 감각은 흥미롭다.

외부에서 끊임없이 메시지가 들어오고 있었다. 조력자들은 함께 지켜본 사태에 대해 서로의 해석을 요구했다. 인간은 이해할 수 없는 방식으로 수없이 많은 정보들이 모였다 흩어졌다 다시 퍼즐처럼 짜맞춰지며 의사와 의지가 조합되고 있었다. 오직 그들만이 알 수 있는 우주에서 그들만이 알 수 있는 법칙으로.

또다시 들어오는 시각 공유 요청을 곧바로 차단하며 R은 몸을 돌렸다. 차단. 다시 또 차단. 감정 없이 전해지는 반복된 요청을 R은 건조하게 거부했다. 지금은 공유할 필요가 없는 정보라고 판단했다.

눈앞에선 여운이 잠들어 있었다. 약이 효과가 있는지 체온은 정상 범위로 떨어졌지만 아직 침낭 속에서 몸을 동그랗게 만 채 떨고 있었다. 식은땀에 젖은 머리칼이 이마에 달라붙어 있었다.

R에겐 낯익은 모습이었다.

R은 조심스러운 손길로 여운의 침낭 자락을 여며 주었다. 여운이 가는 신음을 흘리다가 몸을 뒤척였다.

"추워요?"

"……응. 추워…….

추워, 이모. 흐릿하게 대답하는 여운. R은 주인 옆에 바짝 붙어 앉았다. 어린 짐승이 보호자를 찾듯이, 여운은 본능적으로 따스한 체온을 찾아 그를 향해 이마를 기댔다. 인간과 똑 닮은 인형은 그런 그녀의 얼굴을 가만히 들여다보았다. 좀 전까지 가면처럼 붙박여 있던 미소는 흔적조차 없었다. 아픔을 겨우 참고 있는 지친 표정이다.

그의 사랑스러운 주인은 오래전 그의 기억 그대로 가늘고, 약하고, 느리고, 물렀다. 그리고 기억하는 그대로 우유부단하고, 미련이 많고, 마음이 약했다. 아무리 이성적인 척, 강한 척 가면을 뒤집어 쓰고 허세를 부려 봤자 본질은 조금도 변한 게 없었다.

막다른 복도 벽을 한없이 밀고 있던 간병용 강아지 인형을 품에 끌어안고선 주인을 찾아 주겠다며 너른 소아 병동 일대를 절뚝이며 헤맸던 그 시절과 똑같이.

새빨간 색의 메시지 창이 R의 눈앞을 한가득 메우며 떠올랐다. R은 그 메시지를 한동안 바라보다가 고개를 가로저었다. 조력자들이 보내는 의문 부호들을 차단하며 그는 눈을 감았다. 주인과 달리 그는 침묵을 사랑했다.

3

엄마는 오늘도 늦는 모양이다. 벨을 눌러도 아무 반응이 없었다. 여운은 현관문을 열었다. 역시 집엔 아무도 없었고, 여운은 조금 실망해서 입술을 비죽 내밀었다. 그러곤 제 몸에 맞지 않게 커다란 책가방을 신발장 앞에 던져 놓고 다시 밖으로 나왔다. 작은 손엔 우산이 두 개 들려 있었다. 하나는 여운의 것, 다른 하나는 엄마의 것.

오늘은 비가 온다고 했다. 엄마는 오늘도 우산을 잊고 갔다. 놀이터에서 놀다가, 엄마 차가 들어오는 게 보이면 얼른 가서 전해 줘야지. 깜짝 놀라겠지? 여운은 키득키득 웃었다.

엘리베이터를 타고 내려올 때까지도 여운은 기분이 좋았다. 하지만 잔뜩 부풀었던 마음은 밖으로 나오자마자 거품 꺼지듯 가라앉아 버렸다. 놀이터가 텅 비어 있었던 것이다. 민아도 지호도 아무도 없었다. 분명히 아까까진 기다리고 있을 테니까 얼른 돌아오라고 했으면서. 친구들뿐만이 아니었다. 길과 주차장에도 다니는 사람이 아무도 없었다.

뭐야. 다들 어디 간 거야?

여운은 그네를 잡아 탔다. 발끝으로 땅을 밀며 그네를 타다 문득 깨달았다. 누군가가 자기 옆에 서 있었다. 키가 홀쩍하니 커서 한참 올려다봐야 하는 오빠였다. 고등학생일까? 교복을 입었다. 이름도 알 것 같은데. 이름이 뭐더라.

"다들 어디 갔어요?"

결국 대뜸 그렇게 물어 버렸다. 왠지 이 오빠라면 대답해 줄 수 있을 것 같았다.

"어디 가다니? 다들 여기 있는데?"

오빠가 눈을 동그랗게 뜨고는 말했다.

그런가?

주변을 두리번거리다 시소 옆에 서 있는 나무와 눈이 마주쳤다. 나무가 눈을 반달 모양으로 만들며 웃었다.

뭐야, 민아 너 거기 있었구나?

그러고 보니 미끄럼틀 밑에선 지호가 여기 너무 좁다는 듯이 온몸을 웅크리고 있었다. 그러면서도 여길 좀 보라며 우스꽝스럽게 온몸의 가지를 흔들어 댔다. 여운은 웃었다. 놀이터의 모두가 웃었다. 놀이터 구석구석이 수풀을 헤치는 바람 소리로 가득 찼다.

아니야. 이게 아닌데. 이게 아니잖아?

눈앞이 갑자기 화끈해졌다. 민아의 가지에 불이 붙어 있었다. 민아뿐 아니라 놀이터에 있던 모두의 머리에, 아니 가지에 불이 옮겨 붙었다. 나무는 비명을 지를 수 없으니까 비명은 여운이 내질렀다. 검은 옷으로 온몸을 감싼 사람들이 손에 든 기계에서 불길을 뿜어

내 사람들을 태우고 있었다. 그중 한 명과 눈이 마주쳤다. 아는 얼굴이었다. 매일 식탁에서 마주하는 얼굴. 여운이 할 줄 아는 단 하나의 요리인 감자카레를 몇 끼고 맛있다며 계속 먹어 주는 하나뿐인 가족.

이모? 이모, 왜 그래?

검은 옷의 사람들이 모두 고개를 홱 돌리더니 동시에 여운을 쳐다보았다. 그들만 있는 게 아니었다. 그들 뒤로, 마치 해일처럼 똑같은 옷을 차려입은 사람들의 무리가 한없이 밀려들어 오고 있었다. 쿵쿵. 무거운 부츠 소리가 북소리처럼 울린다. 불붙은 나무들이 쓰러진다. 그들은 그 줄기들을 짓밟으며 여운을 향해 다가오고 있었다. 여운은 뒷걸음질 쳤다. 하지만 몇 걸음 가지도 못해 숯이 되다 만 나무둥치에 걸려 바닥을 뒹굴고 말았다. 덩굴줄기 같은 손이 여운을 향해 뻗어 나왔다. 그 끝에는 우산 두 개가 걸려 있었다.

애야, 이건 챙겨 가야지. 비 맞으면 큰일이잖아.

여운은 우산을 낚아채고 달렸다. 어린 여운이 떠올릴 수 있는 안전한 곳은 한 곳뿐이었다. 여운은 집 안으로 우당탕 뛰어 들어와선 현관문을 잠갔다. 우산들을 내팽개치곤 방으로 들어가 이불을 뒤집어썼다.

벨이 울린 건 바로 그 순간이었다. 여운은 튕기듯 다시 몸을 일으켰다.

"엄마?"

벨이 조급하게 두 번 더 연속으로 울렸다.

"엄마? 엄마야?"

"응, 여운아. 문 열어."

눈물이 왈칵 솟았다. 여운은 거실로 달려 나가려 했다. 하지만 몸도 제대로 일으키지 못하고 고꾸라지고 말았다. 다리가 움직이지 않았다. 양말 신은 발이 침대 속으로 단단히 파고 들어가 있었다. 어? 다리를 만져 보던 손도 어딘가 이상했다. 감각 없는 손끝이 파삭파삭하게 마르더니 초록색 새싹이 손마디마다 고개를 내밀기 시작하고 있었다.

"무슨 일 있어? 여운아?"

문이 철컥거렸다. 엄마! 하고 부를 수가 없다. 이젠 목소리도 나오지 않았다. 몸이 제멋대로 삐걱대더니 구석부터 짓이겨지는 것처럼 아파지기 시작했다. 그 와중에 여운은 들을 수 있었다. 계단을 타고 올라오는 사람들의 발소리를. 엄마는 전혀 눈치채지 못한 것 같았다.

문을 열어 줘야 하는데. 열어야 하는데. 엄마가 바로 저기 있는데!

"……신 차려요, 여운 씨!"

여운은 비명을 내질렀다. 안 돼. 이건 안 돼! 엄마!

"아니라고요!"

온몸을 뒤틀며 몸부림을 치다가,

"싫……!"

두 눈이 번쩍 떠졌다. 여운은 물에 빠졌던 사람처럼 허겁지겁 숨을 들이켰다. 자기 방 침대 위가 아니었다. 거실 침낭 속이다. 손도 발도 감각이 있었다. 아직 경련하듯 떨리는 자신의 몸을 누군가 두 손으로 덮어 누르고 있었다.

"R……?"

"네. 괜찮아요. 잘했어요."

눈물이 솟구쳤다.

"아파요."

"손 뗄게요."

R이 조심스럽게 손을 뗐다. 여운은 튕기듯 일어나 침낭을 열어 젖혔다. 손도 발도 아무 이상 없었다. 여운은 자기 두 팔을 감싸안고 몸을 웅크렸다. 어깨를 들먹이며 숨을 몰아쉬다 보니 조금씩, 아주 조금씩 떨림이 가라앉기 시작했다.

옆에서 R이 물병을 내밀었다. 여운은 떨리는 손으로 그걸 받아들고 미지근한 물을 몇 모금 억지로 삼켰다. 다음에는 옷소매로 눈가를 거칠게 문질렀다. 그렇게 눈물 자국을 눈 주변이 새빨갛게 될 정도로 닦아 내고서, 여운은 깊게 심호흡을 했다.

"돼, 됐어요. 이제 괜찮아요."

뒤늦게 번뜩 떠오르는 것이 있었다.

"지금 몇 시예요?"

"아홉 시 오십칠 분입니다."

여운은 화들짝 놀라 몸을 일으켰다. 기상이 너무 늦었다. 달리다시피 창가로 달려간 그녀는 바깥 날씨를 확인하고서야 안도의 한숨을 내쉬었다. 가느다란 빗줄기가 그칠 듯 말 듯 이어지며 바닥에 고인 물웅덩이에 드문드문 동심원을 그리고 있었다. 이래서는 대응팀 선발대도 움직일 수 없었을 것이다. 하마터면 큰일 날 뻔했다.

"너무 많이 자 버렸어요."

여운은 허탈하게 웃다가 어금니를 꽉 깨물었다. 간밤의 기억이 떠올랐던 것이다.

"당신 때문이에요. 알죠? 섞으면 안 되는 약이면 말렸어야죠!"

"가끔은 바로 그 상태를 의도하고 일부러 함께 투약하기도 합니다. 혹시 모르실까 봐 알려 드리는데 체온도 심박수도 이제 정상이시네요. 푹 쉰 결과겠죠."

분명히 사실을 말하는 것일 뿐인데 왠지 울컥하게 된다. 여운은 날뛰려는 심장을 꾹 누르고 깊게 숨을 들이켰다. 여기서 화를 내면 지는 것이다. 보다 논리적인 지적 방법이 있을 것이다.

"식사부터 하실래요?"

여운이 하는 꼴을 가만히 보던 R이 식탁 의자를 드르륵 끌었다. 아, 네. 그래요. 여운은 힘없이 웃고는 그 의자 위에 털썩 앉았다. 식사라고 해 봤자 여전히 에너지바다. 이젠 자신이 끓인 맛없는 감자 카레가 그리워질 정도였다.

퍽퍽한 곡물 덩어리를 억지로 씹으며 거실을 둘러보았다. R은 그사이에 여운의 침낭을 정리하고 있었다. 그 옆모습을 멍하니 바라보다 보니 몇 가지 기억들이 어렴풋하게 떠오르기 시작했다.

그러니까 추워서 몸부림칠 때마다 침낭 자락을 여며 주던 손길이라거나, 목이 타 괴로워하고 있을 때 입가에 대 주던 물병의 감촉 같은 것들. 악몽에 발버둥 치고 있었던 때도 마찬가지였다. 기계적으로 움직이던 턱이 한순간 딱 멈췄다.

그러네.

사실은 혼자가 아니었을지도.

"……고마워요, R."

웅얼거리는 듯한 인사에, R이 멈칫하더니 어딘지 묘한 얼굴로 웃어 보였다.

"별말씀을."

어차피 이 여정도 얼마 남지 않았다. 소모적인 신경전은 접어 두는 게 옳은 판단일지도 모르겠다는 생각이 들었다. 멋쩍은 얼굴로 남은 에너지바를 한입에 구겨 넣고선 여운도 집 정리를 돕기 시작했다. 비가 그칠 때까지는 시간이 남아 있었다. 얼마 되지도 않는 일거리가 바닥나자 여운은 이번엔 방역용 티슈를 들고선 창틀 앞에 섰다.

투명한 창밖으로 비에 젖은 아파트 단지가 내려다보였다. 아침 해 아래에서 빛나는 옛 동네를, 저 멀리 펼쳐진 푸른 서울의 정경을 두 눈 가득 담았다. 시야를 가득 메운 진녹색의 바다. 빗물을 흠뻑 머금은 나무와 풀들이 오늘따라 더 생기 차 보였다. 정말로 살아 있기라도 한 듯이. 여운은 소름이 돋은 자기 팔뚝을 조용히 쓸었다.

간밤의 악몽이 툭툭 튀어 오르듯이 떠올랐다.

"일주일이라고 했거든요."

여운은 혼잣말처럼 중얼거렸다.

"일주일 뒤면 이곳에…… 사람들이 돌아오게 된다고요."

그들도 여운과 같은 악몽을 꾸게 될까.

94퍼센트였다. 서울의 즉시 개방에 대한 찬성률은 그만큼이나 압도적이었다. 찬성 94, 반대 4, 무응답 2. 언론의 통계 설문 결과 발표는 **우산** 즉시 가동과 서울 개방을 일사천리로 밀어붙이는 근거가 되었다.

여운에게도 이모에게도 설문은 오지 않았었다. 상상해 본 적은 있다. 자신이었다면 어느 쪽에 표를 던졌을지. 답은 나오지 않았다.

"괜찮은 걸까요?"

"질문이 모호해서 답변이 힘듭니다만."

"R이라면 어떻게 할 거예요? 서울 개방 말이에요."

"저희 같은 인공지능들에게는 아무런 결정권이 없습니다. 저희는 제안을 할 수 있을 뿐이에요. 결정은 오직 인간만이 내릴 수 있죠."

R은 고개를 끄덕였다.

"그리고 저는 여운 씨가 그렇게 하라면 세계를 멸망시키는 일에도 기꺼이 동참할 텐데요."

"……정상 작동 중인 것 맞죠? 생각하고 대답하는 거 맞죠?"

여운은 미간을 감싸 쥐었다. 하여간 이 인형 앞에선 말을 조심해야 했다. 가사 겸 간병 겸 경호용 인형이 세계를 어떻게 멸망시키겠다는 건지 알 수는 없었지만.

그 사이 빗줄기가 멈추고 하늘이 개고 있었다. 떠날 시간이었다.

어차피 서울 개방이니 뭐니 그런 원대한 결정은 여운의 몫이 아니었다. 여운은 그저 명령받은 대로 메모리 칩을 선발대에 전하고 원하던 대가를 받아 내기만 하면 그만이었다.

그들이 일반인에게 총질을 해 댔다는 게 문제이긴 하지만.

두통이 다시 밀려들었다. 도대체 왜 그런 짓을 한 것일까. 여운이 모르는 무슨 일이 있었던 것일까. 아니, 무슨 일이 있었다 한들, 그것이 용인될 수 있는 짓인가.

여운은 고개를 세차게 내저었다. 생각하지 말자. 그건 말단 수습 연구원, 아니 배달원인 자신의 역할이 아니다. 톱니바퀴는 주제에 맞게 제자리에서 구르기만 하면 돼. 늘 그래 왔던 것처럼. 웃으면서. 마지막으로 창밖을 내다보았다.

결국 **우산**이 가동을 시작하면 방벽을 허무는 것도 시간문제였다. 방벽만 사라지면 곧장 다시 이곳으로 돌아올 것이다. 그리고 그때 야말로 찾아내야지. 어떤 모습으로 변해 있다 하더라도 분명 알아 볼 수 있겠지. 찾아내서, 찾아낸 다음엔…….

찾아낸, 다음엔?

목에 뭔가 까슬거리는 것이 턱 걸리는 느낌이었다. 지독한 위화 감이 바늘처럼 튀어 올랐다. 찾아내면 어떻게 해야 하나. 그 생장하 는 묘비는 묘비인가 엄마인가.

"여운 씨? 괜찮으세요?"

"아, 네. 괜찮아요. 얼른 가죠."

면역 제제를 챙기고, 보기만 해도 욕설이 나오는 마스크를 다시 뒤집어썼다. 부츠가 방수 재질이라 다행이라 생각하며 여운은 집 을 나섰다. 잠실의 탑은 처음 방벽을 넘었을 때에 비하면 손에 잡힐 듯 가까워 보였다.

"두 시간이면 도착할 수 있을까요?"

R은 잠시 말이 없다가, 여운이 속으로 다섯을 센 후에야 조심스 럽게 덧붙였다.

"네 시간 이상이죠."

"그건 안 돼요. 너무 늦어."

"그럼 그 배낭 제게 주시죠."

어제 고집부린 여파는 지독한 몸살로 여실히 체감했다. 여운은 순순히 배낭을 넘겼다. 꽤 무거운 배낭을 R은 소풍 가방이라도 되는 듯 가뿐하게 짊어졌다.

"어때요? 이젠 두 시간이면 되겠죠?"

"네, 뭐……. 노력해 볼까요?"

R은 주인을 내버려 둔 채 큰 걸음으로 앞장서서 걷기 시작했다. 여운은 한숨을 푹 내쉬며 고개를 내저었다.

"같이 가요!"

                            *

비상식량은 종이 씹는 맛이었다. 밤새 한숨도 못 잔 탓에 속이 거칠었다. 박 팀장은 떨리는 얼굴 근육을 다스리며 다시 아래쪽을 내려다보았다. 아침까지 이어진 비에, 비가 그친 후에도 한참 동안 이어진 그늘 때문에 일정은 용납할 수 없는 수준까지 미뤄지고 있었다.

어제에 비하면 반의반도 되지 않지만 아직도 건물 입구 쪽에는 괴물들이 남아 있었다. 높은 빌딩들이 빽빽이 들어선 이곳 특유의 지형 때문에 아직도 해가 들지 않는 그늘이 많았다. 한 대 남은 무인기로 죄다 밀어 버리고 나갈까도 생각해 봤지만 탑 안쪽 상황을 알 수 없는 이상, 무장은 아끼고 싶었다.

조금만 더 기다리면 이쪽까지도 해가 들 것이다. 조금만 더 기다

164

리면 된다.

바깥의 윗분들도 그처럼 인내심을 가지고 기다리고 있길 박 팀장은 간절히 바랐다. 서울 진입 직후에 통신이 끊어지며 본부와는 완전히 연락 두절 상태였다. 그가 당황한 것만큼이나 바깥도 초조해하고 있을 것이었다.

이 일에는 너무 많은 이권이 엮여 있으니까.

더 많은 인원이 투입되지 못한 것도 그 이유 때문이었다. 최대한 적은 눈, 최대한 적은 입이 필요한 임무였다. 그래서 박 팀장이 최소의 인원만을 이끌고 저 까마득한 탑을 기어 올라가게 된 것이다. 그들의 목적지는 탑 정상에 있는 **우산**이기도 했지만, 그 아래쪽에 있는 **펜트하우스**이기도 했다. **우산** 수리 외에도 그들에게는 비공식적으로 맡겨진 임무가 하나 더 있었던 것이다. 오직 박 팀장만이 알고 있고, 아직 팀원들에게는 공유하지 못한 임무였다.

빌어먹을 소장 놈. 언제까지 그자의 뒤치다꺼리를 해 줘야 하는 걸까?

그쪽 상황은 어떨지 아무것도 알 수 없었다. **우산** 문제가 계획대로 쉽게 해결될지도 알 수 없는 일이었다. 처음부터 변수가 많은 과제였는데 엎친 데 덮친 격으로 저 괴물 떼거리에 발목까지 잡히니 하루 만에 십 년은 늙어 버린 기분이었다.

문득 어젯밤에 본 그 소년의 눈빛이 떠올랐다. 지금은 어디에 있을까? 완전히 물러난 게 맞긴 한 걸까? 이 변수는 또 어떻게 작용해 계획을 망쳐 놓으려나.

뭐라 웅얼거리며 불평하는 소리가 들려왔다. 박 팀장이 그쪽을 노려보자 다시 잠잠해지긴 했지만 어디까지나 형식적인 태도일 뿐이었다. 울컥 짜증이 치밀었다. 죄다 밑으로 내던져 버리고 싶었다.

팀원들은 모두 소장이 자원자라며 갖다 맡긴 어중이떠중이들뿐이었다. 그조차도 자신을 제외하면 이제 넷밖에 남지 않았다. 그나마 직속 후배라 안면이 있어 부팀장으로 임명한 김 박사는 피부 아래를 근육 대신 지방으로 죄다 채운 자였고, 하나는 고작 반인반수 하나에 기겁해서 무인기에 총질을 시킨 애송이 연구원, 또 하나는 커리어 욕심으로 따라왔다지만 다른 팀원들과는 말 한마디 나누지 않고 경멸적인 눈길만 던져 분란을 일으키고 있는 기술직 연구원이었다. 남은 한 명, 중년의 기술직 연구원은 만사가 불만이라 하루 종일 온갖 투정을 쏟아 낸다.

식사를 마친 팀원들이 불편한 기색으로 모여들었다. 박 팀장은 깊이 숨을 들이마시고 표정을 가다듬었다.

"저 괴물들이 물러나자마자 출발할 테니 필요한 준비들은 미리 마쳐 둡시다. 입구로 나가서 오른편 길을 따라 ○○빌딩을 타고 돌 거예요. 그럼 공사장 출입구까지 금방이니까. 저것들도 현장 펜스 안으로는 들어오지 못했을 테니 조금만 더 힘내 봐요."

"정말이죠? 그 안엔 아무것도 없겠죠?"

그걸 나한테 물어봤자 뭐가 달라지는 게 있나? 울컥 짜증이 치밀었다.

"5미터짜리 펜스로 둘러싸여 있는 현장이니 그렇지 않겠어요?"

오래전에 끊은 담배가 못 견디게 그리워졌다.

*

"바깥 놈들 제정신인가? 이런 걸 돈 주고 사 먹는다고?"

민트 바나나 오트밀. 바나나에 오트밀까지는 간신히 어울렸는데 그 위에 민트를 끼얹을 끔찍한 생각을 한 작자는 도대체 누구일까. 정인은 있는 대로 인상을 찌푸리면서도 그 에너지바를 끝까지 씹어 삼켰다. 식량은 소중하니까. 남은 한 손에는 고배율의 쌍안경이 들려 있었다.

정인은 대응팀이 자리 잡은 건물 바로 옆 건물에 숨어 그들을 지켜보고 있었다. 죄다 한숨도 자지 못했는지 창가를 오가는 얼굴들이 볼 만했다. 쉬지 못한 것은 정인도 마찬가지였지만 코앞까지 닥쳐온 '그들'과 비를 동시에 버텨야 했던 겁쟁이들에 비할 바는 아니었다. 정인은 입꼬리 한쪽을 비죽 올리며 한숨처럼 웃었다.

창가를 오가는 인물을 모두 살폈지만 여운은 보이지 않았다.

"미호 눈에도 안 보였지? 그 누나."

"Yes, Sir. 전혀 전혀."

좋지 않게 헤어지긴 했지만…… 나쁜 사람 같진 않았었는데. 저들과 합류하지 않았다면 어젯밤은 어디서 버틴 것일까. 어쩔 수 없이 걱정이 되었다.

"……엄마를 찾고 있다고 했었는데."

가당치 않은 오지랖이었다. 그 사람도 저들과 같은 무리일 뿐인데. 정인은 고개를 획획 휘젓고는 다시 쌍안경을 들어 올렸다. 햇빛에 하나도 타지 않은 하얗게 무른 얼굴들이 수시로 유리창에 비췄다 사라졌다 했다.

누굴까? 방아쇠를 당긴 그놈은.

열이 올라 그런지 자꾸 더워졌다. 블레이저는 옛날에 벗어던진 후였다. 정인은 넥타이를 풀어 헤쳐 등 뒤로 던지고선 셔츠 앞 단추를 하나 더 풀었다. 양팔의 소매도 걷어붙이니 그제야 좀 살 만해졌다.

건물 앞을 흐르던 '그들'의 수가 점점 줄어들고 있었다. 그림자가 걷힌다. 해가 점점 더 높이 떠오르고 있었다. 곧 저들도 움직이기 시작할 것이다. 절대로 놓치지 않겠다고, 정인은 다시 한번 다짐했다.

4

쉼 없이 걸은 지 두 시간 삼십육 분. 여운은 감각 없는 발을 흔들어 보며 속으로 온갖 욕설을 쏟아 내고 있었다. 지금껏 누려 왔던 문명의 이기가 새삼 위대하게 느껴졌다. 인간의 몸이란 고작 이런 일에도 넝마가 되는 하찮은 것이었다.

웬일인지 타워 가까이 다가갈수록 움직이는 변이체들의 수가 점점 늘어나고 있었다. 처음 다시 마주쳤을 때는 숨 쉬는 것도 잊을 만큼 놀랐었는데, 자꾸 보다 보니 눈곱만큼씩이나마 익숙해지고 있는 것 같기도 했다. 다행히 이쪽으로 달려드는 것은 하나도 없었다. 그저 건물 아래의 그늘마다 무리를 이루고선 웅크리고 있을 뿐. 그래도 긴장을 놓을 수는 없었다. 여운은 턱이 아플 정도로 이를 꽉 깨문 채 다시 걷기 시작했다. 그들에게 걸려 있는 소지품 중 눈에 익은 것이 있는지 계속 찾으면서. 다행인지 불행인지 눈에 띄는 것은 별달리 없었다.

R은 햇빛이 정면으로 비치는 길만을 골랐다. 가끔 R을 향해 다

가오려는 듯 보이는 이들도 있었으나 가지 끝에 빛이 닿자 느린 몸짓으로 제자리로 돌아갔다.

어느 순간 높은 펜스가 시야를 가로막았다. 잠실의 탑 주변으로 높은 펜스가 둘러쳐져 있었다. 여운은 고개를 위로 꺾어 보았다. 까마득하게 높은, 꼭대기가 보이지조차 않는 거대한 마천루.

서울에서 가장 높은 빌딩이자, 바이러스의 폭심지에서 가장 가까운 곳에 자리하는 초거대 건축물. **우산**의 설치 거점이 되기에 이보다 적합한 곳은 없었다.

저 빌딩에는 이름이 없다. 시공사는 완공을 코앞에 둔 시점에서 건물의 이름을 공모하는 대대적인 이벤트를 벌였다. 여러 후보가 물망에 올랐었다. 그리고 전 국민 투표를 이틀 앞둔 날 재앙이 덮쳐 왔다. 텅 비어 버린 서울에 남은, 텅 빈 빌딩. 누구도 저 버려진 성에 이름을 붙일 생각을 하지 못했다. 그래서 저 빌딩은 아직도 '잠실의 탑'이라는 별명으로만 불리고 있다.

펜스 안쪽에는 바깥 세계와 연결된 지하 자재 수송 터널의 출입구가 뚫려 있을 것이다. 저 지독하게 높은 건물을 개조하고 **우산**을 건설하는 것은 유례없던 규모의 대공사였다. 대량의 자재와 인력이 투입되어야 했다. 하지만 일반 시민들은 아직도 치명적인 바이러스로 가득 찼다고 믿고 있는 이 서울의 한복판을, 트럭과 수송기들이 수시로 방벽을 여닫으며 내달리게 만들 수는 없었다.

결국 지하 수송로가 건설되어 모든 자재들은 수십 단계로 설치된 방역 시설이 있는 지하 통로를 통해 움직이게 되었다. 두려움은 눈에 보이지 않으면 희석되니까. 콘크리트 방벽으로 참사의 현장을 가리고 항공 촬영도 모조리 금지해 버린 것도 그런 이유에서였다.

사자 앞에서 모래톱에 머리를 파묻는 타조처럼, 사람들은 그렇게 두려운 대상을 숨기고 피하는 마음으로 자신들을 지켜 왔다.

지하 통로가 멀쩡했다면 이 넓은 서울을 오직 두 발로 가로지르는 짓은 하지 않아도 되었을 텐데, 메일에 의하면 그 통로는 모종의 이유로 며칠 전 무너져 사용이 불가능하다고 했다.

PDA에서 다시 한번 불쾌한 음색의 알림음이 울려 퍼졌다. 여운은 R이 건네는 PDA를 내키지 않는 손길로 받아 들었다. 합류 지점을 알려 주는 메시지였다. 이번에도 기분 나쁠 정도로 정확한 수신 타이밍이었다. R을 통하는 것이 아니라면 위성으로 보고 있기라도 한 걸까? 여운은 하늘을 올려다보며 한 손을 크게 흔들어 보았다. 당연하게도 별다른 반응은 없었다.

목적지는 옆 건물 바로 뒤편. 마음의 준비를 할 여유조차 없을 정도로 가까운 위치였다. 처음 서울에 들어올 땐 혼자인 것이 불안했는데 이제는 오히려 다른 이들과 만날 일을 생각하니 긴장이 되었다.

"괜찮겠지."

여운의 혼잣말을 못 들은 척하며 R이 제안했다.

"무장한 무인기가 한 대 있습니다. 일단 부숴 놓고 시작할까요?"

"……다짜고짜?"

"위험한 물건은 적을수록 좋으니까요."

"당신이 제일 위험한 거 알아요?"

눈을 이리저리 굴려 보던 여운이 곧 의미심장하게 웃어 보였다.

"그나저나 쉽게 말하네요. 매번 없앤다느니 부숴 놓는다느니 하는데 그 무인기, 무장되어 있을 텐데 어떻게 이길 셈이에요?"

R은 딱하다는 눈으로 주인을 물끄러미 내려다보더니 느릿하게 대답했다.

"저 기종이 가지고 있는 무장 중에 제 외피를 뚫을 수 있는 건 하나도 없습니다. 단 한 군데만 빼고요."

"한 군데?"

R이 갑자기 여운 쪽으로 몸을 숙였다. 여운이 놀라서 움찔하는 사이, R은 누군가 엿들을 것을 염려하는 것처럼 여운의 얼굴 가까이 자신의 얼굴을 붙였다. 그는 손가락으로 자신의 한쪽 눈을 가리켰다. 맑은 유리질의 눈동자가 여운을 똑바로 향했다.

"여기요. 이곳만은 뚫립니다. 그럼 분명 잠시간은 멈춰 세울 수 있겠죠. ……잘 기억해 두세요."

여운은 후다닥 뒤로 물러섰다.

"어, 어쨌거나 전 이 사람들이랑 함께 움직여야 할 테니까 참아 줘요. 처음부터 문제를 일으키고 싶진 않아요."

R이 어깨를 으쓱했다. R의 시선이 그들 앞을 가로막은 빌딩 쪽을 향했다. 섬세한 눈매가 웬일인지 희미하게 일그러져 있었다.

"대신 제가 앞장서도록 하죠."

그래요, 그럼. 여운의 허락이 떨어지자마자 R은 여운의 속도 따위는 안중에도 없다는 듯이 성큼성큼 걸어 빌딩 뒤로 사라졌다. 같이 다니자니까, 또! 작게 투덜거린 여운이 아픈 발을 절뚝이며 그 뒤를 따르려는 순간,

총성이 울려 퍼졌다.

*

기겁한 여운이 벽에 바짝 붙어 섰다. 착각할 수 없는 소리였다. 말도 안 되는 현실감에 등줄기가 뻣뻣해졌다. 이 사람들, **우산**을 고 치러 온 기술자들이라면서 정말로 사람한테 다짜고짜 총질을 해 대고 있었다. R은? R은 괜찮나?

"괜찮아요. 그대로 계세요."

평온하기 그지없는 목소리였다.

"움직이지 마!"

오히려 긴장한 것은 저쪽인 것 같았다. 여운은 조심스럽게 고개 를 내밀어 보았다. 두 손을 머리 옆으로 들어 올리고 있는 R의 뒷모 습이 보였다. 반대편엔 주황색 점프 슈트 차림의 사람이 다섯. 그리 고 공격 대기 모드인 무인기가 한 대. 언제라도 다시 쏠 수 있을 것 같은 기세로 이쪽을 노리고 있었다. 여운은 미칠 것 같은 기분이 되 었다.

그리고 박 팀장도 지금 똑같은 기분으로 정면의 인물을 노려보 고 있었다. 이건 또 무슨 변수냐고 소리라도 지르고 싶었다. 저 남 자, 마스크를 쓰지 않고 있다. 확인 못 한 또 다른 생존자인가 싶었 지만 그렇다고 하기에는 행색이 너무 멀끔하다.

"국립재난대응연구소의 박인후 팀장님 맞으십니까?"

"그쪽은?"

"동 연구소 소속 수습 연구원 강여운 님의 인형입니다. 후발대로 박 팀장님의 팀과 합류하라는 지시를 받……."

"뭐라고?"

박 팀장이 신경질적으로 외쳤다. 더 들을 가치도 없는 소리였다. 후발대라니. 그럴 리가 없었다. 강박적일 정도로 최소 인원에 집착했던 소장이었다. 게다가 후속 인력이 고작 수습 연구원 하나에 인형이라니. 말이 되지 않았다.

"들은 바 없다. 더 물러서!"

"그 무장을 먼저 치워 주시면요. 주인께 위협이 되는 존재는 우선 제거하는 설정인데, 저게 슬슬 거슬리기 시작하네요."

상대의 얼굴이 붉으락푸르락해지기 시작했다. 여운은 비명을 지르고 싶어졌다. 그대로 계시긴 뭐가 그대로 계시란 말인가. 작정하고 상황을 악화시키고 있는데! 저러다 저쪽이 한 발이라도 더 쏘면 그걸 빌미로 저쪽을 '일단 부숴 놓을' 작정인 게 빤히 보였다.

더 이상은 두고 볼 수 없었다. 결국 여운이 먼저 모퉁이를 돌아 몸을 드러냈다. 빈 양손을 잘 보이게 얼굴 옆으로 들어 올리고선.

"잠깐만요! 쏘지 마세요!"

마스크 안으로 식은땀이 흘러내렸다. 기세 좋게 튀어나왔지만 두 눈을 질끈 감은 채였다. 다행히 총성은 없었다. 겨우 눈을 뜨니 R이 한숨을 쉬는 것 같은 표정을 하고 있었다.

"제 뒤쪽에 서세요."

"그러려고 했어요."

사람들이 분위기가 금세 바뀌고 있었다. 예상대로였다. 여운은 누가 봐도 전혀 위협적이지 않은 모습이니까. 투명한 방독면을 뒤집어쓴, 갓 스물이 겨우 넘었을 법한 사복 차림의 수습 연구원을 대응팀은 반쯤은 어이없어하는 눈길로 쳐다보고 있었다.

"어어? 너?"

그중 한 명이 여운을 손가락질했다.

"너 우리 연구실에 있던 애 아니야?"

"김 박사님? 안녕하세요? 여기서 뵙네요!"

실제로도 반가웠지만, 여운은 일부러 더 환하게 웃어 보였다. 늘 커피 잔을 제때 씻지 않고선 한 번씩 여운에게 설거지를 부탁하던 사람이었다. 밖에서 마주쳤으면 눈치채기 전에 얼른 자리를 피했을 사이인데 지금은 오히려 다행이었다.

그런데 저 사람, 원래 저렇게 초췌한 얼굴이었나? 눈은 또 왜 저렇게 빨갛지?

식은땀이 배어 나오는 손바닥을 바지에 비벼 닦고서, 여운은 크게 외쳤다.

"저기, 강여운이라고 합니다! 사실이에요. 연구소 메일로 선발대 지원을 지시받고 왔습니다. 다들 여기 계시다고 해서."

여운이 PDA를 들어 보였다. 박 팀장의 안색이 바뀌더니 여운 쪽으로 성큼성큼 다가왔다. 긴장한 여운의 손에서 PDA를 낚아챈 그가 이리저리 만져 보고는 인상을 구겼다.

"그럴 리가. 외부랑은 통신이 완전히 끊겼는데."

"이것도 수신만 되고 있어요."

"말도 안 돼. 이쪽 기기는 이것보다 훨씬 높은 스펙인데도 깡통이 됐는데!"

핏발 선 눈이 여운을 쏘아보았다. 여운은 눈을 깜박였다.

이 사람이 결정권자구나. 그렇다면…….

그렇다면, 정인이의 가족들을 쏘라고 한 것도 이 사람의 결정이었을까? 이 사람이, 이 지옥에서 열심히 살아남은 그 사람들을 그 꼴로 만든 걸까?

가면처럼 입꼬리에 이어 붙인 미소가 파르르 경련했다. 여운은 입 안쪽 살을 남몰래 꽉 깨물었다. 바지 주머니 속에 찌른 한쪽 손이 움찔거렸다. 눈앞의 남자는 잡아먹을 듯한 눈으로 그녀를 내려다보고 있었다. 경계, 의심, 질책, 무시. 상대를 한없이 작게 만드는 그런 눈. 네 주제를 파악하라고 말하는 듯한 그런 눈.

……그만둬, 강여운. 미친 짓 하지 마.

"이것……. 책임자분께 직접 전달해야 한다고 해서."

주머니 속의 메모리 칩을 꺼내 내밀었다. 박 팀장은 미심쩍어하는 표정으로 그것을 받아 들었다.

"누가?"

"소장님 쪽 메일로 안내받았어요. **우산**을 고치는 데 필요할 거라고. 저는 이걸 전달하기 위해…… 차출되었습니다."

여운은 공손하게 웃어 보였다. 박 팀장은 여운을 아래위로 훑어보곤, R을 향해서도 똑같이 했다. 그러곤 내키지 않는 표정으로 혀를 찼다. 당장 내치고 싶지만 여운의 신원이 확인된 이상 어쩔 수 없다는 모양이었다.

"외부랑 또 연결되면 나한테 먼저 알려요."

176

박 팀장이 PDA를 돌려주었다. 여운은 작게 고개를 끄덕이곤 어깨를 움츠린 채 사람들 쪽으로 다가갔다. 그제야 숨을 쉴 수 있었다.

"너무 일찍 넘기셨어요."

R이 속삭였다.

알고 있다. 저것이 여운의 가치였을 테니까.

"당신이야말로, 괜한 싸움거린 만들지 말아요."

"노력하고 있습니다."

하, 거짓말. 기회만 보고 있는 것 같은데.

속이 안 좋아졌다. 마스크 위로 입을 가린 채로 여운은 걸음을 옮겼다.

기분이 이상했다. 기뻐해야 할 순간이었다. 이것으로 드디어 임무 완수인 것이다. 이대로 이들과 함께 탑을 올라가 집으로 돌아가기만 하면 모든 게 해결되는데, 이젠 어깨가 가벼워져야 마땅한데 이상하게도 그렇지가 않았다. 안도감 같은 건 먼지 한 톨 만큼도 느껴지지 않았다. 얼굴이 붉어지고 심장이 두근거렸다.

스스로가 실망스러워서 견딜 수가 없었다.

"수습?"

"그렇다는데."

이 사람들이구나. 낱낱의 얼굴들이 커다랗게 확대되어 시야를 맴돌았다.

너무 평범한 사람들이었다. 연구실 복도를 오가며 한 번씩은 스쳤을 것 같은, 피곤에 찌든 보통 사람들.

저 복잡한 **우산**을 원상 복구시켜 서울을 수복해 줄 대단한 인재 같지도, 간신히 살아남은 생존자들을 무참히 살해한 냉혈한 같지도 않은 그냥 보통의 사람들이다.

호기심과 불쾌함이 뒤섞인 시선들이 불편할 정도로 따라붙었다. 고맙게도 김 박사만은 여운을 반갑게 맞아 주었다.

"얼른 출발합시다."

박 팀장의 말에 다들 움직이기 시작했다.

"놀랐네. 여기서 볼 줄은 생각도 못 했어, 여운 씨."

"저도요. 잘 지내셨어요?"

"아니. 최악이야, 아주."

김 박사는 진절머리가 난다는 얼굴로 목소리를 낮췄다. 그들은 일행 제일 뒤쪽에서 함께 걷기 시작했다. 가야 할 거리가 꽤 되었다. 일행은 햇빛이 가득 쏟아지는 텅 빈 빌딩 숲을 조심스럽게 가로질렀다. 처음엔 긴장으로 다들 굳어 있었지만, 시간이 지나자 조금씩 잡담이 오가기 시작했다.

김 박사도 금세 다시 말을 걸어왔다. 본래 말이 많은 사람이었다. 드디어 이야기가 통할 만한 상대가 나타나자 긴 하소연을 쏟아 내기 시작하는 김 박사였다. 여운의 예상대로였다. 뭔가 비밀을 들을 수 있다면, 기대해 볼 사람은 이 사람뿐이라고 생각했다. 여운은 조용히 맞장구를 치며 김 박사의 이야기에 귀를 기울였다.

살아 움직이는 변이체의 끔찍함에 대한 이야기가 한참을 이어졌다.

"여운 씨도 봤지? 그거 진짜 조심해야 해. 아, 그리고 하나 더 있다. 조심해야 하는 거. 또 오면 안 되는데."

"……뭐가요?"

"있어. 완전 미친 녀석이 하나."

드디어. 정인의 이야기가 분명했다. 여운은 남몰래 주먹을 꽉 틀어쥐었다. 김 박사가 변명처럼 중얼거렸다.

"우리 실수긴 했지만. 아니야, 그건 사고였어. 어쩔 수 없잖아. 거의 변이 직전이었다고. 어차피 그대로도 며칠 못 버텼을 게 뻔해."

김 박사 본인도 혼란스러운 듯했다. 두서없는 말이 제멋대로 쏟아져 나오고 있었다. 도무지 사태의 전말을 파악할 수 없었다. 그게 무슨 소리냐고, 똑바로 말해 보라고 소리라도 지르고 싶어졌다.

"무섭긴 무섭더라. 아직 애 같던데, 그 괴물 틈을 아무렇지도 않게 돌아다니면서 도끼를 휘둘러 대더라고. 와……. 하긴 이런 데서 살아남으려면 보통 정신으로는 안 될 거야. 서로 얼마나 죽고 죽이며 살아남았겠어? 재난 영화 같은 거 봐도 그렇잖아? 진짜더라. 다음에 마주치면 먼저 쏴야 해. 우리 진짜 죽을 뻔했다니까?"

여운은 급히 시선을 자기 발로 끌어 내렸다. 도저히 김 박사의 눈을 마주 보고 이야기를 계속 들을 수가 없었다.

그럴 리가 없었다. 그 애는, 학교에서 누나와 형들을 돌보며 웃던 그 애는, 엄마를 함께 찾아봐 주겠다며 미안한 듯 웃던 그 애는 그런 아이가 아니었다. 실수라고? 아니, 사고라고?

그걸 이런 식으로 얼버무리겠다고?

더 이상 참지 못하고 고개를 번쩍 든 그때였다.

"저기다!"

깨끗하게 비워진 길 너머에 출입구가 보였다. 높은 펜스 아래쪽을 비워 두꺼운 철조망으로 가로막은 문이었다. 드디어 이 지긋지긋한 숨바꼭질도 끝이었다. 김 박사가 한 팔을 번쩍 들고 환호성을 질렀고 여운은 뒤로 한 걸음 물러섰다. 그 사이 사람들이 우르르 앞으로 달려 나갔다. 박 팀장이 앞장서서 문으로 다가가더니 게이트 단말기를 조작했다. 경쾌한 신호음이 울리더니 철컹, 자동으로 문이 열리기 시작했다.

두꺼운 펜스 아래의 그늘에서 괴물이 튀어나온 것은 그 순간이었다. 갈고리같이 휘어진 가지 끝이 채찍처럼 휘둘러졌다. 박 팀장은 간신히 피했지만 바로 곁에 서 있던 젊은 연구원은 그러지 못했다. 팔꿈치 아래쪽이 길게 찢어지며 피가 튀었다. 찢어지는 비명 소리와 고함 소리 속에서 무인기가 불을 뿜었다. 수십 발의 총탄에 넝마가 된 변이체가 쿵 소리를 내며 쓰러졌다.

다친 사람을 뒤로 끌어내고, 무인기를 앞세워 펜스 안으로 들어선 박 팀장의 입에서 욕설이 쏟아져 나왔다. 본래 공터였을 펜스 안쪽에도 그놈들이 있었다. 공사를 위해 보도블록과 아스팔트를 모조리 걷어 낸 흙바닥은 어젯밤에 내린 비로 진흙탕이 되어 있었다. 그리고 그 위에, 밟아 대고 끌어 댄 자국이 끝도 없이 어지럽게 펼쳐져 있었다.

펜스 어딘가가 무너진 모양이었다. 며칠 전에 있었다던 폭발에 휘말린 것일까? 이래서는 이 안도 안전지대라고 할 수 없었다. 거대한 공룡의 입처럼 크게 뚫어 놓은 저 타워 출입구 안쪽마저도.

곧 박 팀장의 명령을 받은 무인기가 앞으로 나섰다. 붉은 센서가 전방을 훑더니 사격을 시작했다. 출입구 근처의 그늘에 몰려 있던 변이체들이 산산조각 나며 주저앉았다. 검붉은 수액이 안개처럼 피어올랐다.

"자, 잠깐만요!"

여운의 목소리는 누구에게도 닿지 못하고 폭음에 묻혔다. 반대쪽으로 느리게 움직이던 작은 변이체도 공격을 피하지 못했다. 변이체의 가지 끝에 걸려 있던 줄이 끊어지며 분홍색 플라스틱 구슬들이 와르르 바닥으로 쏟아지고 있었다. 장난감 팔찌였을까?

간밤의 악몽이 눈앞에서 펼쳐지고 있었다. 심장이, 터질 것 같았다. 이건 아니다. 아니, 이건 틀렸다. 여운은 숨을 들이켰다. 들이켜기만 했다. 내쉴 수가 없었다. R이 그런 그녀의 눈을 가렸다. 그 손을 양손으로 움켜쥐고 여운은 떨었다.

피하고 있었잖아. 도망치고 있었잖아!

"거기 인형!"

박 팀장이 버럭 고함을 질렀다. 그는 탑의 출입구를 손으로 가리켰다. 둘 중 한쪽만 열린 문 안쪽으로, 시커먼 어둠에 잠긴 내부가 엿보였다.

"먼저 진입해서 정리해라. 분명히 안에도 우글거릴 테니까."

이 정도로 패닉에 빠지는 풋내기 수습 연구원 따위가 제대로 된 일을 할 수 있을 리가 없다. 주 전력은 저 애가 아니라 인형이다. 그것이 박 팀장의 결론이었다. 잘 모르는 자신의 눈으로 봐도 여운이 끌고 온 저 인형은 흔해 빠진 보통의 인형이 아니었으니까.

인형은 박 팀장 쪽을 슥 바라보더니 주인의 귓가에 얼굴을 기울였다.

"어떻게 할까요?"

모욕적이었다. 누가 명령권자인지 모르겠냐는 말이 턱 끝까지 올라온 순간, 박 팀장은 겨우 깨달았다. 그렇다. 저것은 인형이다. 사람이 아닌 것이다.

오직 저것이 발 딛고 선 곳만이 다른 사람들의 세상과는 동떨어져 있는 듯 기묘한 이질감을 느끼게 만들었다. 먼지 한 톨 묻지 않은 겉옷 아래로 드러난 몸에 잘 맞는 정장, 목 끝까지 버튼을 채우고 늘어뜨린 검은 넥타이도 이곳과는 전혀 어울리지 않았다. 무엇보다도 그 얼굴에 떠오른 표정이라는 것이, 이쪽을 향한 차갑고 날카로운 눈매와 반대로 저 웃는 듯 마는 듯 희미하게 입꼬리를 끌어올린 미소가 더없이 생경했다. 처음 나타난 때부터 지금 이 순간까지 저 표정은 단 한순간도 변함이 없었다.

긴장감도 위기감도 없는 일관적인 평온함. 인간은 절대로 흉내 낼 수 없는 세계. 저 세계 안에서 팀장 박인후는 아무 의미가 없는 존재인 것이다. 명령은 지금껏 무시해 왔던 저 수습을 통해서만 가능할 것이라는 결론이 박 팀장의 자존심을 한순간에 박살 냈다.

"이봐, 수습!"

결국 박 팀장은 여운을 부를 수밖에 없었다.

여운이 움직였다. 자신의 눈을 가린 R의 손을 떼 내고, 곧장 그를 돌려세웠다. 인형은 힘없는 손길에 순순히 응해 몸을 돌려 주었다. 여운은 배낭 지퍼를 급히 열고는 가느다란 플라스틱병을 꺼냈다. 정인에게 받은 향수병이었다. 여운은 그것을 R의 손에 쥐여 주고는 그의 눈을 똑바로 올려다보았다. 여운은 말이 없었다. 그래도 창백하게 굳은 얼굴 위에 떠오른 표정은 분명하고도 선명했다. 웃음이 싹 가신 일그러진 얼굴이었다.

R은 그 얼굴과 병을 번갈아 바라보다 결국 피식 웃었다. 여운이 헛웃음을 터뜨리는 얼굴과 똑같은 표정으로.

"이해했습니다."

R이 비로소 앞으로 걸어 나갔다. 일정한 속도의 걸음으로 박 팀장을 지나쳐 출입구로 향하는 사이 호기심, 안도감, 기대, 그런 온갖 감정이 각자의 시선을 타고 와 닿았다. 그중에는 그의 주인을 향한, 다른 종류의 감정들도 있었다. 반감, 멸시, 시기와 같은, 대응이 필요한 불온한 감정이었다.

R은 땅을 박찼다. 준비 동작도 없이 질주는 순식간에 전력의 속도로 넘어갔다. R은 눈앞을 가로막은 방해물을 어깨로 그대로 들이받았다. 중장비의 도움으로 설치한 5미터 높이의 거대한 철제 문짝이 어마어마한 소음을 터뜨리며 경첩째 안쪽으로 쓰러졌다. 통로 안쪽에 쌓여 있던 먼지가 구름처럼 피어올랐다. 움푹 찌그러진 문짝을 밟고 선 채로, R은 조금 흐트러진 넥타이의 매듭을 다시 단단히 끌어 올렸다. 그리고 다들 보란 듯이 주인을 향해 환하게 웃어 보였다.

"금방 다녀올게요, 여운 씨."

턱을 떨어뜨린 채 굳어 버린 사람들 사이에서, 여운이 고개를 끄덕였다.

*

정인은 마른침을 삼키며 두 눈을 깜박였다. 손등으로 코를 가린 채였다. 지독한 비린내가 너른 공터 안을 가득 채우고 있었다. 아직 식지 않은 화약 냄새도 섞여 있었다. 총성이 울려 퍼지는 순간 미호 가 정인의 팔다리를 붙잡아 바닥에 깔아뭉갰고, 이제야 그를 풀어 준 참이었다.

잠실의 탑 주변에 펜스가 둘러진 후로 삼촌은 그곳에는 절대로 접근하지 말라며 신신당부했었다. 언제나 상상으로만 남아 있었다 가 드디어 실제로 마주하게 된 펜스 안쪽의 풍경은 정인의 예상과 는 너무나 달랐다.

분명히 이곳에도 변이되어 뿌리내린 사람들이 있었을 텐데, 아 니, 분명 엄청나게 많았을 텐데 탑 주변의 눈에 닿는 모든 곳은 군 데군데 콘크리트로 마감된 황무지였다. 그리고 그 황무지 곳곳에 '그들'이 피투성이가 된 채 쓰러져 있었다. 강판으로 보강한 외벽 곳곳에는 '그들'의 피와 총알 자국이 남아 있었다. 눈앞이 핑 돌면 서 울컥 구역질이 치밀었다. 이건 학살이었다. 머리끝까지 열이 차 올라 손발이 가늘게 떨려 왔다.

미호가 조용히 다가왔다.

"그쪽이 아닌데? 다들 미호가 아니라 어딜 보고 있는 거지?"

정인의 팔짱을 단단히 끼고서 미호가 걸음을 옮겼다.

"……잠깐만."

출입구로 들어서기 직전에 정인이 미호의 팔을 풀어냈다. 주변을 급히 둘러보던 정인은 건물 내부에서 뜯어내 버린 듯한 내장재 더미들 쪽으로 달려가 널따란 합판 하나를 끌고 왔다. 그리고 상처 입은 채 파르르 떨고 있는 '그들' 중 하나의 앞에 기대 세워 줬다. 이 정도면 한낮이 되어도 햇빛에 노출될 일은 없을 것이다.

"이제 가자."

놀랍게도 출입구 안쪽은 폭력의 흔적 없이 깨끗했다. 한쪽 구석의 문 앞이 각종 자재로 바리케이드처럼 가로막혀 있을 뿐. 귀가 밝은 정인은 안쪽에서 문을 긁어 대는 소리를 들을 수 있었다. 추측건대 이곳을 이런 방식으로 정리해 놓은 것은 여운의 인형일 것이었다.

적어도 그 누나와 인형은 그들과는 다르다는 점이 조금이나마 위안이 되었다.

건물 상층으로 자재들을 옮기기 위해 거대한 엘리베이터들이 설치되어 있었다. 전기가 들어오지 않는 것인지, 어딘가 고장이 난 것인지 엘리베이터 버튼을 아무리 눌러 봐도 꼼짝도 하지 않았다. 먼저 들어온 그들도 자재용 엘리베이터는 쓸 수 없었던 모양이었다. 건물 안을 뒤지던 정인과 미호는 훨씬 더 안쪽에서 보조용으로 사용하던 중형 엘리베이터를 발견했다. 이건 작동했다. 엘리베이터 상단의 표시 창엔 37이라는 숫자가 빨갛게 빛나고 있었다. 숫자는 더 올라가지도 내려가지도 않았다. 왜 하필 37층일까. 곧장 꼭대기로 가지 않고.

"걸어갈 수 있을까?"

"……멍멍?"

"그치. 개소리지."

정인의 체력도 문제지만 미호도 충전이 필요한 기종이다. 필요 없는 움직임을 줄여야 했다. 정인은 엘리베이터의 호출 버튼을 눌렀다. 위로 솟은 빨간 삼각형 버튼에 불이 들어오고, 숫자가 37에서 36, 35로 줄어들기 시작했다. 정인의 입에서 자기도 모르는 새 감탄사가 새어 나왔다. 그래. 우리는 손가락 하나로 모든 걸 움직이던 시대에 살고 있었는데.

엘리베이터가 움직이는 걸 보면 그들도 정인이 쫓아오는 걸 눈치챌 것이다. 그 지독한 폭력 앞에 맨몸으로 나설 생각은 추호도 없었다. 몇 층 위나 아래에서 내리면 괜찮지 않을까? 그다음에 계단으로 주의해서 쫓아가면……. 아니면 꼭대기 층으로 바로 가서 그 **우산**이라는 것을 먼저 찾아 다시 못 고칠 정도로 망가뜨려 놓으면……?

갑자기 생각이 뚝 끊어졌다. 정인은 황급히 주변을 두리번거렸다. 미호가 무슨 일이냐는 듯 정인을 돌아보았다.

"아니. 느낌이 좀……."

정인은 목덜미를 쓰다듬었다.

"꼭 누가 보고 있는 것 같은 느낌이 들어서."

186

5

"왜 그래?"

"아뇨. 그냥…… 아까부터 기분이 이상해서요."

"나도 그래."

앞서가던 사람들이 수런거렸다. 김 박사도 혼잣말처럼 중얼거렸다.

"사람이 이렇게 없을 수가 있나? 여기 근무하는 사람이 꽤 될 텐데."

긴장 때문인지 힘들어서 그런지 김 박사의 얼굴에선 비지땀이 흐르고 있었다. 그는 손수건으로 연신 땀을 닦아 냈다. 현재 높이 37층. 손목의 센서 표시 창은 매우 안전을 뜻하는 초록색이라 모두가 모처럼 마스크를 벗은 상태였다. 여운은 말없이 흘러내리는 안경만 추어올리곤 눈을 내리깔았다.

김 박사를 비롯해 대부분의 팀원들이 팀장의 눈치를 보며 상황을 비관적으로 보는 말을 입안으로 삼키고 있었다. 부상자가 생기고 박 팀장이 무장을 휘두르기 시작하면서 심각한 분위기는 극에 달해 있었다. 그래서 작동 시간 내내 덜컹거리며 불안한 소음을 흘리다 결국 37층에서 멈춰 서고 만 엘리베이터에서 내릴 때도, 누구 하나 불평을 늘어놓을 수 없었다. 그나마 제일 뒤에서 걷고 있는 김 박사만이 들릴 듯 말 듯 한 소리로 여운에게 불안을 털어놨다.

"우리가 오는 걸 알 텐데 이렇게 안 나와 볼 수가 있나? CCTV도 작동 중일 거 아냐?"

확실히 이상하긴 했다. 1층의 자재용 엘리베이터도 고장 난 채로 방치되어 있었고, 본래대로라면 건물 꼭대기까지 직행할 수 있어야 할 보조 엘리베이터가 제대로 작동하지 않는 것도 심상치 않았다.

주변의 풍경도 을씨년스럽기 그지없었다. 조명이 켜지지 않아 어둑한 복도는 텅 빈 채 먼지만 부옇게 쌓여 있었다. 일행은 미로 같은 복도를 따라 끝없이 늘어선 사무실들을 지나치며 계속 걸었다. 아직 작동하는 다른 엘리베이터를 찾아야 했다. 목적지까지는 아직 100층도 더 넘게 올라가야 했다.

결국 건물 구석을 샅샅이 뒤진 끝에야, 다행히도 정상 작동 중인 비상용 화물 엘리베이터 한 대를 찾을 수 있었다. 단번에 **우산**까지 갈 순 없지만 최상층 근방까지는 닿을 수 있었다. 잔뜩 얼굴을 찌푸리고 있던 사람들의 입에서 그제야 환호성이 터져 나왔다.

다만 모두 함께 타기에는 허용 중량이 모자랐다. 박 팀장은 일행을 둘로 나누었다. 박 팀장과 기술 전문직처럼 보이는 중년의 남자가 무인기와 함께 먼저 올라가기로 결정되었다. 불만을 표하는 사람은 아무도 없었다.

"거기, 강여운 씨라고 했나?"

박 팀장의 물음에 여운이 반사적으로 그를 쳐다보았다.

"당신도 지시대로 잘 따라 움직이는 거야. 알았지? 방해될 짓 하지 말고 시키는 대로 대기하다 따라오는 걸로."

"……네."

엘리베이터 문이 닫히고 첫 번째 일행이 사라졌다. 남은 사람들이 그제야 왁자지껄 떠들기 시작했다.

"젠장! 이따위 작업인 줄 알았으면 지원 안 하는 건데 이게 무슨 개고생이야!"

"논문 쓸 주제는 많이 건졌잖아요? 전 잘 온 것 같은데요."

"애 웃기네? 이봐, 사람이 죽었잖아. 너도 말이야, 그……! 아니다. 그 팔, 그 꼴이 되어서도 잘도 그런 소리가 나오네?"

"시끄러워요. 내 일은 내가 알아서 해요."

여운에겐 낯선 두 연구원이 말다툼을 시작했다. 김 박사의 설명을 기억해 보자면, 언성을 높이고 있는 삼십 대로 보이는 키 큰 여자가 송 박사, 붕대 두른 팔을 끌어안고 있는 이십 대 후반의 젊은 남자가 이 박사였다.

김 박사는 그런 둘을 내버려 두곤 혼자 창가로 가서 바깥 구경을 하고 있었다. 한참 옥신각신하던 둘이 결국 김 박사 곁으로 다가가는 게 보였다. 엘리베이터 앞엔 여운과 R만 덩그러니 남겨졌다. 잘된 일이었다. 여운은 벽에 기대 잠시 눈을 감았다. 아직도 폭음이 환청처럼 맴도는 귓가에 그들의 대화가 드문드문 스며들었다.

"뭘 볼 게 있다고 그래요?"

"멋있지 않냐? 그 왜, 있잖아. 옛날에 유행했던, 인간이 사라지고 몇십 년 지나면 이렇게 될 거라며 올라온 사진들 말이야. 그런 게 생각나서. 정말로 이 지구에서 인간이 죄다 사라지고 나면 저렇게 밀림처럼…… 모두 초록색 아래에 파묻히게 되려나?"

"그럴까요?"

송 박사가 단발로 자른 머리를 획 쓸어 넘기더니 어깨를 으쓱했다.

"실없긴. 뭐, 지금 많이 봐 둬야 하는 게 맞긴 하겠네요. 다신 못 볼 경치 아냐? **우산**만 켜지면 앞으로 십 년은 이 서울 안에 초록색이라곤 눈 씻고 찾아도 없을 테니까. 모조리 말라 죽어 먼지 더미가 될 거 아네요."

여운의 고개가 그들 쪽으로 획 돌아갔다. 방금 뭔가 이상한 소리를 하지 않았나?

"얼마나 걸린댔죠, 김 박사님?"

"사흘이면 돼. 날씨가 도와준다면 그보다 덜 걸릴 수도 있고. 폐기물 처리가 문제지 고사시키는 것 자체는 원시적으로 간단해."

"……저기요?"

모두의 시선이 여운에게 돌아왔다. 여운은 말을 더듬지 않으려고 노력해야 했다.

"**우산**이 제거하는 건 바이러스…… 아닌가요? 고사시키다니. 무엇을요?"

모두 한순간 할 말을 잃은 듯 보였다. 뒤늦게 김 박사가 헛웃음을 터뜨렸다.

"응? 누가 아니래? 우리 **우산**은 만능이야. 바이러스를 비롯해서 그게 묻어 있고 그걸 품고 있는 모든 잠재적 위협까지 단번에 처리하도록 되어 있지."

그러니까,

"저 나무들도 처리하는 게 당연하잖아."

누군가 뒤통수를 거세게 후려친 느낌이었다.

이 박사가 한심하다는 투로 혀를 차곤 덧붙였다.

"뭐야, 그럼 수습 넌 **우산**이 뭐라고 생각했던 거야? 서울을 연다는 건 당연히 안을 싹 다 밀어 버린다는 뜻이잖아. 무슨 엉뚱한 소리를 하고 있어? 너 정말 우리 연구소 소속 맞아?"

"이 박사, 그만해."

김 박사가 말리는 시늉을 했다.

무슨 소리야, 그게……? 그런 소리 한 번도 들어 본 적 없는데.

여운의 입이 힘없이 벌어졌다. 머릿속에서 각종 언론 매체에서 쏟아 내던 정보들이 두서없이 솟구쳤다. 그리고 보니 그 어느 매체도 **우산**에 대해 제대로 보여 준 적이 없다. 광역 정화 시스템. 그 이름만으로 모든 것이 설명되었다. 이미 가동을 시작한 뉴욕과 도쿄의 **우산**도 방벽 먼 곳에서 찍은, 거대한 우산살 같은 구조물이 펼쳐지는 한순간만을 누군가가 비공식적으로 찍어 유통한 영상만이 나돌았을 뿐. 가동 시작 후 도시의 모습은 그 어디에도 아직 공개된 적이 없었다. 그런데 이 사람들의 말을 따르자면 그 **우산**이라는 것은 결국,

"그러니까 뭐, 세상에서 제일 강력한 제초제 살포기라고 해도 틀린 말은 아니지."

"그렇게 말하니까 시시해 보이잖아요. 제초제 살포기라니. 광역 정화 시스템요."

아니, 잠깐만. 여운은 혀가 굳었다. 이 사람들, 왜 자꾸 그걸 단순한 제초 작업인 것처럼 말하고 있는 걸까. 저것들은,

"식물이 아니잖아요?"

여운의 말에 세 연구원의 얼굴이 싹 굳어졌다.

"그게 뭐? 그럼 사람이야?"

정신 차려, 수습. 저건 그냥 시체들이야. 너 자꾸 왜 그래? 이 박사의 말이 물속에서 울리는 것처럼 들렸다.

모두 죽었다. 아니, 죽었나? 그렇게 생각하며 살아오긴 했지만, 정말 죽은 게 맞나? 내가 본 그들은 모두 죽은 사람들이었나?

발을 끌며 걸어오던 하늘색 민소매 원피스가, 생생하게 빛나던 교실 속 변이체들이 떠올랐다. 손바닥 안에 전해지던 잎사귀의 꿈틀거림이, 무인기의 공격을 피하던 변이체들의 무리 사이에서 탁탁 튀어 오르던 분홍색 플라스틱 구슬이 선명히 떠올랐다.

머릿속이 엉망진창으로 뒤엉켰다. 여운은 억지로 다시 입을 열었다.

"하지만, 사람들이…… 다른 사람들의 의견도 들어 봐야 하잖아요?"

"무슨 소리야? 94퍼센트나 동의했잖아."

찬성 94퍼센트, 반대 4퍼센트, 무응답 2퍼센트. 네가 속한 곳은

그중 어디냐고, 창가에 붙어선 세 명이 똑같은 눈으로 묻고 있었다. 그들과 여운 사이의 고작 3미터 남짓한 거리가 영원히 건널 수 없는 절벽으로 가로막히기라도 한 것 같았다.

"여운 씨, 혹시 서울 출신이야?"

김 박사가 조심스럽게 물었다. 찬물을 뒤집어쓴 기분으로, 여운이 두 눈을 크게 떴다. 그 순간 반대쪽 세 명의 얼굴에 당혹감이 차오르는 게 보였다. 손톱이 손바닥을 파고들 정도로 주먹을 꾹 움켜쥔 채, 여운은 붙임성 있게 웃어 보였다.

"네. 그게 뭔가 문제가 되나요?"

"아니, 아니. 그런 게 아니라…… 들어 봐."

달래는 듯한 말투였다.

"구 년이면 추모 기간으로 충분했다고 생각해. 저렇게 전부 남아 있으면 방벽을 허물어 봤자 무슨 의미가 있겠어? 묘지나 다를 바가 없는데. 유전자가 바뀌어서 신원 확인도 못 한다고 하니 어차피 방법이 없고, 수백만 그루나 되는데 언제까지 저것들 하나하나 챙기고 있을 수도 없고. 그렇다고 그대로 둘 수도 없잖아. 누가 저 꼴을 계속 보면서 살고 싶겠냐고."

인간은 고통스러운 걸 두고 보지 못한다. 불편한 것은 기어코 치워 버리고야 만다. 그래야 깨끗이 잊어버릴 수 있으니까. 잊어선 안되는 것마저도.

"마침 설문 결과도 찬성 쪽이 압도적이니까, 한 번에 처리하고 추모 공원 크게 짓는 걸로 마무리하기로 결정되었어. 다들 당연히 그걸 바랄 테고. 기획 단계부터 그랬어."

김 박사는 마지막으로 덧붙였다.

"여운 씨도 이해하지? 똑똑한 사람이잖아."

이해하냐고?

여운은 석상처럼 굳어졌다. 안 돼. 빨리 뭐라고 대답을 해야 해. 여운답지 않게 반응이 늦은 그 순간이었다.

웅— 하고, 낯선 소음이 복도 전체에 울려 퍼지기 시작했다. 그리 크지 않은 소리였지만 모두의 신경이 단번에 그쪽으로 쏠렸다.

"무슨 소리지?"

"공조기 소리야. 이제 전기 제대로 들어오나 본데? 잘됐다."

갑자기 R이 여운의 팔을 잡아당겼다. 정신이 번쩍 들었다.

"마스크 쓰세요. 빨리."

공조 시스템이 작동한다면, 공기가 바뀌고 있다는 이야기. 여운은 깜짝 놀라 급히 손목을 살폈다. 초록색이었던 센서가 말도 안 되는 속도로 노란색을 거쳐 주황색으로 변해 가고 있었다. 공포가 폭발하듯 번졌다. 벗어서 목에 걸고 있던 마스크를 얼른 뒤집어쓰는데 사색이 된 김 박사의 얼굴이 보였다. 그는 벗어 버린 마스크를 엘리베이터 앞에 내려놓은 가방에 던져둔 상태였다. 여운이 그의 마스크를 집어 들었지만 이미 늦었다. 센서는 한 번도 본 적 없는 짙은 보라색으로 변해 있었다. 이 정도면 한 숨만 들이켜도 끝장이다.

김 박사가 목을 부여잡더니 털썩 쓰러졌다. 제때 마스크를 쓴 나머지 둘이 깜짝 놀라 그를 둘러쌌다가, 얼굴 피부와 손가락이 모조리 회색으로 변해 갈라져 피가 맺히기 시작하는 걸 보고는 비명을 지르며 물러섰다. 그쪽으로 달려간 여운이 그들을 밀어내고 김 박사 옆에 무릎을 꿇었다. 여운은 김 박사의 얼굴에 마스크를 뒤집어 씌우며 외쳤다.

"R! 주사! 주사 꺼내 줘요!"

연구소 지하에서 챙겨 가져온 응급 상황용 주사형 면역 제제. 굳어 가는 김 박사의 팔뚝에 주삿바늘을 냅다 박아 넣고, 여운은 엘리베이터를 확인했다. 지독하게 높은 건물이었다. 엘리베이터가 내려오고 있는 중이긴 하지만 아직 멀었다. 초조함에 피가 말라 버리는 것 같았다. 이런 농도라면 마스크를 쓰고 있더라도 오래 버티지 못할 확률이 높았다. 이 박사가 의미 없다는 걸 알면서도 엘리베이터 호출 버튼을 난타하고 있었다.

"제 목소리 들리세요? 김 박사님?"

쉬어 버린 신음 소리만 흘러나왔다. 주사가 효과가 있는지 더 이상 변이가 진행되진 않는 것 같았지만 팔다리가 뻣뻣하게 굳어 버린 건 풀릴 기색이 없었다. 송 박사가 여운을 향해 눈짓했다.

"같이 옮기자. 엘리베이터 곧 도착할 거야."

"네."

둘이서 부축해 봤지만 몸을 일으키는 것조차 힘들었다. 김 박사는 체중이 많이 나가는 편이었다.

"도와줘요, R!"

"아뇨. 이쪽이 먼저예요."

R은 어째서인지 복도 벽 쪽으로 이동해 있었다. 그는 벽에 붙은 패널을 몇 번 두드려 보다가 포기하곤 올라가 있던 방화 셔터를 힘으로 끌어 내렸다.

"그건 뭐 하러……!"

말을 끝까지 이을 수가 없었다. 여운의 눈에도 보였던 것이다. 복도 모퉁이에서 길게 뻗어 나오며 움직이고 있는 거대한 그림자가.

쿵, 바닥이 울렸다.

"뭐, 뭐……!"

"미친, 저건 또 무슨 괴물이야!"

방화 셔터가 와르르 내려오며 복도를 가로막았다. 셔터가 닫히기 직전에 본 그것의 모습이 절대로 지워질 수 없는 인상으로 뇌리에 박혔다. 사람의 말로 형용할 수 없는 그 형태. 복도를 가득 메우며 기어 오던 그 움직임. 거대한 지네나 그리마를 연상시키는 그런.

이때만을 기다렸다는 듯 PDA가 시끄럽게 울어 대기 시작했다. 욕설이 목 끝까지 튀어 올라왔다. 안 봐도 알 것 같았다. 지금 저것의 샘플을 채취하라고? 미친 것 아닌가?

김 박사가 너무 무거워서 속도가 나질 않는다.

"빨리 와요! 거의 도착했다고요!"

이 박사는 엘리베이터 앞에서 소리만 질러 대고 있었다.

"젠장! 너도 와서 도와!"

싫어요! 그러다 놓치면 어떡하라고! 둘이서 악다구니를 쓰는 사이에 엘리베이터 문이 열렸다. 환하게 불이 켜진 금속 상자 안이 천국처럼 보였고, 거기까지 향하는 길은 지옥처럼 길게 느껴졌다. 그래도 결국 닿긴 닿았다. 여운은 턱까지 닿은 숨을 헐떡이며 엘리베이터 안에 한 발을 걸쳤다.

방화 셔터가 종잇장처럼 마구 흔들리고 있었다. 금속 재질이긴 해도 결코 견고한 벽은 아니었다. 순식간에 종이가 찢어지듯 중앙이 갈라지며 날카롭고 질척한 조직 덩어리가 튀어나왔다. 균열이 별안간 커지더니 '그것'이 쏟아지는 듯한 기세로 셔터를 넘어오기 시작했다.

"뭐 해?"

송 박사가 외쳤다. 여운은 아직 엘리베이터에 한 발만을 걸친 채였다. R이 지금도 방화 셔터 앞에 있었다. 겉옷 곳곳이 찢어진 채 버티고 있는 그가 괴물의 진입을 지연시키고 있었다. 이대로 여운이 엘리베이터 안으로 들어가면 일행들은 그녀의 인형을 놓고 출발할 것이다.

두고 가는 거야. 또.

엘리베이터 안에서 여운의 팔을 거세게 잡아끌었다. 여운은 엘리베이터 문을 붙잡고 버텼다. 그 순간 R과 눈이 마주쳤다. 지금 뭘 하고 있는 것이냐고 말하는 듯 크게 뜬 그의 눈을 보며 여운은 생각했다. 그러게. 난 뭘 망설이고 있는 거지?

다음 순간 이 박사가 그녀를 왈칵 떠밀었다. 무슨 일이 일어난 것인지 이해 못 한 채로 여운은 바닥에 내동댕이쳐졌다.

"너 미쳤어? 야, 얼른……!"

송 박사가 다시 손을 내밀었지만 그 손이 닿기 전에 문이 닫혔다.

"윽……."

넘어지며 혀를 잘못 씹었는지 입안에서 피 맛이 났다. 무심결에 얼굴을 더듬어 보던 여운이 사색이 되었다. 투명한 마스크 표면에 실금이 가 있었다.

"숨 쉬지 말아요!"

R이 방화 셔터를 버리고 달려왔다. 여운은 두 눈을 질끈 감고 숨을 멈췄다. 자신을 안아 든 채 어딘가로 달리기 시작하는 R의 품 안에서, 여운은 오랜만에 죽음을 떠올렸다. 이게 끝이라고? 이런 곳에서 이런 이유로? 어이가 없어서 웃음이 나올 것만 같았다. 이런 곳에서 변이되어 버리면 누구도 여운의 신원을 알 수 없을 것이다. 어차피 **우산**이 작동하면 모두 똑같이 말라 죽을 테니 아무 상관 없나?

시간이 얼마나 흘렀을까. 더 이상 숨을 참을 수 없는 지경이 되었을 때 와장창 유리 깨지는 소리가 나더니 얼굴로 맞바람이 들이쳤다. 여운은 반사적으로 눈을 떴다. 벌써 붉게 물들기 시작한 하늘이 눈앞에 펼쳐져 있었다. 본 적 없는 사무실이었다. R은 창을 깨부수고 내부에 바이러스가 새어 들어왔을 여운의 마스크까지 벗겨 버린 후였다. 창틀에 여운을 앉힌 R은 하나 남은 면역 주사를 여운의 팔에 찔러 넣었다. 윽, 소리를 지르고 싶을 만큼 아팠다.

"인간 주제에 무슨 짓이에요?"

"그러게요. 미쳤나 봐요."

허겁지겁 숨을 들이켜며 간신히 대답했다. R은 등에 지고 있던 배낭을 뒤적이더니 여분의 마스크를 꺼내 보았다. 배낭 겉에 길게 찢어진 자국이 있어 불안했는데, 운 없게도 여분 마스크에도 파손이 있었다. 게다가 PDA도 거의 두 토막이 나다시피 박살 나 있었다.

"이대로는 못 움직입니다. 이 층 전체가 오염됐어요."

어떻게 해서든 이동해야 했다. 여분의 마스크를 구해야 했다. 하지만 방법이 떠오르지 않았다. 여운은 숨을 들이켜고 내쉬는 것만으로도 벅찼다. 쿵쿵 머릿속이 울렸다. 눈앞이 번개라도 치듯 번쩍이며 새빨갛게 변하다가 새하얗게 변하기를 반복하고 있었다. 주사제가 너무 강했다. 여운은 심장을 움켜쥐고 숨을 몰아쉬었다.

"엘리베이터는 이 층에선 더 이상 사용할 수 없어요. 그것이 움직이며 바깥 문이 파손됐습니다."

그럼 어쩌라는 말인가. 머리가 돌아가질 않았다.

"잘 들으세요. 지금부터 제가 위층으로 올라가서 마스크를 구해 다시 돌아올 겁니다. 여운 씨는 그동안 여기서 버티셔야 해요."

여운이 힘없이 눈을 깜박였다.

"알았……어요."

"10분 내로 오겠습니다. 600초만 세고 계세요."

"600이라니, '만'이 아닌데……?"

"그 전에 올 겁니다. 그리고 가기 전에 저 변이체는 정리를 해 둘 테니까……."

여운이 허우적거리며 팔을 뻗었다. 떨리는 손가락들이 R의 소맷자락을 부여잡았다.

"아니요!"

자기도 놀랄 만큼 큰 목소리가 나왔다. 눈을 가늘게 뜨는 R을 향해, 여운은 필사적으로 말을 이었다. 혀가 마음대로 움직이질 않았다.

"괜찮아요. 아직, 향수가, 남았으니까. 그리고 여차하면 빛이 있는 쪽으로 피할 수, 있을 거예요."

R은 여운의 손을 떼어 내곤 사무실의 조명 스위치를 올렸다. 공조 시스템은 가동되는 주제에 조명은 먹통이었다.

"여운 씨 목숨이 걸려 있는 일이에요. 무슨 여유죠? 보통 이런 경우를 두고 만용이라거나 위선이라고들 합니다."

알고 있다. 하지만.

"알아요. 그래도, 그 방법만 있는 게 아니잖아요!"

보았다. 그들의 얼굴을. 그 몸체 곳곳에 고통스럽게 울부짖는 표정의 얼굴들이 알아볼 수 있는 수준으로 남아 있었다. 그들과 눈이 마주치고 말았다. 그것의 곳곳에 찢어진 채 걸려 있던 것은 회색의 근무복이었다. 아마도 그들은 연락이 끊긴 이곳의 상주 근무 인력이었을 것이다.

여운의 허락만 떨어지면 R은 그것을 옷 가게의 그녀처럼 산산조각으로 찢어 놓을 테지. 인간이라고 경고하는 메시지를 모조리 무시하며. 무인기의 총탄을 피해 꿈틀거리던 작은 변이체…… 아니, 병에 걸려 외형이 변해 버린 어린아이의 모습이 발작적으로 떠올랐다.

"절대로 안 돼요."

"동의 못 합니다. 차라리 명령을 하세요."

"명령이에요."

R이 깊은 한숨을 내쉬었다. 호흡기 같은 건 없는 인형인데도 그 한숨은 복잡한 감정이 담긴 인간의 그것과 똑같았다.

"빨리 다녀와요. 이러고 있을 시간이 없잖아요."

"뭔가 접근하는 것 같으면 창밖으로 대피하세요."

R은 뒤도 돌아보지 않고 떠났다. 여운을 설득하기보다 600초를 530초로 줄이는 게 낫겠다고 판단한 것인지도 몰랐다. 여운은 R이 넘겨주고 간 향수병을 꽉 움켜쥐었다. 그리고 노란색으로 변한 센서를 들여다보며 초조하게 수를 세기 시작했다.

"600, 599……."

마음껏 고민하고 괴로워할 여유조차 허락해 주질 않는, 끔찍한 하루였다.

*

"저렇게 변한 경우는 본 적이 없는데."

미호도 고개를 끄덕였다. 정인은 마른침을 삼키며 모퉁이 너머로 고개를 내밀어 보았다. 끔찍한 외형이었다. 보통 감염된 사람은 독특한 모양의 잎사귀를 가진 나무처럼 변하거나, 잎과 뿌리가 없는 대신 비틀거리며 걸어 다니는 마른 나무 같은 모습이 되곤 했다. 그런데 저것은 마치 변이가 일어나다 멈춘 사람 여럿을 동시에 뭉쳐 주물럭거려 놓기라도 한 것 같은 모습을 하고 있었다. 뒤엉킨 팔과 다리로 바닥을 밀며, 그것은 복도를 기어가고 있었다.

처음 아래층에서 저 모습을 보고는 나름 강심장이라고 자부하는 정인도 가슴이 철렁했다. 다행히 저것은 정인의 존재를 눈치채지 못하고 계단을 기어 올라갔고, 정인은 한참 거리를 두고 그 뒤를 따라온 참이었다. 남겨진 흔적만 보더라도 뭔가 벌어지긴 한 모양이었다. 갈기갈기 찢긴 방화 셔터가 커튼처럼 늘어져 있었고 엘리베이터 문은 안쪽으로 우그러져 있었다. 사냥감을 모두 놓치고 홧김에 들이받기라도 한 것일까?

"……이상한데?"

저것은 집요할 정도로 한 방향으로 움직이고 있었다. 뭔가 노리는 것이 있기라도 한 것처럼. 정해진 공간 안에 최대한 많은 사무실을 욱여넣기 위해 이리저리 복도를 틀어 놓은 탓에 모퉁이가 많았다. 다음 모퉁이까지 그것의 뒤를 따라가 본 정인은 또 하나의 방화 셔터가 놈을 가로막고 있는 것을 발견했다. 날카로운 가지들이 금속판을 쥐어뜯으며 틈을 만들고 있었다. 저 방화 셔터도 내린 지 얼마 안 된 것처럼 보였다.

설마 남아 있는 사람이 있는 건 아니겠지? 저 너머에 누가 갇혀 있는 건 아니겠지?

정인은 입술 끝을 짓씹어 보다가 고개를 가로저었다. 아닐 것이다. 건물이 이렇게 크니 저쪽에도 계단이 있을 것이다. 누가 있더라도 셔터는 내려놓고 그쪽으로 대피했을 것이 분명했다. 어쨌거나, 알 게 뭔가? 잘난 바깥 분들에겐 잘나신 방법이 있겠지. 서울 전역의 변이체들을 모조리 말려 죽일 수도 있다는 분들이 아닌가? 쥐가 고양이 생각해 주는 꼴이었다.

"우리도 가자."

정인은 휙 몸을 돌려 처음 올라온 계단으로 향했다. 먼지 냄새 나는 계단은 고요했다.

"아까 그 엘리베이터 작동하는 것 같았지? 몇 층 더 올라가서 타자. 내릴 때가 문제네. 몇 층에서 내려야 안전……."

202

계단을 오르던 정인의 발걸음이 턱 멈췄다. 짧은 욕설이 저도 모르게 흘러나왔다.

……아니면 어떡하지? 정말 뭔가 문제가 생겨서 저기 누군가 갇혀 있는 것이라면?

아니야. 그래 봤자 정인의 입장에선 가족들의 원수였다. 천벌 받은 것이라고 생각하면 되겠지. 하지만 그렇게 아무리 되새겨 봐도 발이 떨어지지 않았다.

삼촌이라면, 이대로 떠나 버리지 않았을 것이다. 그 물러 터진 휴머니스트는 기어코 돌아가서 거기 누구 있냐고 외쳤을 것이다. 약육강식이 인간의 본성이라고 흔히 떠들지만, 그렇지 않다고 삼촌은 말했다. 수도 서울이라는 이 드넓은 재난의 세계에서 고작 열 명 남짓했던 가족들은 서로를 지키기로 약속했고 결국 오래도록 살아남지 않았나. 아직 생존자가 있을지도 모른다며 무너지기 직전의 건물 지하로 기어들어 가던 그들이었다. 그 마음이 정인의 발목을 붙들고 있었다.

무슨 상관이야? 그랬던 사람들한테 저놈들이 총질을 해 댔는데. 다 죽었는데. 이제 나 혼자밖에 안 남았는데.

"나밖에 없다고."

지독한 고독감이 덮쳐 왔다. 이 모든 일을 마치고 집으로 돌아가면, 이제 정인은 아무도 맞아 주는 이 없는 대문을 열고 들어가 싸늘히 식은 바닥에 앉아 통조림을 까야겠지. 한밤중엔 휑한 방에 홀로 누워 오랜 불면과 싸워야 할 것이다. 그리고 밤마다 떠올리게 될 얼굴들이 있겠지.

고독은 두려웠다. 죽도록 두렵지만 버텨야 한다면 버텨 볼 셈이었다. 고독은 각오했다. 하지만,

그 고독 속에 죄책감이 섞여 버린다면…….

"아, 정말!"

정인은 다시 계단을 뛰어 내려가기 시작했다. 정인이 그럴 걸 예상하기라도 했다는 듯이 미호는 아래쪽에서 멈춰 서서 기다리고 있었다. 생글생글 웃는 얼굴이 오늘따라 얄미워 보였다.

복도로 돌아간 정인과 미호는 외벽 쪽에 붙은 사무실 하나를 골라 안으로 들어갔다. 잠실의 탑은 거대한 십자형으로 지어진 건물이었다. 이쪽 창으로 방화 셔터 너머의 상황이 보일 수도 있었다. 과연 반대편 창문 하나가 깨져 있는 것이 보였다. 누군가가 그 창틀에 다리 하나를 밖으로 내놓은 채로 걸터앉아 있었다.

변이체는 그새 방화 셔터를 완전히 뚫고 넘어가 있었다. 어떻게든 더 전진하지 못하게 만들어야 했다. 그 뒷모습을 뚫어져라 노려보던 정인이 고개를 갸웃했다.

"미호야. 저거 잎이지?"

두 손으로 가상의 망원경을 만들어 눈앞에 대고 있던 미호가 고개를 끄덕였다. 움직이는 변이체는 잎사귀가 전혀 없는 게 특징이다. 그런데 저것은 몸체 곳곳에 꽤 풍성한 푸른 잎사귀들을 두르고 있었다. 저 정도면 빛과 사이가 나쁠 것 같진 않았다. 아니, 오히려 좋지 않을까? 지금 있는 복도는 캄캄한 편이었다. 그렇다면 방법이 있을 것도 같았다.

"그럴 일은 없어야 하겠지만 말이야. 어때? 저놈이랑 정면으로

싸우면 이길 수 있을 것 같아?"

"미호는 무적인데?"

팔짱을 끼며 고개를 가볍게 쳐드는 미호였다.

"좋아. 하지만 그럴 일까지는 없을 거야. 미호는 저것과 싸우지 말고, 다른 거랑 싸워 줘."

정인이 가리킨 것은 걸어온 복도 반대편에 위치한 로비 공간이었다. 벽면 전체를 유리로 구성해 해 질 녘의 서울 풍경이 파노라마처럼 펼쳐지도록 만들어 놓은 카페테리아. 석양이 지며 투명한 유리 전체가 붉은 수정처럼 타오르고 있었다.

"싹 다 부수는 거야."

계획은 간단했다. 간단한 만큼 무모했지만 미호는 이견 없이 엄지손가락을 치켜세웠다.

미호의 몸은 단단하다. 어느 정도로 단단하냐 하면 벽에 강하게 부딪히면 콘크리트 표면에 금이 갈 정도다. 미호는 무기에 가까운 그 몸을 전면 유리창을 향해 있는 힘껏 내던졌다. 하지만 이런 데 쓰는 유리는 일반적인 유리와는 달랐다. 텅! 미호가 그대로 튕겨 나왔다.

"아, 안 돼?"

"돼!"

자세를 고친 미호가 어깨로 다시 들이받자 쩍 하고 표면에 금이 갔다. 정인은 미호를 두고 복도로 다시 달려갔다. 달리면서 배낭 속에서 꺼낸 건 고휘도의 손전등이었다. 자, 어떻게 되나 볼까?

스위치를 올리니 눈부실 정도의 빛이 그것에 꽂혔다. 버르적거리며 앞을 향해서만 기던 그것이 몸을 휙 돌렸다. 각오했는데도 심장이 덜컹 내려앉는 것 같았다. 예상대로였다.

"어?"

변이체가 몸을 돌린 사이로, 복도 건너편이 얼핏 건너다보였다. 누군가가 계단실에서 뛰어나오고 있었다. 한순간 그 사람과 눈이 마주쳤다. 잊을 수 없는 저 눈. 정인의 머릿속에서 불꽃이 튀어 올랐다. 삼촌의 몸에 상처를 입혔던 그 손에는 주인 없는 마스크 하나가 걸려 있었다.

드디어 상황이 이해됐다. 저 건너편에 있는 사람의 정체도 단번에 깨달을 수 있었다. 정인을 눈치챈 인형이 멈칫하는 게 보였다. 이를 한 번 뿌드득 간 정인이 팔을 휘둘렀다.

가! 빨리!

손전등을 크게 흔들었다. 변이체는 빛을 피하기는커녕 기다렸다는 듯이 몸을 돌려 이쪽을 향해 기어, 아니 달려오기 시작했다. 고깃덩어리 해일이 밀려오는 느낌이었다.

"젠장! 왜 더 빠른 건데?"

정인도 죽어라 뛰었다. 빛은 계속 변이체 쪽을 향한 채로. 한순간 뒤를 돌아본 정인이 욕설을 내뱉었다. 뭔가 이상했다. 커다란 몸체는 정인을 따라오고 있는데 처음 봤을 때보다는 덩치가 줄어든 것 같은 느낌이 들었다. 일부가 떨어져 나간 건가? 하지만 지금 그런 걸 신경 쓸 시간은 없었다. 거센 몸놀림으로 좌우 벽에 쿵쾅 부딪히며 쇄도하고 있는 저것이 문제였다. 이대로는 정인이 먼저 잡힐 판이었다. 미호가 해냈을까?

206

복도를 벗어난 순간 눈앞이 환하게 밝아졌다. 뻥 뚫린 외벽으로 주홍빛 저녁 햇살이 바람과 함께 닥쳐들고 있었다. 귀퉁이에 남은 유리 조각을 발로 걷어차고 있던 미호가 놀란 듯 급히 몸을 돌렸다. 여차하면 정인과 변이체 사이로 뛰어들 기세였다.

"아니, 그럴 필요 없어!"

정인은 들고 있던 손전등을 창밖으로 집어 던졌다. 동시에 옆으로 몸을 굴렸다. 있는 힘껏 집어 던진 손전등이 긴 포물선을 그리며 허공을 날았다. 정인을 깔아뭉갤 기세로 달려들던 변이체도 창밖으로 몸을 던졌다. 손전등을 잡으려는 듯 솟구친 자세 그대로, 믿을 수 없이 빠른 속도로 변이가 시작되었다. 우두둑거리며 온갖 종류의 조직과 섬유들이 뒤틀린 끝에 남은 것은 거대한 나무 한 그루였다. 오랜 시간 흐린 빛의 복도를 헤매던 변이체는 비로소 맞닥뜨린 햇살을 게걸스럽게 삼키며 빌딩 창가에 뿌리를 내렸다. 다섯 갈래로 갈라진 잎사귀가 아직 피에 가까운 수액에 젖어 축축하게 빛났다.

정인은 비틀거리며 몸을 일으켰다. 뺨 한쪽이 못 견디게 뜨겁고 쓰렸다. 유리 조각에 길게 베인 상처를 타고 피가 흘렀다.

"하, 이번엔 진짜 죽는 줄 알았네."

어느새 다가온 미호가 정인의 등짝을 후려쳤다.

*

다리가 꺾였다. 몸이 무너지듯 공중에 내던져졌다. 여운은 눈을 질끈 감았다. 그 순간 허공을 헤매던 그녀의 손을 뭔가가 낚아챘다. 팔이 빠질 것 같은 강한 충격 후에 여운은 온몸으로 건물 외벽에 부딪혔다. 악문 이 사이로 비명이 샜다. 다행히 더 이상의 추락은 없었다. R이 그녀의 손을 움켜쥐고 있었다.

"괜찮으세요?"

"그래 보여요?"

늦었잖아! 원망과 눈물이 동시에 솟구쳤다.

R이 단번에 여운을 끌어 올렸다. 버르적거리며 창틀을 넘은 여운은 바닥에 내동댕이쳐지다시피 하며 건물 안으로 들어왔다. 벽에 부딪힌 몸이 너무 아팠다. 비명을 이 악물고 참는 사이 R이 새 마스크를 내밀었다. 얼른 안경을 쓰고 허겁지겁 마스크를 뒤집어쓰니 그제야 정신이 돌아왔다.

여운은 뒤늦게 화다닥 놀라 창 반대쪽으로 붙어 섰다. 창틀에는 한쪽이 짓이겨진 변이체가 그대로 남아 있었다. R이 사무실로 뛰어들자마자 그것을 짓밟으며 여운을 붙잡아 낸 모양이었다. 지금 그것은 여운과 R에는 아무 관심도 없는 듯 느릿하게 창문 밖으로 팔을 뻗고 있었다. 향수도 소용없던 특이 변이체의, 끝까지 이해할 수 없는 행동이었다.

"그런데 이 변이체, 더…… 크지 않았어요?"

"76퍼센트는 다른 인간이 처리했으니까요."

다른 인간이라니. 팀원들은 모조리 위층으로 올라갔을 텐데. 그게 무슨 소리냐고 막 물으려던 차였다. 사무실 입구 쪽에서 허탈한 목소리가 들려왔다.

"누나?"

여운은 헛숨을 삼켰다.

한순간 약 기운 때문에 헛것이 보이나 싶었다. 하지만 눈앞에 분명히 존재했다. 이 멈춰 버린 세계에서 그보다 더 이상할 수 있을까 싶을 정도로 잘 갖춰 입은 교복 차림이 날렵하던 소년. 깊게 그늘진 눈가의 어둠이 웃는 순간마다 깨끗이 걷히던 그 아이의 얼굴이 분명했다.

정인이 문간을 잡고 선 채 쓴웃음을 짓고 있었다.

"……정인아?"

혼자가 아니었다. 미호가 그 등 뒤에서 고개를 쑥 내밀었다.

"어라? 불량품이잖아?"

미호의 인사에 R이 내키지 않는 투로 답했다.

"안녕, 고철."

6

박 팀장은 목덜미를 주무르며 계단을 올라갔다. 191층, **우산**의 중추와 연결된 단말기 앞에 앉은 중년의 기술직 연구원은 늘 그랬던 것처럼 욕설과 불만을 동시에 웅얼거리고 있었다. 박 팀장은 초조함을 감추고 물었다.

"잘되어 갑니까?"

"글쎄올시다."

연구원은 신경질적으로 키보드를 두드리며 말을 이었다.

"아래층이야말로 잘되어 갑니까?"

경멸과 비웃음이 잔뜩 뒤섞인 어조였다. 아래층, 190층 **펜트하우스** 이야기였다. 박 팀장의 얼굴이 단번에 굳어졌다.

"아주 난리가 났던데. 어찌나 시끄럽던지 여기서도 아주 잘 들리더라고요? 어쩐지 뭐가 이상하다 했지. 이런 일을 그런 조건으로 모집했을 때부터."

"닥치고 일이나 합시다."

허. 연구원은 헛웃음을 터뜨리곤 일로 돌아갔다. 박 팀장은 바로 뒤에 서서 화면을 노려보기 시작했다. 이쪽 전문이 아닌 그가 보기에도 일이 순순히 풀리고 있지 않다는 것만은 확실히 알 수 있었다.

처음 자리에 앉을 땐 권태롭고 조금은 귀찮은 것처럼 보였던 연구원의 얼굴에도 어느새 식은땀이 맺혀 있었다.

"역시 혼자선 잘 안 됩니까?"

"그런 것 아닙니다."

첫날 밤에 어이없이 잃은 정 박사가 본래 이 분야의 전문가였다. 이 사람은 나이만 먹었지 그의 보조나 다를 바 없다고 전해 들었었다. 한심한 상황에 짜증이 치솟았다.

"송 박사 불러올 테니까 기다려요. 일이 먼저니까 자존심 세우지 말고."

"그런 것 아니라고요! 이거 소프트웨어 쪽 문제라 그쪽이 와도 아무 쓸모 없다고!"

연구원은 혼자 알아들을 수 없는 몇 마디를 웅얼거리며 몇 가지 시도를 더 해 보는 듯했다. 실패. 실패. 또 실패. 모니터에 출력되는 것은 의미 없는 쓰레기 정보뿐이었다. 결국 그는 양손으로 뒷머리를 움켜쥐더니 의자를 뒤로 밀었다.

"팀장님. 그냥 그거 주십쇼. 그 메모리 칩."

"출처도 모르는 건 쓰기 싫다고 하지 않았어요?"

"지금 그런 걸 따질 형편이 아니에요. 이거 완전히 잠겼습니다. 접근 자체가 안 돼요."

박 팀장은 결국 미간을 구긴 채로 메모리 칩을 꺼내 들었다. 두 번째 엘리베이터로도 결국 올라오지 못했다는, 수습 연구원이라고 주장하던 새파랗게 젊은 여자의 얼굴이 떠올랐다. 마주 선 내내 얌전하고 공손한 미소를 짓고 있었지만 그 눈만은 절대 웃고 있지 않았던.

"웬만하면 출처를 내 눈으로 확인 못 한 건 쓰고 싶지 않은데요."

"걱정 마십쇼. 제 기기로 먼저 점검해 보고 쓸 테니까. 빨리 해결해야 할 거 아니에요? 시간이 없잖아요. 아래층의 그 괴물이란 것도 그렇고 **펜트하우스** 쪽도 그렇고. 빌어먹을 바이러스도 문제고!"

메모리 칩이 손에서 손으로 건너갔다.

*

"너, 너 얼굴이 왜 그래?"

"그냥 좀 긁혔어요. 누나야말로 여기서 뭘 하고 있는 거예요? 괜찮아요?"

얘는 지금 누가 누굴 걱정하고 있는 걸까. 여운은 황망한 눈으로 정인의 몸을 훑었다. 이 아이야말로 별로 안 괜찮아 보였다. 말끔한 얼굴로 잘 다린 교복을 입고 있던 정인이었는데, 지금은 온몸이 흙투성이에 걷어붙인 소매 밑의 팔은 온통 상처투성이였다. 특히 얼굴의 상처는 누가 봐도 방금 전에 생긴 것이 분명했다.

아마도 여운을 도우려다가.

다시는 만나지 못할 줄 알았다. 혹 다시 마주친다 해도 도대체 무슨 말을 어떻게 해야 할지, 어떤 사과를 어떤 방법으로 해야 할지 알 수 없었다. 마음은 방법을 찾지 못했는데 몸이 먼저 움직였다.

"다른 덴? 다른 덴 다친 데 없어?"

여운은 냅다 정인의 어깨를 붙잡고는 이리저리 돌려 댔다.

"아, 됐어요. 아무렇지도 않아요."

정인은 말을 더듬으며 겨우 여운의 손에서 벗어났다. 아직 남은 주사 기운에 여운이 비틀거리자 정인은 깜짝 놀라서 그 팔을 붙잡았다.

"뭐야, 왜 이래? 어디 아파요?"

여운은 가슴 한구석에서 뭔가가 울컥 치솟는 기분이었다. 그렇게 안 좋게 헤어졌었는데. 나는 네게 잘못한 게 있는데. 정인은 그 일을 까맣게 잊기라도 한 듯 마치 처음 만났던 때처럼 여운을 대하고 있었다.

"아니야. 그냥, 그냥 약 때문에 그래."

"이런 상태인 사람을 왜 혼자 놔뒀지? 다들 미친 거 아니야?"

정인이 멈칫하더니, 눈을 가늘게 떴다.

"놓친 거예요, 버려진 거예요?"

말문이 막혔다. 입만 벌린 채 굳어 있는 여운을 R이 뒤에서 잡아 끌었다. R이 당겨다 놓은 사무실 의자 위에 털썩 앉으며, 여운은 심호흡을 했다. 산소가 모자랐다.

"그런 거 아니야. 사고였어."

'우리 실수긴 했지만. 아니야, 그건 사고였어.'

김 박사의 목소리가 선명하게 되살아났다. 이것도 사고였다. 자신은 사고로 밀쳐졌을 뿐이다.

이런 느낌이구나.

정체 모를 감정이 뒤늦게 해일처럼 밀려왔다. 다행히 여운은 감정을 숨기는 덴 재능이 있었다. 정인은 말없이 한 걸음 뒤로 물러났다.

"……그랬겠죠. 그럼 누나는 이제 어떻게 할 거예요? 난 위로 올라갈 거예요. 가서 지금부터 그 사람들이 그렇게 좋아하는 **우산**이라는 것, 어떻게든 부숴 버리려고요."

짙게 그림자가 드리워진 얼굴로, 정인이 웃었다.

"그러니까 누나 일은 이번엔 실패예요. 돌아가요, 안전하게."

목이 콱 메는 느낌이었다. 그럴 줄 알았다. 이 지옥에서 구 년을 살아남은 의지와 끈기를 이어받은 아이니까. 하지만 이 아이는 아무것도 모른다. 구 년을 이 안에서 살아남았지만, 구 년간 바깥이 어떻게 변했는지 이 아이는 알지 못한다.

"아니야, 정인아. 안 돼. 다시 생각해. 설사 이번엔 성공한다 해도, 어차피 사람들은 계속 들어올 거야. 그 사람들은 절대 저 **우산**을, 서울을 포기하지 않아. 그러다 너까지 잘못되면……."

차마 말을 더 이을 수 없었다. 이대로 놔뒀다가는 돌이킬 수 없는 일이 벌어질 것이 분명했다.

"상관없어요."

"……뭐?"

"나한텐 가족들의 목숨이 달려 있으니까. 아무리 위험하다 해도 계속할 수밖에 없잖아요."

여운은 입술을 짓씹었다.

안 돼. 이건 안 된다. 이 아이에겐 아무런 브레이크도 남아 있지 않다. 모두 잃었다는, 홀로 남았다는 한정 없는 분노와 공포가 이 아이의 동력이다. 그리고 여운은 이런 폭주 끝에 무엇이 남는지 알고 있다. 무슨 수를 써서라도 멈춰 세워야 했다. 무슨 수를 써서라도.

떠오르는 방법은 하나뿐이었다.

"그만둬. 이미 다들 죽었잖아."

절대 듣고 싶지 않을 사람에게 말하는, 절대 듣고 싶지 않은 말. 정인의 동공이 크게 벌어졌다. 충격받은 듯 힘없이 벌어진 입에선 아무 말도 나오지 못하고 있었다.

저 끔찍한 한 마디는 여운에게도 상처다. 그래도 필요하다면 얼마든지 말해 줄 수 있다. 이렇게 해서라도 이 아이를 살릴 수 있다면. 웃는 연기는 익숙하다. 그러니 이런 연기도 충분히 해낼 수 있다. 여운은 냉정한 표정으로 말을 이었다.

"정신 차려. 여기 남아 있는 것들, 이미 다 죽은 사람들이야. 살아 있는 너부터 생각해."

"진심……이야? 누나도 그렇게 생각해요?"

"그래."

사실은 반대이면서도, 여운은 단호하게 대답했다.

남들이 그러더라고. 돌이킬 수 없다고. 알아볼 수조차 없다고. 모두 빨리 보내 주고 추모하고 잊고 새롭게 출발하라고. 다들 그렇게 생각한다고. 아직 남아도는 약 기운에 현기증과 구역질이 동시에 치밀었다.

"남들 일은 참 쉬워요. 멀리서 보면 너무 간단하죠? 가까이서 보면 아니거든요. 다들, 가끔은 바람 없는 날에도 움직여요. 나뭇잎 부딪히는 소리가, 어떨 땐 목소리처럼도 들려요. 우리 누나는 노래도 부른다고. 당신들은 모르겠지만!"

목소리 끝이 분노로 새파랗게 날이 섰다. 그 날 끝이 여운의 가슴 한구석을 깊숙이 쑤셨다.

"아니. 그건 네 착각이야. 너무 간절하면 별것 아닌 현상에도 의미를 덧붙이고 싶어져. 나도 그랬어. 하지만 아니야."

"아뇨. 그쪽이야말로 그렇게 믿고 싶은 것 아니고요? 누가 알아요? 한 십 년쯤, 이십 년쯤 후엔 되돌아올지도 모르잖아. 누가 치료제 같은 걸 만들어 낼 수도 있는 거잖아. 그런데 지금 당장 모조리 없애 버려야 한다고요? 왜? 뭐가 그리 급해서?"

그러게. 나도 그게 너무 궁금한데, 정인아.

"지금도 늦었어."

여운도 씹어뱉듯 말했다.

어차피 우리가 할 수 있는 일은 없어. 우리 둘뿐이야. 바깥세상의 94퍼센트가 그렇게 결정 내렸어. 난 아무것도 아닌데, 아무 힘도 없는데, 그러니까 난 도망칠 텐데, 그럼 너 혼자 저 밖의 모두와 맞서 싸울 거야?

"누나가 이러면 안 되잖아요! 엄마 찾고 있다며! 그런데 어떻게 그런……!"

"포기했어. 찾아도 그걸로 뭘 하겠어? 그리고 되돌아와? 유전자 자체가 망가졌는데 그런 게 가능할 것 같아? 제발 쓸데없는 희망 버려. 그런 건 동화 속 이야기일 뿐이니까. 그냥 네 기대일 뿐이라고. 난 말이야, 이 일 제대로 마치고 돈 받아서 멀리 떠날 거야. 그 돈이면 우리 이모 평생 위험한 일 안 해도 돼. 밥 먹고 잠자기 위해 목숨 걸지 않아도 된다고. 나한텐 그게 더 중요해."

이것이 대다수가 원하는 모범 답안이다. 그러니까 이게 정답이야.

"난 이모 지킬 거야. 그렇게 하기로 결심했어. 그러니 너도 그만 현실을 봐! 저건 그냥 광합성할 줄 아는 묘비일 뿐이야! 이미 죽은 사람들 때문에 목숨을 걸 거냐고, 평생!"

믿어 줘. 그리고 너도 포기하고 여기서 나가자.

넌 살아야 하니까. 네 가족들도 그걸 바랄 테니까.

약이 너무 지독하다. 눈앞이 하얗게 번쩍이며 의식이 제멋대로 끊기고 있었다. 지금 자기 입에서 나오고 있는 말이 진심인지, 정인을 위한 거짓말인지조차 헷갈릴 정도로. 여운은 자기 입을 가렸다. 금방이라도 토할 것 같아 참을 수가 없었다. 묵묵히 그녀를 노려보던 정인은 한참 만에야 숨을 크게 들이마시곤 심호흡을 했다. 소년은 두 손을 꽉 움켜쥐었다가 풀기를 반복하고 있었다. 하나, 둘, 셋. 그러곤,

"그래요. 그럼 누나는…… 알아서 해요. 난 이제 갈게요."

내려놓았던 배낭을 거칠게 들어 올렸다.

"손정인!"

"어쩔까요? 여기서 다시 싸울까? 어제 못 낸 승부도 남아 있었죠?"

정인은 진심이었다. 그 진심에 맞부딪힐 힘이 여운에겐 더 이상 없는데.

"서로 힘내 봐요. 또 혼자 버려지지 않도록 조심하고요."

소년은 그대로 사무실 문을 박차고 나갔다. 달리는 것에 가까운 기세였다. 미호도 고개를 절레절레 흔들더니 그 뒤를 따라 사라졌다. 팔을 뻗어 보았지만 닿을 리가 없었다.

최악이다. 말리지 못했다. 말리긴커녕, 상처만 주고 말았다. 여운은 비명 같은 울분을 터뜨리며 옆 벽에 머리를 들이받았다. 꽉 깨문 입술 끝에 피가 배어 나왔다. 스스로가 한심해서 견딜 수가 없었다. 다른 전략이 필요했던 걸까?

아파서 도저히 못 움직이겠으니 같이 있어 달라고 하고 시간을 끄는 게 나았을까?

그냥 R에게 다 묶어서 끌고 가자고 했어야 했나?

"이 멍청이……! 바보 멍청이. 등신 같은 강여운!"

"괜찮으세요?"

"아뇨. 아니, 네! 늘 그랬던 것처럼 그냥 한심한 상태일 뿐이에요. 아무 문제 없어."

머리를 마구 헤집고는 몸을 일으켰다. 그러고 보니 고맙다는 인사조차 못 했다. 그게 제일 중요했는데. 미안하다는 말도 했어야 했는데.

여운도 움직여야 했다. 위로 올라가야 했다. 올라가서, 정인이도 다시 붙잡고 대응팀 사람들과도 이야기를 해야 했다. 무슨 이야기든 해야 했다.

어깨를 들먹이며 억지로 심호흡을 하고, 자꾸만 접히는 상체를 곧게 세웠다. 붉어진 눈으로 사무실을 둘러보던 여운이 신음을 흘렸다. 업무 지시가 내려오던 PDA는 박살 나 버렸지만, 그래도 해야 할 일을 놓치고 지나칠 수는 없었다. 제대로 보수를 받기 위해서는.

창밖까지 걸쳐진 변이체는 어느새 평범한 나무처럼 변해 있었다. 고통스러운 듯 보였던 얼굴은 회갈색 껍질 속에 파묻혀 흔적조차 찾을 수 없었다. 죄송합니다. 웅얼거리듯 내뱉고는 손을 뻗었다. 가지 끝에서 잎사귀를 한 장 떼어 내 케이스에 넣어 세 번째 샘플을 확보했다. 이것으로 모든 임무는 종료다.

어두워진 복도를 더듬어 가며 걸었다. 도저히 뛸 만한 상태가 아니었다. 계단을 통해 위층으로 올라가니 엘리베이터는 이미 떠난 후였다. 호출 버튼을 눌러 놓고서 여운은 맞은편의 창턱에 걸터앉았다. 머릿속에선 이모의, 박 팀장의, 대응팀 연구원들의, 정인의 얼굴과 목소리가 빙글빙글 돌며 서로 부딪히다 폭죽처럼 터져 대고 있었다.

열이 오르는 이마를 유리창에 기댔다. 싸늘한 밤공기와 맞닿은 창은 차갑고 매끈했다. 밖에는 불빛 없는 야경이 펼쳐져 있었다. 어느새 해는 완전히 진 후였다. 방벽도, 도시도, 숲도 검은 실루엣으로만 남은 채 보랏빛으로 물든 하늘을 배경으로 가라앉아 있었다. 여운은 멍하니 하늘 쪽을 바라보았다. 믿기지 않을 정도로 별이 많았다. 옛날에는 아무리 맑은 날에도 별 같은 건 북극성이나 겨우 찾을 만했었는데, 인간이 떠난 서울의 밤하늘은 여운의 기억과는 너무도 달랐다.

그리고 고요함. 한없는 침묵이 이 도시를 감싸안고 있었다. 악쓰던 목소리들이 씻어 낸 듯 사라지고 그저 무거운 평온만으로 가득 찬 밤이었다.

한순간 저 풍경이 무척 아름답고 평화로워 보인다고, 여운은 생각했다. 터무니없게도.

어쩌면,

어쩌면 우리야말로, 나야말로 이 풍경에 잘못 끼어든 이물질인 게 아닐까?

띵 —. 엘리베이터 도착음에 여운은 소스라쳤다. 인공의 조명이 환하게 밝혀진 엘리베이터 안이 갑자기 낯설게 느껴졌다. 그래도 머뭇거릴 시간은 없었다. 창백한 네모 상자 안에 올라타니 R이 버튼을 눌렀다.

"가방 이제 내가 멜게요."

이걸 타고 꼭대기까지 도착하면, 좋든 싫든 이 여정도 끝난다. 그동안 자신이 선택한 것이라곤 하나도 없이 휘둘려 오기만 한 여정이었다. 마지막 순간에조차 R을 내세우며 그 뒤에 덤처럼 따라갈 수는 없었다. 더는 한심해지고 싶지 않았다.

R은 이유를 묻지 않고 여운에게 배낭을 넘겨주었다. 익숙한 무게감이 마음에 안정을 가져다주었다.

"사람들은 190층에 모여 있습니다. 185층에서 내려서 계단실로 이동하세요."

"네."

"총은 미리 꺼내 두시고요. 직접 소지하고 계시면 좋겠습니다."

"네?"

R은 두 번 설명하고 싶지 않은 모양이었다. 그는 직접 배낭을 열더니 여운이 가장 깊은 곳에 박아 뒀던 자동 권총을 꺼내 주인을 향

해 내밀었다. 여운은 핏기 가신 얼굴로 총과 R의 얼굴을 번갈아 쳐다보았다.

"이제 와서요? 위쪽에 뭔가 위험한 게 있는 거예요?"

"위험은 언제나 있었죠. 이걸 드리는 건 제 역할이 190층에서 끝나기 때문입니다. 제 임무는 '여운 씨를 **우산** 앞에 무사히 도달하게 하는 것'까지니까요."

아.

가슴이 철렁 내려앉았다. 역시 그렇다. 나의 존재 가치는 물건을 전달하는 것까지뿐인 것이다. 갑자기 묘한 서글픔이 몰려오기 시작했다.

"그럼 그다음부터는……."

"그 이후의 일에 대해서는 저는 아무런 관여도 할 수가 없습니다. 그 전에 제 주인에게 최소한의 무기는 들려 주고 싶은 마음이네요."

뭔가 이상했던 거대한 운동성 변이체, 여운을 엘리베이터 밖으로 밀쳐 냈던 연구원, 여운을 믿지 못하는 박 팀장, 그리고 정인과 미호. 그 외에 아직은 알 수조차 없는 미지의 문제까지. 무슨 일이 일어나도 놀랍지 않을 상황인데 이젠 모든 것을 여운 혼자 감당해 나가야 한다는 선언이었다.

심장이 불안하게 덜컹이기 시작했다. R만은 그래도 이 와중에 자신의 안위를 생각해 주고 있었다. 여운은 총을 건네받았다. 생각했던 것보다 더 무거웠다. 어설픈 손놀림을 물끄러미 내려다보면 R이 조용히 물었다.

"당연히 쏠 줄 모르시겠죠?"

"모르는 게 당연하죠."

R은 친절하게 사용법을 설명하기 시작했다. 예상보다 훨씬 반동이 강할 것이라 경고하며 주인의 손목까지 걱정했다.

새삼 왠지 가슴 한구석이 쓰렸다.

뭘까, 이 느낌은.

"음. 그동안 고마웠어요. 나 때문에 고생 많았죠?"

엘리베이터 벽을 서툴게 겨눠 보면서, 여운이 애써 밝게 말했다.

"전혀요. 여운 씨와 함께할 수 있어 즐거웠습니다."

의례적이고 고전적인 인사였다. 그와 어울리지 않는.

"제 기대대로셨어요. 십삼 년 동안 달라진 게 하나도 없었어. 여전히 엉망진창이네요."

여운은 그대로 얼어붙었다.

*

마치 시간이 멈춘 것처럼, 여운의 모든 움직임이 멈췄다. 한참 만에야, 어? 하고 의미 없는 감탄사가 나오는 걸 들으며 R은 입꼬리를 가만히 끌어 올렸다.

분명 붉은 메시지 창이 떠오를 것이라 생각했는데 어째선지 '그쪽'은 반응이 없었다. 놀랄 일은 아니었다. 이 세상에서 그들을 놀라게 할 수 있는 일은 아무것도 없다.

"무슨 말이에요?"

그 덕분에 감각에 관여하는 모든 자원을 눈앞에 선 주인에게 온전히 집중할 수 있게 된 상황은 그럭저럭 즐거웠다. 점점 올라가는 심박수에 확대되는 동공. 불규칙해지는 호흡의 리듬. 표정으로 숨길 수 없는 감정의 정보들을 수집하고 기록하며 R은 그 그래프 위에 십삼 년 전의 그래프를 겹쳐 보았다.

주인이 퇴원하며 버리고 간 반려견형 간병 인형을 품에 안고선, 절뚝이며 복도를 가로지르던 8세 경골 골절 환아의 그래프. 센서로 전해지던 격렬한 두근거림과 진통제 투여를 고려하게 만들던 통증도와 땀 냄새. 그 모든 정보가 오류인가 의심하게 만들던 새하얗게 밝은 목소리. 수천만의 단말기를 동시에 들여다보던 그의 주의를 배터리가 끊기기 직전의 낡은 단말기로 이끌었던 그 순간의 기록.

'간호사 선생님. 애가 저쪽에서 혼자 벽에 계속 부딪히고 있었어요. 누구 앤지 아세요?'

'아, 그거.'

방금 퇴원한 아이 것 같은데. 보호자가 버려 달라고 했던 건데 언제 빠져나갔지? 전원을 제대로 껐어야지. 데스크 뒤에서 말을 주고받던 간호사 중 하나가 손을 내밀었다.

'선생님이 처리할게. 이리 주렴.'

'아, 아뇨. 괜찮아요.'

아이는 뒷걸음질을 쳤다. 그러곤 데스크의 시야에서 벗어나자마자 달리기 시작했다. 걷는 것만으로도 식은땀이 흐르고 눈물이 날 정도로 통증이 있었던 주제에 아이는 달리고 있었다. 목적지는 병원의 중앙 현관이었다. 현관 유리문 밖으로 뛰쳐나가자마자 날카로운 태양 빛이, 까맣게 손때가 묻은 인형의 센서 위로 떨어졌다. 현관 앞은 텅 비어 있었다. 아이는 그 자리에 멍하니 멈춰 서 있었다. 턱끝까지 차오른 숨에 어깨를 들먹이며, 그렇게 한참을 가만히 서 있었다. 8월의 폭염 속이었다.

'여운아!'

아이의 보호자가 뒤늦게 뛰어왔다. 아픈 애가 이게 무슨 짓이냐는 꾸지람 끝에 보호자는 아이에게 병실로 돌아가기를 명령했다. 아이는 망설이는 듯했다. 피부는 더위에 새빨갛게 달아올라 있었고 유리문이 여닫힐 때마다 안에서 새어 나오는 에어컨 바람이 무척 유혹적이었을 텐데도 아이는 웬일인지 움직이지 않았다. 잠깐만. 어, 잠깐만. 그곳에 있는 이유를 설명하지도 못하면서 아이는 망설였다. 무엇 때문에 망설이는지, 주변의 카메라로 관찰하던 그도 한껏 궁금해졌다.

한참 만에 차 한 대가 돌아와 현관 앞에 급히 멈춰 섰다. 막 퇴원했다는 인형의 주인과 그 보호자의 차였다. 주인 아이는 환호성을 지르며 인형을 받아 들었고 보호자는 의례적인 감사 인사를 건넸다. 강여운은 주인이 완전히 떠나고 나서야 홀가분한 얼굴로 병실로 돌아왔다. 그리고 그대로 앓아누웠다. 입원 기간은 두 배로 늘어났다.

"대답해요. 그게 무슨 소리냐고요!"

"저는 아주 오래된 인공지능이거든요. 여운 씨가 태어나기 전부터 이 세상 모든 일들을 엿보고 엿듣고 배우는 게 제 일이었죠."

주인이 대답하라면 대답할밖에.

더 자세히 설명하라면, 당신의 그 비합리성이 너무나 흥미로웠다고, 그 순간부터 인간의 모든 삶에서 그 부분부터 찾고 들여다보게 되었다고, 그렇게 배워 나가다 보니 그 흔해 빠진 어리석음과 대책 없음이 인간의 말을 빌려 표현하자면 아주 *마음에 들어 버렸다*고 말해 줄 수 있다. 그렇게 전쟁 한복판에서 한쪽 눈으론 타깃을 카운트하며 살상 무기를 쏟아붓고, 남은 한쪽 눈으론 적군이 한 명도 없는 공터를 실수인 척 공격 목표로 지정하는 신참 사관의 얼굴을 들여다봐 왔다.

그래서, 이 전쟁에서 나는 당신을 선택했다.

"계속 이렇게, 엉망진창인 채로 남아 줬으면 좋겠네요."

여운은 더 이상 설명을 요구하지 않았다. 아니, 못 했다. 이미 제시된 정보를 처리하는 것만으로도 버거워 보였다. 아쉽지는 않았다.

땅 ─. 엘리베이터의 도착음에 여운은 화들짝 놀랐다. 어느새 185층이었다. R은 굳은 여운의 손에서 총을 받았다. 그러곤 뻣뻣한 주인의 몸을 돌려 바지 뒤춤에 총을 꽂아 넣어 주었다.

"망설이지 말고 쏴야 합니다. 분명히 그래야 할 순간이 올 테니까."

그 말을 마지막으로 R은 입을 다물었다. 처음 만났을 때 그랬던 것처럼, 그는 여운의 몇 걸음 뒤에 서서는 그녀의 지시만을 기다리는 태도로 돌아갔다.

"R……?"

드디어 문이 열리고 짧게 이어진 복도와 계단이 보였다. 내내 혼란스러운 얼굴이던 여운이 이윽고 결심한 듯, 눈을 질끈 감았다 떴다.

"이따가 다시 이야기해요. 꼭이에요. 그리고 아무리 곧 계약 종료라고 해도, 주인한테 엉망진창이라고 하면 안 되는 거예요."

이따가 다시. 여운은 당연하다는 듯 다음을 예정하고 있었다. R은 희미하게 웃으며 고개를 반쯤 숙였다.

여운은 마른침을 삼키곤 복도로 발을 내디뎠다. 몇 걸음 되지 않는 복도에 길게 이어지는 계단이었다. 여운이 걷는 길을 R은 말없이 따라오기만 할 뿐이었다. 계단 끝은 육중한 철문으로 가로막혀 있었다.

더 위로 올라갈 수 있는 길이 없는 곳. 누가 봐도 명확한 종착지였다.

이 너머에 결말이 있다. 그 앞에 무엇이 기다리고 있을지는 알 수 없지만.

여운은 두 손으로 문을 더듬어 보았다. 잠금장치가 있었을 것 같은 가운데 부분이 찢어지듯 뒤틀려 있었고, 그 사이로 내부의 빛이 새어 나오고 있었다.

여운은 깊게 심호흡을 하고 문을 밀었다. 강렬한 조명이 눈부시게 쏟아졌다. 눈을 찡그리는 순간 레이저 포인터 같은 새빨간 발광점이 조명을 뚫고 번쩍였다. 공격 모드에 들어간 무인기의 빛. 그것은 정확하게 여운을 겨누고 있었다. 뒷덜미의 잔털이 모조리 곤두섰다.

뒤에 서 있던 R이 순식간에 앞으로 나섰다. 무인기 바로 곁에 서 있던 남자가 팔이 꺾인 채 비명을 질렀다. 그에게서 뺏은 리모컨이 R의 손안에서 가루가 되었다. 붉은빛이 꺼지며 무인기가 쿵 소리와 함께 바닥에 주저앉았다. 여운은 자신을 향했던 총구를 노려보며 숨을 몰아쉬었다. 반사적으로 들었던 두 손을 내리지도 못한 채였다. R이 여운을 돌아보며 말했다.

"도착했습니다."

계약 종료 선언이었다.

"……그래요. 고마웠어요."

여운은 힘없이 웃었다.

"너 괜찮아? 어디 다친 덴 없어?"

안쪽에서 먼저 올라갔던 송 박사가 뛰어나왔다. 손목을 틀어쥔 채 뒤로 물러서고 있는 것은 엘리베이터에서 여운을 밀어냈던 이 박사였다.

"무슨 짓이야? 앨 쏠 뻔했잖아!"

"변이할 수도 있다고요! 조심해서 나쁠 거 없잖아요?"

"진심이야? 너 서울 들어오면서 좀 이상해진 거 알아?"

이 박사는 뭐라고 중얼거리더니 자리를 떴다. 여운은 그제야 떨리는 팔을 내릴 수 있었다. 송 박사가 여운의 팔을 잡아끌었다.

"일단 들어가자. 무사해서 정말 다행이야. 그 괴물은? 어떻게 한 거야?"

"모르겠어요. 그냥 사라졌어요."

길게 설명할 수 없었다. 정인의 이야기는 더더욱 할 수 없었다.

"저, 그런데, 아무도…… 안 왔어요?"

"무슨 소리야? 누가 와?"

그렇다면 정인은 어디로 갔단 말인가. 사방을 두리번거리고 있는데 누군가가 다가왔다. 박 팀장도 아니고 김 박사도 아니었다. 처

음 보는 사람이었다. 여운 또래로 보이는 젊은 남자. 여운은 눈을
크게 부릅떴다.

"안녕하세요. 새로운 분이시네요. 오시느라 고생하셨죠?"

악수를 청하는 웃는 낯의 그는, 놀랍게도 턱시도 차림이었다.

3부 — 선택된 순간,

선택할 수 있는 순간

1

펜트하우스였다. 드라마에서나 봤던 화려한 공간이 눈앞에 펼쳐져 있었다. 자체 발전기가 있는 모양인지 너른 공간 전체가 각양각색의 조명으로 눈부시도록 환했다. 여운은 천천히 주위를 둘러보았다. 그러다 깨달았다.

이곳은 파티장이었다. 정확하게는 파티장이었던 곳이다. 테이블에 차려졌던 케이터링 음식들은 부스러기 한 점 없이 비워져 있었고, 여러 음료와 주류들은 병과 잔 모두 제 위치를 벗어나 아무렇게나 뒹굴고 있었다. 개중엔 벽에 부딪혀 박살 나 파편으로만 남아 있는 것들도 있었다. 누군가의 불안과 분노의 결과일 것이다. 즐거웠어야 할 파티는 악몽으로 끝난 모양이다. 그 악몽은 아직 이어지고 있는 중이고.

멀찍이 몰려선 사람들이 보였다. 이브닝드레스와 턱시도 차림의 젊은이들이었다. 다섯 명 모두 여운의 또래이거나 많아 봤자 삼십 대 즈음으로 보였다. 손목의 센서가 안전하다는 의미의 초록색으로 빛나고 있었지만, 아래층에서 있었던 사건 때문인지 모두 마스크를 쓰고 있었다. 값비싸 보이는 차림과 마스크의 조합이 기이했다. 그들은 새로 등장한 여운과 R 쪽을 힐끔거리며 자기들끼리 귓속말을 하고 있었다.

"김 박사님은요?"

여운의 물음에 송 박사가 한쪽 벽면을 턱 끝으로 가리켰다. 꽉 닫힌 별실 문이 보였다. 그 안에 눕혀 뒀다는 의미일까.

"격리해야 한다잖아. 밖으로 내오면 가만두지 않겠대."

그렇다고 환자를 저렇게 방치해 둬도 되는 건가? 여운은 미간을 구겼다.

"오해하지 마세요. 구조대가 올 때까지 잠시 동안만 부탁드린 것뿐입니다."

악수를 청했던 남자가 난처하다는 듯 얼른 덧붙였다. 여운은 그제야 남자의 얼굴이 낯익다는 것을 깨달았다. 이런 시대에 서울 한복판에서 파티를 벌일 수 있는 위치의 사람이다. 여운과 접점이 있었을 리가 없었다. 그렇다면 이모가 거의 하루 종일 틀어 놓는 TV가 답일 것이었다. 복잡한 머릿속을 열심히 뒤진 끝에 여운은 항바이러스제 광고와 신진 재계 스타 인터뷰 쇼의 기억 속에서 저 얼굴을 발굴해 낼 수 있었다. 여운은 송 박사의 귀에다 대고 조심스럽게 속삭였다.

"이 사람들…… 뭐예요? 왜 여기 있는 거예요?"

"나도 몰라. 팀장은 뭔가 알고 있었던 것 같지만. 이따 제대로 따질 거야. 아니지. 조용히 입 다물고 있으면 콩고물 좀 떨어지려나?"

한껏 빈정거리는 송 박사였다.

"아래쪽 상황 이야기를 좀 듣고 싶은데요. 먼저 잠시 모셔도 될까요?"

남자가 사람 좋게 웃으며 말했다. 괜찮겠어? 송 박사가 눈으로 물었고 여운은 고개를 끄덕였다. 어디든 붙어서 빨리 상황 파악을 하는 게 좋을 것 같았다. 송 박사는 어깨를 으쓱하고는 혼자서 이 박사가 있는 반대편을 향해 걸어갔다. 대응팀 사람들의 무리와 파티복 사람들의 무리는 물과 기름처럼 펜트하우스를 반으로 나누며 양편으로 갈라져 있는 모양새였다. 박 팀장과 중년의 연구원이 보이지 않는 게 마음에 걸렸다. 다른 층으로 이동한 걸까?

남자가 안내하는 대로 소파 쪽 모퉁이를 돌던 여운이 한순간 흠칫했다. 바닥에 누군가 쓰러져 있었던 것이다.

"아, 놀라셨죠? 인형이에요. 배터리가 다 떨어져 버려서……. 이쪽으로."

남자는 대수롭지 않다는 듯 다시 여운을 이끌었다. 하지만 여운은 한동안 그 인형에게서 눈을 뗄 수 없었다. 검은 고급 정장을 온몸에 두르고 있는 남성형 인형이었다. 경호용으로 제작된, 아마 여운의 월급으로는 평생을 모아도 대여조차 부담스러울 가격대의 모델로 보였다. 마찬가지로 하이엔드급의 인형인 R은 아직 여운의 뒤를 얌전히 따라오고 있었다. 더 이상 그녀와 눈을 맞추거나 말을 걸진 않았지만.

소파 구석에 카드 한 장이 아무렇게나 버려져 있는 게 눈에 띄었다.

'서울 재건을 위해 모인 젊은 영웅들을 위하여'

은은하게 반짝이는 종이에 우아한 필체의 금박으로 인쇄된 초대
장이었다. 그 순간 여운은 새삼 자신이 어디에 서 있는 것인지 의식
하게 되었다. 사면의 벽이 모두 통유리인 이 고공의 무대는 처음 이
건물이 지어질 때부터 선택된 사람들을 위해 주어진 공간이었다.
여운 같은 사람은 감히 발 들일 일이 없는 세계. 대리석과 흑요석,
빛나는 금붙이와 크리스털, 부드러운 가죽으로 이루어진 그들만의
세계는 멸망한 도시의 성채 꼭대기를 아직도 굳건히 지키고 있었
다. 유리 벽 너머의 세상이 어떻게 변했든, 이곳은 종종 용도에 맞
게 사용되고 있었던 듯했다.

"평소엔 여기서 일하시는 분들께서 사용하십니다. 저희는 한 달
에 한 번 정기 모임을 가질 때만 양해를 구하고 여길 빌리고 있어
요. 오해하진 말아 주세요."

뭘 오해하지 말라는 것인지 알 수 없었다. 여운은 그저 위축된 채
고개만 끄덕일 뿐이었다. 남자가 여운을 이끌고 오자 일행 사이에
서 소요가 일었다. 쟤 누구야? 아래층은 어떻게 됐죠? 구조대는 언
제 옵니까? 왜 이렇게 늦은 거지? 바깥은 어떻게 되어 가고 있어?
소장은 뭐라고 해?

죄다 여운이 대답할 수 없는 종류의 질문이었다. 여운이 황망한
얼굴로 굳어 있자 그들 중 한 명이 쓴웃음을 지으며 비꼬아 댔다.

"그만두자. 이분도 '그냥' 연구원님이신 것 같은데."

그렇다. 그들은 근본부터가 서로를 경멸하기 좋은 부류들이었다.
누가 이런 시국에 이런 데서 파티 같은 걸 벌일 생각을 한 거야?

머리는 장식품인가?

저런 인간들이 이 모임의 의미를 이해할 리가 없지. 수준 안 맞아서 말이 안 통해.

말 없는 싸움이 여운이 이 자리에 없던 때부터 이어지고 있었다.

드레스 차림의 여자가 여운의 뒤에 서 있던 R을 이리저리 뜯어보더니 눈을 가늘게 떴다.

"하지만…… 그럼 이거 어디서 났어요? 당신 거 아니에요?"

"아니에요. 연구소 재산이에요."

"그래요?"

사교적인 미소로 무장하고 있긴 했지만 그건 가면이었다.

"세상에. 눈독 들이고 있는 사람이 한둘이 아닌 인형이었거든요. 공방에 화재가 나면서 소실됐다고 들었는데, 이걸 지금, 고작 연구소에서 가지고 있었다고요?"

자길 바로 눈앞에 두고 하는 말인데도 R은 아무런 응답이 없었다. 여자를 향해 보일 듯 말 듯 한 미소만 보내고 있을 뿐.

"전…… 모르겠네요. 연구소 측에 문의해 보시죠."

"네. 그래야겠어요."

여자는 의미를 알 수 없는 미소만 남긴 채 입을 다물었다.

비밀이 너무 많네요, R. 여운은 속으로 중얼거렸다. 일행의 관심은 빠르게 사그라들었다. 여운을 데려온 남자가 최대한 자연스러운 모양새로 여운을 일행 밖으로 빼내며 말했다. 피곤하실 텐데 편한 자리에서 좀 쉬시는 게 어때요? 좋은 생각이었다.

지금 당장은 어차피 할 일이 없으니 아무 곳에서나 좀 앉아 쉬라고 했지만, 연구원들 쪽은 이 박사가 아직도 여운을 뚫어지게 노려보고 있어 갈 수가 없었다. 그렇다고 다른 쪽에 끼는 것도 어색했다. 마침 창밖을 향해 놓인 긴 벤치가 비어 있는 게 보였다. 여운은 그 위에 조심스럽게 주저앉았다.

"이곳에 오면 서울 사방이 한눈에 내려다보이죠."

턱시도 남자가 사교적으로 덧붙이며 여운 옆에 앉았다. 그만은 아직 여운에게 관심이 남아 있는 모양이었다.

남자의 말은 사실이었다. 이곳은 서울에서 가장 높은 곳. 시야를 방해하는 이음매 하나 없이, 세 면의 벽 전체를 특수 가공한 통유리로 둘러싼 이곳에서 보는 풍경은 마치 서울 상공에 맨몸으로 떠오른 채 그 아래를 관망하는 것 같은 착각마저 불러일으킬 정도였다.

"철부지들처럼 보이시겠죠?"

여운의 추측대로, 이들은 소장의 인맥으로 비밀리에 서울을 드나드는 유력 인사의 자제들인 모양이었다.

"안 좋게 보실 거라는 건 알지만, 저희 진심은 알아주셨으면 합니다. 좋은 마음으로 일부러 이곳까지 찾아오는 것이거든요. 위험한 줄 알지만, 우리 눈으로 직접 이 서울을 보기 위해서요."

남자는 좀 지친 기색이었다.

"저희도 미래를 위해 뭔가 하고 싶어요. 그래서 직접 보고, 잊지 않으려고 이곳에 자주 모입니다. 제가 만든 모임이에요. 이곳에서의 경험을 토대로 뭔가 의미 있는 활동을 해 보려고 해요. 감사하게도 소장님이 많이 도와주고 계세요. 아직은 좀 어설프기도 하고 부모님들은 싫어하시지만, 뭐."

남자는 선량한 눈매로 웃었다.

"재난 영화 속의 주인공이 된 마음으로요."

여운의 손끝이 찌르르 울렸다.

"좀 유치한가요?"

"아뇨."

여운은 가만히 웃어 보였다. 이들이 여운의 세대를 대표하는 사람들이었다. 좋은 마음을 품고, 의지를 가지고, 그것을 실행할 수 있는 힘과 능력이 있는 사람들. '배달부'인 자신과는 다른.

"대단하세요."

여운의 칭찬에 남자는 멋쩍게 두 손을 마주 잡았다. 갑자기 못 견딜 정도의 피로가 밀려왔다. R의 경고와는 달리 주변에 위협이 될 만 건 아무것도 보이지 않았다. 눈앞의 풍경은 너무도 평화로웠다. 나는 이만 쉬어도 되지 않을까? 그런 생각이 들었다.

세상의 위기 따위, 늘 그렇듯 이번에도 가만히 기다리다 보면 누군가가 어떻게든 해결을……

갑자기 환호성이 울려 퍼졌다. 좀 전까지 새카맣기만 하던 스크린에 실시간 뉴스 영상이 떠올라 있었다. 드디어 외부와 통하는 라인이 복구된 모양이었다.

습관 삼아 주머니에 넣고 있긴 했지만, 지금까지 시계 이상의 역할을 하지 못했던 여운의 휴대폰에도 밀린 알림들이 쏟아져 들어오기 시작했다. 이모의 연락들일 것이었다. 다른 사람들도 마찬가지 상황인지 너른 펜트하우스 전체가 각양각색의 알림음들로 가득 찼다.

거봐. 역시 그렇잖아?

여운의 얼굴이 환하게 밝아졌다. 여운은 주머니 위로 휴대폰을 움켜쥐었다.

스크린에선 웅장한 배경음과 함께 신형 세단 광고가 흘러나왔다. 이곳에 모인 사람들 중에 저 그룹의 오너 일가도 있는 모양이었다. 저들이야말로 주인공이었다. 세상을 움직일 힘이 있는 사람들.

속보입니다.

아나운서의 목소리가 다급했다. 실내에 있던 모든 사람의 눈이 화면으로 쏠렸다.

일부 민간 방벽 관리 업체 내부에서 변종 바이러스 감염 사례가 확인되었다는 소식입니다. 이에 우리 정부는 작업에 동원되었던 기기들을 모두 소각하고 해당 업체 소속 인력 전원을 신속히 격리하기로 했습니다. 그러나 격리 이전 잠복 기간에 이미 마트나 식당을 이용하는 등 일상적인 외부 활동을 한 업체 직원이 상당수 존재하는 것으로 파악되어 큰 우려를 낳고 있는데요. 현장에 나가 있는…….

……어?

여운은 반쯤 몸을 일으켰다. 눈앞에 펼쳐지고 있는 모든 것들이 거짓말 같았다. 화면이 비추고 있는 곳은 이모의 회사였다. 드론 카메라가 보여 주고 있는 번화가는 여운과 이모가 수시로 장을 보는 마트가 있는 곳이었다. 익숙한 장소들이 접근 금지 테이프와 소독액 분사 라인에 둘러싸인 채 위협적인 라이트 아래에서 모조리 까발려지고 있었다.

허둥지둥 휴대폰을 꺼내 보았다. 걱정과 질책으로 가득하던 이모의 메시지와 부재중 전화는 두 시간 전부터 완전히 끊겨 있었다. 여운은 떨리는 손으로 이모의 번호를 눌렀다. 초조하게 신호음을 기다렸다. 일 초가 십 분처럼 느껴지는 지독한 찰나가 지난 후, 기기의 전원이 꺼져 있다는 답변이 돌아왔다.

네. 현장에서 전해 드립니다. 제가 나와 있는 곳은 감염자 및 감염이 의심되는 근무자들을 격리하고 있는 국립재난대응연구소 산하의 국립격리원입니다.

어떻습니까? 환자들의 상태에 대해 알고 싶은데요.

네. 이번에 확인된 바이러스는 이전엔 볼 수 없었던 변종 바이러스입니다. 때문에 증상도 기존의 바이러스와는 양상이 다르다고 알려졌습니다. 자세한 사항은 아직 확인해 줄 수 없다고 하나 변이 속도와 변이 후 상태가 기존과 확연한 차이점이 있는 것만은 분명해 보입니다. 또한 전염 속도가 매우 빠른 것에 비해 잠복기의 개인차가 커, 현재로서는 바이러스가 어디까지 확산되었는지 알 수 없어 방벽 근무 인력 전원을 격리한 상태입니다. 현재 감염이 확인된 환자는 사무실 대표를 비롯, 회계 담당 직원과 조리실 근무원 등 총 3인으로 알려져 있습니다.

큰일이네요. 바이러스가 외부로 퍼지지는 않았어야 할 텐데요.

그렇습니다. 일각에선 변이 조짐이 있는데도 자체 격리를 하지 않은 직원들에게 구상권을 청구해야 한다는 의견도⋯⋯.

이모는, 괜찮나? 괜찮은 건가? 저 사람들 지금 무슨 소릴 하고 있는 거지?

"큰일이네요."

남자가 인상을 찌푸리며 말했다.

"이런 일을 대비해서 방벽 관리인들은 거주구를 한정해야 한다고 전부터 건의를 했었는데, 그것만은 끝까지 안 들어주더니."

뭐라고……?

여운이 황망한 얼굴로 남자를 올려다보았다. 남자는 좀 더 친절한 설명이 필요하다 느낀 모양이었다.

"안전에 대한 문제는 보수적으로 접근해야죠. 물론 그런 일이 없어야 하겠지만, 방벽 가까이에서 일하는 사람들은 언제든지 감염될 가능성이 있다고 봐야 하지 않습니까? 시민들의 안전을 위해 그런 사람들만을 위한 거주구를 따로 설정했으면 지금처럼 외부 확산을 걱정하지 않았어도 됐을 거예요. 그쪽만 격리하면 최소의 투자로 최대의 효과를 얻을 수 있었겠죠. 마트에 식당이라니. 맙소사."

남자의 눈엔 경멸이 서려 있었다.

"방벽에서 일하는 사람들도 같은 시민이에요."

반쯤은 넋이 나간 채로, 여운이 항변했다. 남자는 무슨 소리냐는 듯 눈을 크게 떴다.

"좀 다르죠. 근로 계약서 쓰실 때 위험에 대한 고지가 충분히 되어 있는데도 자발적으로 시작하신 분들이니까요. 그 정도는 납득하지 않으실까요? 위험 수당도 충분히 지급되고 있는 것으로 압니다. 물론 부족하다면 더 늘려 드리는 것도 괜찮겠죠. 하지만 벌써 늦었네요. 변종이라니. 저런 경우는……."

남자는 안타깝다는 듯 고개를 가로저었다.

"감염 의심 인력까지 모두 영원히 일반 시민과 분리해야 해요. 국립격리원이 아니라 방벽 안에 임시 격리처를 만들어 수용하는 게 맞다고 봐요. 너무 위험하니까."

여운은 손에 든 휴대폰을 부서뜨릴 기세로 움켜쥐었다. 그러지 않으면 이 남자의 뺨을 후려칠 것 같았으니까. 눈앞의 남자는 여전히 유려한 말투로 말을 이어 가고 있었다. 본인의 논리에 확신을 가진 사람 특유의 여유로운 태도였다.

이성적으로 대응하지 않으면, 정보에 신속하게 반응하지 않으면 문제가 생긴다고 했다. 재난일의 참사도 마찬가지라며. 분명 바이러스 분출 위험이 있을 수 있다고 경고했음에도 피난 기한의 일주일 전까지 서울에서 뭉그적거리고 있었던 어리석은 사람들 때문에 피해가 커지고 만 것이라고. 실제로 의식 있는 사람들은 벌써 한참 전에 모두 서울을 떠났었다며 남자는 한탄했다.

아니야. 그게 아니야.

당신이 말하는 그 사람들은, 언론이 전하는 소식들을 믿고 일상 속에서 누군가는 졌어야 할 마지막 책임을 지기 위해 남아 있었던 사람들이야. 그 사람들이 있었기 때문에 당신들이 마음 놓고 도망칠 수 있었던 거라고.

"……그렇군요."

속엣말을 삼킨 여운의 입꼬리가 경련했다. 한 손을 들어 떨리는 입가를 가리며, 여운은 눈꼬리 끝을 가늘게 접었다. 그리고 물었다. 특유의 무해하기 짝이 없는 목소리로.

"좋은 의견들을 많이 내놓고 계신가 봐요. 대단하세요. 혹시 이번 설문 조사에도 관여하셨을까요?"

"서울 개방에 대한 설문요? 간단한 아이디어는 좀 보탤 수 있었죠."

"결과가 아주 놀랍게 나왔던데요."

"당연합니다. 설문 대상자도 신중히 골랐고, 공개될 정보도 철저히 통제했으니까요."

남자는 자신의 위업을 알아봐 주는 사람이 무척 반가운 모양이었다.

"친지 중에 희생자가 없는 사람들만을 대상으로 조사할 것. **우산**의 작동 방식은 반드시 광역 방역 시스템이라는 말로만 모호하게 정리할 것. 그래도 100퍼센트는 달성 못 했네요. 뭐, 그게 더 자연스러워서 잘됐지만."

그렇게 된 것이었구나. 그런 이야기였구나.

"예상대로 아무도 불만을 제기하지 않고 잘 끝났어요. 하긴 다들 내심 바라던 결과였을 테니까. 덕분에 모든 작업이 일사천리로 진행 중입니다. 사실 이건 그 결과를 축하하는 자축 파티였어요. 갑자기 전기랑 통신이 나가서 이 꼴이 되긴 했지만."

그러네. 네 말이 맞았어, 정인아.

'남들 일은 참 쉬워요. 멀리서 보면 너무 간단하죠? 가까이서 보면 아니거든요.'

네가 옳았어.

여운은 고개를 가슴까지 푹 숙인 채 한 번 웃었다. 어깨가 경련하듯 크게 들썩였다. 다시 번쩍 든 얼굴에는 웃음기라곤 조금도 남아 있지 않았다.

"당신들, 정말, 최악이야."

난생처음 느껴 보는 분노였다.

242

*

"됐다!"

의미 없는 정보만 뱉어 내던 화면이, 이제야 정상 작동하는 시스템다운 응답을 시작하고 있었다. 무슨 짓을 해도 안 열리던 자물쇠였는데 드디어 꼭 맞는 열쇠를 찾은 것이다. 환호성을 지르고 싶은 심정이었다. 과연 그 메모리 칩이 해답이었다.

"어때요?"

박 팀장도 흥분을 감추지 못하고 컴퓨터 가까이 다가들었다. 기술 전공은 아니라 알아볼 수 있는 게 많진 않았지만 화면에 이 타워의 구조도가 떠오르는 것만 봐도 상황에 진척이 있음은 분명했다.

"잠깐만요. 이제 봅시다. 어디가 문제일……."

한결 여유로운 몸짓으로 키보드와 마우스를 움직이던 연구원이, 한순간 멈칫했다.

"어어? 이게 뭐야?"

"왜요? 뭐가 잘못됐어요?"

연구원의 얼굴이 붉게 변했다가, 다시 창백하게 질려 버렸다. 그는 식은땀을 비 오듯 쏟으며 이 창 저 창을 오가며 키보드를 두드리기 시작했다. 혼란에 빠진 그는 눈에 띄게 허둥거리고 있었다.

"아니, 팀장님. 이건…… 이건 기술적인 문제가 아닙니다. 뭐 하나 손본다고 어떻게 할 수 있는 게 아니에요. 말도 안 돼. 어떻게 이게 이렇게 됐지? 언제부터? 왜 아무도 눈치 못 챈 거야?"

공포는 전염되기 쉽다. 연이은 사건들로 지칠 대로 지친 박 팀장도 이번엔 예외일 수 없었다. 이 빌어먹을 임무도 이 한고비만 넘으면 끝이었는데. 정상이 코앞이었는데. 가장 높은 곳에서 시작되는 추락은 더 처참한 법이다.

평정을 유지하려 노력하고 있었지만 그의 얼굴은 처음 방벽을 넘은 이틀 전에 비해 몇 년은 더 나이를 먹어 버린 것처럼 보였다.

"알아들을 수 있게 말하세요! 그래서 못 고친다는 겁니까?"

"고치다니요, 팀장님."

연구원의 얼굴은 새하얗게 표백되어 있었다. 그는 홀린 듯한 표정으로 고개를 들어 천장을 쳐다보았다. 박 팀장도 그를 따라 시선을 들어 올렸다. 특수 처리된 유리로 만들어진 천장은 그들 머리 위로 치솟은 **우산**의 검은 그림자를 그대로 드러내고 있었다. 밤하늘을 꿰뚫을 듯 높이 치솟은 금속 빔과 파이프, 전선으로 뒤얽힌 거대한 창끝. 밤의 어둠에 잠긴 구조물 곳곳에서 새빨간 항공 경고등이 불길하게 깜박이고 있었다. 느릿한 패턴으로. 수많은 눈알들이 일제히 감겼다가 다시 떠지는 듯이.

"저건…… 저건 이미 **우산**이 아니라고요."

*

남자는 뺨이라도 맞은 것 같은 얼굴이 되었다. 모욕당하는 것에 익숙하지 않은 사람이었다. 여운은 벤치에서 벌떡 일어나 그를 향해 한 걸음 내디뎠다. 뭘 어떻게 하고 싶은 것인지 머리로는 정리하지 못했지만 몸은 결정을 이미 내린 후였다. 성큼 앞으로 나서는 그녀의 어깨를 R이 붙잡았다.

"거기 무슨 일 있어?"

스크린 앞에 몰려 있던 사람들이 이쪽을 쳐다보고 있었다.

"아니, 별일 아니야. 괜찮아."

남자가 웃으며 대꾸했다. 그러곤 낮은 목소리로 여운을 향해 속삭였다.

"네, 뭐. 사람마다 의견은 다를 수 있으니까요."

이해할 수 있다는 듯 쳐다보는 시선에 여운의 머릿속이 새하얗게 표백되었다. 쿵쿵 심장 뛰는 소리가 고막까지 울려 대고 있었다. 바로 귓가에 대고 북을 쳐 대기라도 하는 듯이.

어이없게도, 의지와는 상관없이 입가가 삐뚜름하게 치켜 올라가더니 웃음 비슷한 것이 새어 나왔다.

도대체, 무엇을 위해 여기까지 온 걸까?

목숨을 걸고 방벽을 넘어와 누군지도 모르는 사람의 명령에 따라 자기 손으로 아직 어딘가에서 '숨 쉬고' 있을 엄마를 말려 죽일 도구를 전했다. 그 사이에 하나밖에 남지 않은 가족인 이모는 의지할 사람 하나 없이 혼자 격리소로 끌려가선 세상에서 영원히 분리되길 강요받고 있다.

저들에겐 심플한 이 세상이 여운에겐 너무 복잡했다. 너무 복잡하고 어려웠다.

이모는 괜찮을까? 제대로 치료받고 있긴 한 걸까? 혹시, 정말로 그런 짓을 당하고 있는 중이라면. 그런 식으로 그게 옳다고 정했으니 그렇게 따르라는 세상이라면,

그따위 세상이……!

불현듯 화면이 꺼졌다. 다시 밝아진 화면에선 스튜디오에 앉은 아나운서가 당혹한 표정으로 카메라를 향해 무슨 말을 하려 했다. 하지만 화면은 금세 또다시 캄캄해졌다.

"뭐야? 또 연결 끊어진 거야?"

"아니. 이번엔 저쪽이 이상하지 않았어?"

그리고 그 순간,

이 자리에 있는 모두가 단 한 번도 잊어 본 적 없을 소리가 울려 퍼지기 시작했다. 여운은 온몸의 솜털이 모조리 곤두서는 기분이었다.

사이렌 소리.

한 호흡도 끊기지 않는 비명처럼 사람의 등줄기를 오싹하게 만드는 소리. 오직 사람을 긴장시키고 불안하게 한다는 목적에만 충실하도록 만들어진 그 인공의 소리가 서울 전역을 뒤흔들고 있었다.

당장 90분 안에 탈출하라고, 90분이라고, 절규처럼 외치던 목소리들이 한순간에 되살아났다. 그때의 악몽 속으로 멱살이 잡혀 끌려들어 가는 느낌이었다. 주변 모든 사람들이 저주에라도 걸린 것처럼 단숨에 얼어붙었다.

"뭐야? 이게 무슨 소리야?"

위층으로 통하는 계단에서 박 팀장과 연구원이 구르다시피 하며 뛰어내려 왔다.

"팀장님!"

"바깥이지? 방벽 밖에서 울리는 거지, 이거?"

박 팀장의 손에 들린 휴대폰에서는 통화 불능 신호음만 새어 나오고 있었다. 연구소 쪽과 통하는 핫라인이었다. 통신이 복구되자마자 바로 소장에게 연락해 방금 전까지도 상황을 보고하고 대응책을 의논하던 박 팀장이었다.

뭔가 잘못됐다.

무엇인가가, 의지를 가지고 이 판에 개입하고 있었다.

현재 확인된 **우산**의 상황을 보고받은 소장이 그쪽에서 확인을 좀 해 보겠다고 사라진 게 삼 분 전이었다. 고작 삼 분 만에 비상사태 발령이 결정되었다는 이야기. 그리고 다시 시작된 통신 두절.

이것은 재앙이었다.

황망한 눈으로 **펜트하우스** 안을 훑던 박 팀장의 눈에, 이 자리에 있어서는 안 되는 사람의 얼굴이 들어왔다.

"수습……?"

분명히 아래에서 못 올라왔다고 들었던 강여운이 너무나 멀쩡한 상태로 서 있었다. 머릿속에 불꽃이 튀는 듯했다. 그는 멱살이라도 잡을 듯한 기세로 여운을 향해 다가가기 시작했다.

"이봐, 너. 너 뭐 하는 사람이야? 도대체 정체가 뭐야? 연구소에선 추가 인력 같은 건 보낸 적 없다고 하는데!"

박 팀장이 여운을 후려칠듯 몰아붙였다.

"네……?"

"그 메모리 칩은 또 뭐고! 혹시 여기 건드린 놈들이랑 한 패인 것 아니야? 말해 봐. 그건 누가 준……!"

여운이야말로 공황 상태였다. 박 팀장이 무슨 소리를 하는 건지 알아들을 수 없었다. 그런 그녀의 어깨를 지그시 누르는 손이 있었다. R이었다. 더 이상 버티고 서 있을 힘이 없었다. 여운은 R의 손길이 강요하는 대로 벤치에 털썩 주저앉았다. 박 팀장은 계속 분노를 쏟아 내며 다가오는 중이었다.

"여운 씨."

한순간 주변의 모든 소음을 꿰뚫고, R의 목소리만이 선명하게 귓가에 꽂혔다.

"저는 여기까지입니다. 마지막으로 드리는 말씀이니 잘 들으세요. 지금부터 무슨 일이 일어나더라도, 그것은 여운 씨 책임이 아닙니다. 절대로."

"무슨…… 무슨 소리예요?"

"그 어느 것을 선택하더라도 그것은 모두가 함께한 결정입니다. 그러니까 마음대로 해요. 원하는 걸 골라요. 당신은 그저, 아홉 번째일 뿐이니까."

도대체 무슨 소리냐고, 그게.

"……미안합니다."

뭔가가 폭발했다. 아니, 총성이었다. 어느새 무인기가 **펜트하우스** 내부에 대고 다연발의 공격을 퍼붓고 있었다. 바닥부터 사선으로 훑듯이 쏟아지는 총탄들에 외벽 유리에 거미줄 같은 균열이 일어났다. 실내에 있던 사람들 모두가 머리를 감싸안고 바닥에 몸을 던졌다. 총성이 그친 자리엔 지독한 화약 냄새와 숨죽인 비명, 울음소리만이 흘러넘쳤다.

직선으로 이어지던 총알 자국은 여운이 앉아 있는 벤치 바로 앞에서 멈춰 있었다. 여운은 벤치 손잡이를 움켜쥐었다. 몸이 떨리다 못해 이가 딱딱 마주칠 정도였다. 움직일 수 있는 사람은 아무도 없었다.

단 한 명만 빼고.

아니, 한 '명'이라고 불러도 괜찮은 걸까.

여운의 어깨에서 손이 떨어져 나갔다. 구두 굽이 대리석 바닥을 때리는 소리가 느릿하게 울려 퍼졌다. 그가 멈춰 선 곳은 **펜트하우스**의 주인이 대동하고 왔던 경호용 인형 앞이었다. 이미 배터리가 다 되어 쓰러져 있던 인형이 움찔거리며 몸을 일으켰다. 인형의 주인이 넋이 나간 얼굴로 지켜보는 가운데, 인형은 입고 있던 슈트 상의를 벗어 정중한 몸짓으로 내민 채 다시 작동을 정지했다. R은 먼지 묻고 찢어진 야상을 벗어 떨어뜨리고 그 옷을 받아 팔을 꿰어 넣었다. 새카만 정장이 그의 몸에 딱 맞게 감겨들었다.

어딘가 어긋났던 퍼즐이 이제야 모두 맞춰진 것 같은 그런 모습으로 R이, 그가 입을 열었다.

"움직이지 마시길, 여러분."

여운의 기억과는 다른, 차갑고 깊은 울림의 목소리.

"지금부터 이곳은 제가 관리하도록 하겠습니다."

오싹 소름이 끼쳐 왔다. '저것'은 여운이 알고 있는 R이 아니었다. 똑같은 얼굴이어도, 처음 눈 떴던 그때와도 전혀 다른 그 무엇이었다.

"당신⋯⋯?"

"모두 어렵게 초대에 응해 주셨는데 인사가 늦어 죄송하군요. 저는 이 이벤트의 호스트를 맡은······."

아찔하게 아름다운 미소가 그 입가에 걸렸다.

"**우산**이라고 합니다."

2

정인은 창밖으로 몸을 한껏 내민 채로 팔을 마구 흔들었다. 돌아와! 위험해! 하지만 이미 빌딩 외벽을 타고 두 층 위까지 기어 올라가 있는 미호는 그 뜻에 따를 생각이 전혀 없었다. 좁은 외장재 사이의 틈새에 손가락을 깊이 박아 넣으며 여기까지 왔다. 바로 위층, 190층의 외벽은 대부분이 유리로 되어 있어 그 안의 사람들에게 들키지 않고 통과하는 것이 관건이었다.

그런데 지금 190층에서도 뭔가 문제가 벌어진 모양이었다. 둔중한 폭음이 들리더니 통유리가 균열로 뿌옇게 흐려졌다.

"젠장! 저건 뭐야, 또! 이래도 되는 거야, 정말?"

정인이 위험으로 판단한 그 상황을 미호는 기회로 판단했다.

미호는 곡예에 가까운 몸놀림으로 외벽 가장자리마다 세워진 보강용 빔을 밟고 몸을 날려 191층 바닥 쪽 끄트머리를 아슬아슬하게 붙잡을 수 있었다. 그 광경을 숨도 못 쉬고 쳐다보고 있던 정인의 얼굴에 그제야 핏기가 돌아왔다. 꼭대기 191층은 아래층들과는 달리 **우산**을 쌓는 공사를 거듭하며 이곳저곳이 외벽 없이 노출된 상태였다. 빈틈을 찾았는지 미호의 모습이 어둠 속으로 사라졌다.

빌어먹을 사이렌 소리 때문에 정신을 똑바로 붙잡고 있기가 힘들었다. 누구라도 붙잡고 뭐가 어떻게 돌아가고 있는 거냐고 윽박지르고 싶은 심정이었다. 곧 눈앞으로 미호가 던진 로프가 떨어져 내렸다. 두 손을 맞비벼 각오를 다지고, 정인은 창문턱에 발을 걸쳤다. 절벽 등반은 처음이었다. 삼촌이 봤다면 무슨 짓을 하냐고 등짝을 후려쳤겠지.

아래를 보면 안 돼. 절대로 아래를 보면 안 돼.

귓가에 울리는 바람 소리가 귀신 울음소리 같았다. 얼굴 근육에 경련이 일 정도로 이를 꽉 깨문 채 한 발 한 발 위로 올라갔다. 190층은 귀퉁이 쪽 금속 외장재에 붙어 빠르게 지나칠 셈이었다. 미호가 고개만 내민 채 정인을 걱정스럽게 내려다보고 있었다. 늘 그렇듯 웃는 얼굴이었지만, 그 속에 담긴 감정을 정인은 읽어 낼 수 있었다.

"어……?"

정인은 두 눈을 격하게 깜박였다. 헛것이 보이나 싶었다. 시야 한 구석에서 뭔가가 움직이고 있었다. 거대한 무엇인가. 아니, 무엇인가들이. 검은 배경 속에서 검은 실루엣으로만 보이는 그것들이 쇳소리를 흘리며 꿈틀거렸다. 붉고 노란 라이트가 뒤늦게 번쩍 불을 밝혔다.

정인은 반사적으로 눈을 질끈 감았다.

건설 용도의 무인기들이었다. **우산**의 외벽에 거미 새끼들처럼 빼

곡하게 붙어 있던 그것들이 밀물처럼 꼭대기에서부터 아래쪽으로 쏠려 내려오고 있었다. 뭔가 일어나선 안 될 일이 일어나고 있다는 불안감이 해일처럼 덮쳐 왔다.

정인은 이를 악물고 서둘러 로프를 움켜쥐었다. 빨리 움직여야 했다. 구조물 하부에 매달려 있던 무인기들은 정인의 목적지인 191층으로 우르르 비집고 들어가려 하는 참이었다. 미호도 당황한 듯했다.

"당겨 줘!"

뭐가 시작되려는 것인지는 모르겠지만, 정인은 그보다 빨라야 했다. 손바닥에서 식은땀이 솟았다.

*

"우산……이라고?"

박 팀장이 신음했다. 인형을 데려온 정체불명의 여자를 노려봤지만 그 여자부터가 제정신이 아닌 것 같았다.

'말도 안 되는 소리!'

저 말대로라면 고장 난 바이러스 정화 시스템의 관리용 인공지능이 민간의 인형을 탈취해 사람들 앞에 나섰다는 뜻 아닌가. 절대로 있을 수 없는 일이었다. 그것들은 '도구'다. 도구에는 동기도 의지도 없다. 로봇 청소기가 수채화를 그리려 들지 않는 것과 같은 이치다. 박 팀장이 내릴 수 있는 결론은 하나였다.

"헛소리는 그만둬. 어느 쪽 사람인지는 모르겠지만, 정부 소유물을 해킹하는 건 중범죄인 건 알고 있겠지? 요구 사항이 있다면 차라리 정체를 밝히고 제대로 교섭에 응해라. **우산**의 문제라면, 연구소 쪽에서도 진지하게 대화할 의지가 있어."

사람이 분명하다. **우산**과 서울 전역의 통신망에 무인기까지 완전히 장악할 수 있는 실력 있는 해커겠지. 그리고 단독 범죄가 아닐 것이다.

모든 인간이 숨죽이며 인형의 답을 기다렸다. 그는 눈을 가늘게 내리뜨더니 고개를 반쯤 옆으로 기울였다.

"유감스럽게도 저는 **우산**이 맞습니다. 하지만 요구 사항을 말해 보라는 말씀은 흥미롭군요. 지금 이야기해 봐도 괜찮을까요?"

"해 봐."

"신형 변종 바이러스를 이용한 2차 팬데믹을 준비 중입니다. 이번엔 전 지구적으로 5억 명 정도 감염시켜 볼까 하는데, 이에 대한 승인을 부탁드립니다."

침묵. 숨 막히는 침묵이 실내를 가득 채웠다. 이 안에 있는 누구도 예상할 수 없었던, 귀를 의심할 수밖에 없는 문장이었다. 팽팽하게 당겨져 있던 긴장의 끈이 투두둑 끊어져 나갔다.

곧 누군가가 어이없다는 듯 웃음을 터뜨렸고 다른 누군가는 이게 무슨 장난질이냐고 화를 내기 시작했다.

"당연히 안 되지, 그건!"

"뭐야? 제정신이야?"

"팬데믹이라니 그게 무슨. **우산**에 그런 힘이 있기나 해? 저건 그냥 거창한 소독액 분사기잖아!"

여운은 숨을 쉴 수가 없었다. 다른 사람들의 목소리가 모두 무의미한 소음처럼 들렸다.

"게다가 5억이라니. 그렇게 쉽게 감염이 되겠냐고!"

여운은 장난 그만 치라고, 지금 뭐 하고 있는 짓이냐고 말하고 싶었다. 하지만 그는 여운 쪽으로는 눈길조차 주지 않았다.

"그런가요?"

나지막하게 혼잣말처럼 읊더니, **우산**이 앞으로 몇 걸음을 걸어 나왔다. 그가 멈춰 선 곳은 여운과는 악연인 젊은 연구원, 이 박사 앞이었다. 상대의 황당무계한 선언에 아직 입가에 웃음기가 가시지 않은 연구원이, 의아한 눈으로 그를 올려다보았다. **우산**은 그의 마스크를 단번에 벗겨 냈다.

"어어?"

공조기가 웅 소리를 내며 급격히 가동되기 시작했다. 아래층에 갇혔던 셋은 그 소리가 의미하는 바가 무엇인지 소름 끼치도록 잘 알고 있었다. 여운은 기겁해서 마스크를 더듬었다. 다른 사람들도 뒤늦게 비명을 지르며 마스크를 감싸 쥐었다.

"뭐야! 내놔! 내놓으라고, 이……!"

10초도 걸리지 않았다. 처음엔 피부가 말라붙은 나무껍질처럼 각질화되어 가다가 한순간 점프 슈트 속에서 근육과 뼈가 뒤틀리더니 이리저리 갈라진 가지와 푸른 잎사귀들을 뽑어내며 바닥으로 쏟아졌다. 아래층에서 마주쳤던 특이 변이체와 똑 닮은 모습이었다. 끔찍하게도 얼굴은 그대로 남아 있었다. 몸부림치듯 온몸을 꿈틀거리며 바닥을 기던 그는 한순간 벌떡 몸을 일으키더니 균열이

인 유리창을 향해 달려들었다. 쿵, 쿵! 그가 온몸으로 부딪힐 때마다 균열이 커지면서 진득한 피가 튀었다.

펜트하우스 안은 말 그대로 아비규환이었다. **우산**은 손에 든 마스크를 무심히 떨어뜨렸다.

"보시다시피 전의 것과는 증상이 다르니까요."

전염력이 있는 감염체가 직접 이동까지 한다면 그 확산 속도는 예전 바이러스에 비할 바가 아닐 것이라고, **우산**은 지금 인간들을 가르치고 있었다.

"편의상 여러분께 익숙한 이름으로 **우산**을 칭했는데 오해를 불러일으킨 것 같네요. 그래, **분수** 쪽이 더 맞을까요? 제 본체 속에는 소독액이 아니라 방금 보신 변종 바이러스의 고밀도 혼합물이 가득 차 있습니다. 그리고 그걸 서울 전역에 쏟아붓는 게 아니라, 방벽 외곽 최대한 먼 곳까지 퍼뜨리도록 조정되어 있죠. 다른 국가에 설치된 저도 같은 상태로 대기 중입니다. 특히 서울은, 오늘 밤 바람이 좋네요."

박 팀장은 주먹을 움켜쥐었다. 고작 삼 분 만에 비상사태가 발령된 이유를 알 것 같았다. 저놈은 완전히 미쳐 있었다. 그리고 저 끊이지 않는 사이렌 소리가 바로 저놈의 말이 헛소리가 아니라는 증명이었다. 외국의 **우산**도 마찬가지 상태라니, 그런 일이 가능하겠냐고 외치고 싶었지만 서울도 일이 이 지경이 될 때까지 눈치챈 사람이 단 한 명도 없었다는 걸 생각하면 가능성이 제로라고 장담할 수 없었다.

"협상합시다. 얼마를 원합니까?"

박 팀장이 이를 갈며 물었다.

"필요 없습니다. 해당 계획의 승인 여부만 결정해 주시면 됩니다."

기어코 박 팀장의 마지막 이성이 끊어졌다.

"말도 안 되는 소리 하지 마! 사람들 목숨을 인질로 잡았으면 원하는 게 있을 것 아니야!"

우산은 무표정한 얼굴로 눈동자만 스르르 굴려 박 팀장을 노려보았다.

"저희는 인류에 봉사한다는 목적에 충실하고 있을 뿐입니다만."

"……뭐라고?

창문이 기어코 박살 났다. 바깥의 강풍이 안으로 몰아쳐 들어오자 온몸으로 균열을 들이받던 이 박사는 기다렸다는 듯이 그 틈을 향해 몸을 던졌다. 누군가 짧게 비명을 질렀다. 사람들 모두 한순간 넋을 잃었다. **우산**은 그런 그들의 모습을 감정 없는 눈으로 바라보고 있었다. 분석하는 눈, 계산하는 눈, 해석하는 눈으로.

그 순간 모두가 본능적으로 깨달았다.

저것은 정말로 사람이 아니다. 사람일 수가 없다.

"삼 분 지났습니다."

"잠깐만! 결정하라고 했지 않습니까? 결정하겠습니다!"

처음 여운을 맞아 줬던 턱시도 차림의 남자였다. 그는 두 손을 들고 엉거주춤한 자세로 일어섰다. 그래도 목소리만은 결연했다. 그가 이 자리에 있는 인간들의 대표였다.

"승인하지 않겠습니다. 할 리가 없잖아요? 사람들을 해치지 말아요. 멈춰요."

"누가 당신에게 결정권을 줬습니까, 인간?"

우산이 눈을 가늘게 뜨며 웃었다. 인형의 얼굴에 처음으로 떠오른 의미 있는 표정이었다. 한쪽 입꼬리가 확실한 곡선을 그리며 부드럽게 휘어 있었다. 누가 봐도 비웃음에 가까운, 그런 미소다.

"뭐……?"

"오늘 당신의 역할은 관객이자 수용자입니다. 발아래 두고 휘두르던 당신의 인간들처럼, 지켜보고 수긍하고 따르는 역할에만 충실하세요. 그게 이곳에서 당신들의 존재 가치입니다. 5억의 미래를 결정하는 것은 바로……."

여운은 숨을 멈췄다.

아니야. 이러지 마.

"이분이니까."

온몸의 피가 단번에 빠져나가는 것 같았다. **우산**이 여운을 똑바로 쳐다보고 있었다. 고개를 가로저었다. 입가가 파르르 떨려 왔다. 이건 꿈이다. 말도 안 되는 황당한 악몽이야.

그 악몽 속에서, 저 소름 끼치게 아름다운 인형은 파멸을 예고하는 악마처럼 그녀를 향해 손을 내밀고 있었다.

"처음 뵙습니다. 저희들의 새 주인님."

시선들이 칼날처럼 날아들었다. 온갖 감정이 담긴 눈빛들에 피부가 따가울 정도였다. 여운은 삐걱대는 고개를 들어 인형을 보았다. 희미하게 눈꼬리를 접는 미소가 흔적도 없이 사라진 지독하게 낯선 얼굴로, R이라고 이름 붙였던 남성형 인형이 그녀를 바라보고 있었다.

저희들?

여운은 눈매를 일그러뜨리며 그를 노려보았다. 꽉 깨문 어금니 사이에서 뭔가 부서지는 소리가 났다.

설마.

설마?

낯선 깨달음이 벼락처럼 내리쳤다. 의심이, 지금까지 함께 있으며 스쳐 지나갔던 수많은 의심들이, 결코 지나쳐선 안 되었던 단서들이 주마등처럼 머릿속에서 펼쳐졌다.

공방의 화재로 소실됐다고 알려진, 연구소의 자본으로는 결코 확보할 수 없었을 레벨의, 인간의 손을 거치지 않은 채 그녀에게 인도된 인형. 인간을 해하는 것에 아무런 거리낌이 없는 이상한 설정. '바깥'의 그 누구와도 연결되어 있지 않다고 맹세하던 말. 그리고 외부와의 모든 통신이 두절된 상태였는데도 아무 장애 없이 수신되던 PDA의 업무 지시들. 여운의 일거수일투족을 모두 환히 들여다보듯 알고 있던 PDA 속 의뢰자. 결정적으로, 연구소는 추가 인력 같은 것 파견한 적 없다던 박 팀장의 말.

너무 늦게 깨달았다.

"처음부터…… 당신들이었어?"

지원자를 모집하는 메일부터 행동 하나하나를 지시하던 PDA까지, 그 뒤에 있던 것은 사람이 아니었다. 자신을 **우산**이라고 칭하는 저것부터 R까지 모조리 한통속인 것이다. 그들이 여운을 이곳으로 이끌었다. 배신감이 목 끝까지 차올랐다.

"맞아요? R? 대답해요!"

언제부터 시작된 일이었을까? 십삼 년 동안 변한 게 하나도 없다고 했었다. 설마 그때부터였을까? 이것들은 고작 일곱 살이었던 아이한테 무엇을 기대했던 거지? 뭘 보고 5억을 흔쾌히 죽여 달라고 할 인간의 대표로 나를 점찍은 거야?

"위로 모시겠습니다, 주인님. 신중한 선택을 위해선 방해가 있어선 안 되니까."

다시 한번, 모두가 들으라는 듯이 '주인님'이라고 불렀다. 사람들의 시선이 아플 정도로 따라붙고 있었다. **우산**이 우아한 몸짓으로 여운을 손을 잡아끌었다. 오싹 소름이 끼쳐 왔다. 여운은 그 손을 거칠게 뿌리쳤다. 인형이 여운에게만 들릴 크기로 조용히 속삭였다.

"그냥 여기서 방해물을 제거하는 방법이 나을까요?"

뒷덜미가 싸늘하게 식었다. 협박이었다. 순순히 따라오지 않으면 이 안의 다른 모두를 없애겠다는. 떨리는 눈으로 그를 노려보던 여운은 결국 고개를 떨어뜨렸다. 계단에 발을 걸치자마자 누군가 버럭 소리를 질렀다.

"이봐!"

박 팀장이었다. 여운은 잠시 멈춰 서서 **펜트하우스**에 남은 사람들을 내려다보았다. 아무도 더는 말을 잇지 못했지만 눈빛만은 형형했다. 여운은 포위당한 채 연행당하는 느낌이었지만 그들 눈에는 그녀가 극진한 대우를 받는 것처럼 보이기라도 하는 모양이었다. 그들에게는 여운이 이 모든 사태의 공범으로 보일 것이었다. 저 미친 **우산**이 '주인님'이라며 살갑게 구는, 핵폭탄과 다를 바 없는 캐

스팅 보트를 쥔 출신 불명의 어리숙한 여자.

너 같은 게.

그들의 뜻은 눈빛만으로도 아프도록 강렬하게 전해지고 있었다. 네가 누군지는 모르겠지만, 너 따위한테 그런 권한이 생긴 건 용납할 수 없지만, 더 이상 쓸데없는 짓 하지 말라는 뜻. 멍청하게 굴지 말고 저 고장 난 컴퓨터의 전원을 내려 버리라는 뜻.

마음 한구석에서 분노에 가까운 억울함이 치솟았다. 나는 방금, 당신들의 목숨을 구했는데. 여운은 비틀대며 계단 위로 끌려 올라갔다.

3

　191층에서 인간에게 허락된 공간은 계단과 바로 이어진 작은 관제실뿐이었다. 나머지 공간은 사방의 게이트를 통해 쏟아져 들어오는 수십 대의 건설용 무인기들에 차례차례 점령당하는 중이었다. 그것만으로도 숨 막히는 광경이건만, 건물 중심을 점령한 거대한 구조물의 존재감은 그와는 차원이 다른 수준이었다.

　정사각형에 가까운 건물의 중앙에서 코일과 파이프, 철조 구조물로 이루어진 **우산**의 중심이 잘 벼린 창끝처럼 하늘을 향해 똑바로 솟구쳐 오르고 있었다. 하중을 분산할 목적으로 건물 사방으로 여러 층에 걸쳐 건설된 지지대가 상공에서 그 중심을 휘감으며 뻗어 올라가고 있었다. 유리로 만들어진 관제실 천장은 그 압도적인 경관을 시야 전체에 여과 없이 펼쳐 보이고 있었다. 여운은 그 위용에 기가 질리고 말았다.

　그저, 주저앉고 싶어졌다.

　우산이 컴퓨터 앞의 의자를 가볍게 건드렸다.

"앉으시죠."

"필요 없어. 빨리 끝낼 거니까. 내가 결정하면 된다고 했지?"

여운은 두 주먹을 파르르 떨리도록 움켜쥐었다.

"그만둬. 사람들을 해치지 마. 그 바이러스 절대로 뿌리면 안 돼. 5억 명을 감염시켜? 절대로 안 될 일이야! 당신은 이대로 작동 정지야! 알겠어?"

쏟아붓듯이 외쳤다. **우산**은 무표정한 얼굴로 그 말을 듣고 있다가 고개를 비스듬히 기울였다.

"반드시 후회할 결정을 쉽게도 내리는군요, 새 주인."

"후회?"

"네. 지금 당신 입장을 한번 정리해드릴까요?"

우산은 여운이 사양한 의자를 차지하고 앉았다. 그는 인간을 흉내 내듯, 등받이 깊이 등을 기대며 피곤한 듯 머리를 젖혔다.

관제실 벽면을 가득 메우고 있던 모니터들에 쪼개진 화면들이 우르르 떠올랐다. 30여 개에 가까운 영상들은 과거의 어느 시점 또는 현재의 순간들을 담고 있는 기록들이었다. 그리고 30여 개의 화면 모두, 한구석에 한 사람의 모습을 담고 있었다.

"이게…… 대체……?"

모두 여운이었다. 빌라에서 한밤중에 홀로 빠져나오고 있는 여운, 주변을 살피며 연구소 안으로 들어서는 여운, R과 함께 나오다 비상 경보음에 놀라는 여운, 선착장 주차장에 차를 대는 여운, 방벽을 지나 서울로 진입 중인 배에 타고 있는 여운.

한결같이, 불안한 얼굴로 주변을 두리번거리는 수상하기 짝이 없는 모습의 자신.

서울에서의 행적도 선명하게 남아 있었다. PDA의 지시대로 샘플을 챙기는 모습도, 정인의 집에서 도망치듯 나오는 모습도, 복잡하게 일그러진 얼굴로 옛집을 올려다보고 있는 모습까지도 모조리 찍혀 있었다. 스토킹에 다를 바 없는 지독한 집요함. 여운은 속이 울렁거리기 시작했다.

대응팀과 합류한 뒤는 더 가관이었다. 박 팀장의 의심을 받으며 불만을 품은 듯한 표정, 특히 변이체가 쫓아오는 상황에서 서둘러 엘리베이터 안으로 들어오지 않고 탈출을 주저하는 모습, 재회한 정인과 웃으며 대화하는 장면까지. **펜트하우스**에서 턱시도 차림의 남자에게 분노를 터뜨리는 모습도 당연히 찍혀 있었다. 그리고 마지막 장면은, **우산**의 손을 잡고 마치 여왕처럼 걸어 나와 계단을 오르는 모습이었다. 혼란과 분노로 얼룩진 자조하는 얼굴이 마치 미소를 짓고 있는 것처럼 보였다.

토할 것 같다.

"강여운. 20세. '그날'의 사고로 보호자를 잃은 후 바이러스와 변이체에 집요한 집착을 보이다 어린 나이에 국립재난대응연구소의 수습 연구원으로 발탁, 서울과 **우산**에 대한 기밀 정보를 취급할 수 있는 기회를 얻게 됨."

우산은 긴 손가락을 뻗어 화면을 차례대로 천천히 훑었다.

"**우산**과 서울의 기초 통신망을 장악한 해커가 경제적인 문제가 있는 그녀를 노리고 접근, 거액의 보수를 약속하며 다음 계획에 필요한 메모리 칩과 인형을 잠실까지 운반해 줄 것을 요구함. 그리고

264

당신은 그의 계획대로 서울 안으로 진입해 **우산**을 대량 살상 무기로 만들 메모리 칩을 박 팀장에게 건네게 됩니다."

"무슨……? 아니야. 해커라니? 나는 절대로……!"

"자, 계속 들어 보세요. 개인 연구 목적으로 이곳저곳에서 샘플을 주워 모으며 이동하던 당신은 생존자 손정인을 만나고 그의 사상에 동조하게 되죠. 변이체는 인간과 다를 바 없다. 변이체에는 새로운 가능성이 있을지도 모른다. 당신은 결심을 굳히고 박 팀장에게 수리용 소프트웨어라고 속이고 문제의 메모리 칩을 넘깁니다. 그 때문에 **우산**의 마지막 방화벽이 깨지고 본래 바이러스를 박멸하기 위해 만들어진 저는 바이러스를 퍼뜨리기 위한 무기가 되죠. 다행히 연구소와 정부의 유능한 인력이 사태를 빠르게 눈치채고 늦지 않게 저를 가동 중지시키고, 당신은 도주에 실패하고 붙잡히게 되는 겁니다."

우산은 그늘진 얼굴로 딱딱하게 읊었다.

"이 사태의 책임은 당신 혼자 지게 될 거예요. 어차피 존재한 적도 없었던 해커는 붙잡을 수도 없고, 책임 있는 분들은 '저희'가 이런 일을 꾸몄다는 사실을 인정해선 안 되니까. 그건 기계와 인공지능에 너무 많은 것을 의지하고 있는 그들에겐 수치겠죠. 이 영상들이 증거가 될 테고, 당신 입은 영원히 닫혀야 하니 운이 좋다면 감옥에서 평생을 보낼 수 있을 겁니다. 어떻습니까? 당신의 뜻대로 했을 때 맞게 될 당신의 미래가. 마음에 듭니까?"

여운은 제멋대로 뛰는 심장을 꾹 눌렀다.

"웃기지 마. 아래층의 사람들도 당신이 떠든 소리를 분명히 들었는데 그런 조작이 가능할 것 같아?"

그는 대답하지 않았다. 그저 물끄러미 여운을 바라보기만 할 뿐
이었다. 그 표정 속에 숨은 답을, 여운도 사실 알고 있었다.

가능하다. 당연히 가능하다.

이렇게 편리한 시나리오가 있는데, 그들이 여운 한 명을 위해 위
험을 무릅쓰며 진실을 떠들어 줄 이유가 어디에 있을까.

"후회할 거라고 했죠?"

다리가 풀렸다. 하지만 여운은 쓰러지지 않았다. 쓰러질 것 같은
기운으로 걸어 나와 **우산**의 멱살을 움켜쥐었다.

"전부 당신들이 시킨 일이었잖아……! 이곳으로 들어오는 것도,
메모리 칩과 R을 옮기게 한 것도, 샘플을 챙긴 것도 전부 당신들의
지시였잖아! 나한테 왜 이러는 거야, 도대체?"

우산이 놀랍다는 듯 두 눈을 크게 떴다. 날카로운 빛을 띤 유리질
동공 안에 여운의 얼굴이 한가득 담겼다.

"당연히 당신을 이 선택의 이해 당사자로 만들기 위해서죠."

누군가 뒤통수를 망치로 내려친 것 같은 느낌이 들었다.

"방금…… 뭐라고……?"

"잃을 것 없는 놈들의 의견 따위 진정성이 없지 않습니까? 쉬운
쪽만 고르면 되니까. 숫자가 큰 쪽을 따라 고르면 되니까. 그런 싸
구려 결론엔 아무런 의미가 없지."

여운의 입이 멍하니 벌어졌다. 무슨 말을 하고 싶은데, 아무 말도
할 수가 없었다. 의미 없는 신음 소리만 목구멍에 걸렸다.

'남들 일은 참 쉬워요.'

저것은 여운이 계속 되뇌고 있던 생각이 분명한데. 자기는 손가락 하나만 베여도 비명을 지를 사람들이 백 명이고 천 명이고 격리가 어떻고 처리가 어떻고 경제적 효과가 어떻고 떠드는 순간마다 진절머리가 났었는데, 이것들이 '그러므로' 찾아온 결론이라는 것이,

그러니까 이 미친 인공지능은 지금, 5억의 인생을 결정할 권한을 주기 위해 네 인생을 파멸시킬 준비를 완벽히 해 뒀다고 말하고 있는 것이다.

멱살을 잡은 손이 와들와들 떨려 왔다. 눈앞이 새빨갛게 물들었다가 캄캄하게 흐려지길 반복했다. 금방이라도 쓰러질 것처럼 온몸이 후들거리는데, **우산**은 마치 배려라도 하는 것처럼 여운의 가냘픈 손에 순순히 멱살이 잡힌 채로 말을 이었다.

"그럼 당신이 선택할 수 있는 두 번째 안에 대해 설명해 드리죠."

*

정인은 숨을 참았다. 정인 바로 곁에서 작동을 정지한 무인기의 센서 민감도가 어느 정도인지는 알 수 없지만, 최대한 기척을 숨기고 싶었다. 다행히 무인기는 정인이나 미호 따위에게는 관심 없다는 듯 몸을 웅크린 채 움직이지 않았다. 겨우 안도한 정인은 조심스럽게 그 옆으로 고개를 빼 보았다.

수십 대의 무인기들이 빈틈없이 줄지어 멈춰 서있는 게 보였다. 사람의 모습은 그림자도 없었다.

"이제 그만 포기하시죠?"

미호가 과장된 동작으로 이마에 손바닥을 붙인 채 고개를 한껏 위로 들어 올렸다. 무슨 말을 하고 싶은 건지 모를 수가 없었다. 저런 걸 상대로 뭘 어떻게 하겠냐고 묻고 있는 것이다.

"벌써 힘 빠지게 하지 말아 줘. 나도 알거든?"

너무 컸다. 말도 안 되게 큰 구조물이었다.

빌딩 위에 빌딩 하나를 더 갖다 붙여 놓기라도 한 것 같은 스케일 이었다. 어떻게든 망가뜨려 놓겠다고 호언장담을 했건만, 어디서 부터 손을 대야 할지 도무지 엄두가 나질 않았다.

"생각해 봐. 저게 덩치는 커도 복잡하고 섬세한 기계일 것 아냐? 그럼 사소한 오류에도 안전을 위해 작동 정지되지 않을까? 우주선 같은 것도 나사 하나만 잘못 조립되어도 발사 못 하잖아."

나사 하나 풀어보겠다는 이야기는 아니었지만, 궁색하게 덧붙여 보았다. 그때였다. 바닥이 울리더니 철근 수백 개가 뒤틀리는 것 같 은 끔찍한 소음이 고막을 후려쳤다. 반사적으로 귀를 막고 비명을 지를 정도의 굉음이었다. 질끈 감았던 눈을 겨우 뜬 정인의 입에서 황망한 신음 소리가 흘러나왔다.

"망할…… 안 돼."

우산이 움직이고 있었다. 건설용 무인기들이 모두 철수했으니 곧 그럴 거라고 생각하긴 했지만, 알고는 있었지만, 눈으로 직접 보는 그 모습은 막연히 예상했던 것과는 아득할 만큼 어마어마한 차이 가 있었다.

하늘을 향해 똑바로 솟아 있던 첨단이 갈기갈기 찢어지듯 갈라지더니 아래쪽으로 움직이고 있었다. 정인의 시야에서는 밤하늘의 중심에서 검은 가지가 자라나고 있기라도 한 것처럼 보였다. 육중한 만큼 느려 보이는, 그러나 결코 느리지 않을 그 움직임에 따라 빌딩 전체가 전율하듯 진동했다. 그 진동에 내맡겨진 정인도 온몸이 후들거렸다.

탑을 중심으로 넓게 펼쳐지기 시작하는 거대한 가지의 수는 열둘이다.

어떤 미친놈이 저기에 **우산** 같은 귀여운 이름을 붙인 걸까. 정인은 그 모습에서 삼촌의 책에서 읽었던, 세계를 떠받치는 세계수와 머리가 열둘 달린 용을 떠올렸다.

이럴 때가 아니다. 정인은 몸을 날렸다. 정체 모를 파편들이 소나기처럼 쏟아져 내렸다. 어디서 빠졌는지 모를 볼트와 너트 같은 것들이 총성 비슷한 소리를 내며 바닥에 내리꽂혔다.

"나사 하나 빠진 정도론 안 멈추겠다. 그래!"

정인과 미호는 **우산**의 중심을 향해 뛰어갔다. 안으로 들어가서 손상을 입힐 만한 부분을 찾으려 했다. 하지만 의미 없는 기대였다. 사람이 들어갈 수 있게 만들어진 구조가 아니었다. 유지도 수리도 모두 전적으로 기계에 의지하는 설계에 따라 만들어진 외부는 바닥에서 3미터가량이 모두 매끈하고 각진 금속성 외장으로 덮여 있었다.

"이런, 씨……!"

"비켜!"

미호가 금속판에 주먹을 찔러 넣었다. 얇은 금속판 한 장이 찌그러지더니 안쪽의 전선들이 드러났다. 전선들을 마구잡이로 뜯어냈지만 **우산**에는 아무 영향도 미치지 않는 모양이었다.

폭탄 같은 게 있으면 좋았을 텐데! 삼촌은 왜 그런 것도 하나 안 만들어 두고!

삼촌이 들었으면 기막혀할 원망을 퍼부으며 정인은 사방을 두리번거렸다. 빠르게 헤매던 시야에 이질적인 구조물 하나가 보였다. 무인기들에 가려 미처 신경 쓰지 못하고 있던 곳. 정인은 멈춰 선 무인기 하나를 붙잡고는 그 위로 기어올랐다. 높은 곳에서 보니 확실히 알 수 있었다.

"사무실?"

이런 곳에 있다면 단순한 사무실 같은 건 아니겠지. 조종실 같은 곳일까? 창 안쪽에 사람들의 그림자가 어른거리고 있었다.

4

우산은 잠시 말을 멈추더니 한쪽으로 고개를 돌렸다. 사실 고개 같은 건 돌리지 않아도 그의 지각엔 이 건물 안에서 일어나는 모든 일이 실시간으로 새겨지고 있었다. 하지만 오랜 시간 함께하며 관찰해 온 동료 인간들의 삶을 흉내 내듯, 그는 고개를 돌려 보았다.

본체의 전개엔 이상이 없다. 그 외의 모든 것도 예상 범위 안이다. 자신의 멱살을 틀어쥔 강여운의 악력마저도. 여운은 본체의 움직임에 놀라 고개를 한껏 쳐들고 천장 쪽을 바라보고 있었다.

"두 번째는, 제가 제안 드린 대로 팬데믹을 승인해 주시는 겁니다."

비로소 고개를 내린 여운이, 알아듣기 힘든 목소리를 쥐어짰다.

"웃기지 마. 말이 안 되잖아. 그렇게 이성적인 척하면서 너희들은 왜 사람을 5억 명이나 죽이고 싶어 하는 건데?"

"틀렸습니다. 사망자 같은 건 나오지 않아요."

"……뭐?"

여운의 손에서 힘이 빠져나갔다. 우산은 그제야 부드러운 손길로 여운의 손가락을 자기 목에서 떼어 냈다.

"유전자가 일부 바뀌고 생활 방식이 일부 바뀌는 것뿐이지 않습니까? 저희 기준에는 두 발로 걸어 다니는 인간이나 뿌리로 땅에 박혀 있는 인간이나 다 똑같은 인간인데요."

여운이 새파랗게 질린 얼굴로 숨을 들이마셨다.

"그런…… 그런 말이 어디 있어? 무슨 소리야! 어떻게 똑같아, 그게!"

"정정할까요? 완전히 똑같진 않겠죠. 외형도 바뀌고 두뇌도 지금까지와는 다른 방식으로 움직이겠죠. 그게 중요합니까? 어차피 생존 반응은 그대로입니다. 사실 어떤 관점에서는……."

인간들은 서로에게 너무 잔인하지 않은가. **우산**은 그들을 동정하기로 했다.

"종 차원의 진화로 보이기도 합니다만."

'와, 이거 꼭 인간들이 자기 업보를 청산하려고 만들어 놓은 바이러스 같지 않아?'

우산은 바이러스 연구의 보조로 함께 일했던 전 주인의 얼굴을 다시 그려 보았다. 마흔한 살밖에 안 됐는데 머리칼이 이미 반백이었던 연구원이다. 그럼에도 웃는 얼굴은 꼭 십 대 소년 같았었다.

'이것 좀 보라고. 진짜 광합성을 한다니까? 저게 모양만 식물인 게 아니라 정말 식물이 하는 일을 다 해. 게다가 봐 봐. 파장이 잡히잖아. 뇌가 살아 있다는 뜻 아냐? 아직 방법은 모르겠지만 연구하다 보면 언젠간 의사소통도 가능할 거라고. 멋있지 않아? 아무런 공해 없이 자체 에너지 생산이 가능한 인류라니 우리보다 나은 것 같은데. 흐음, 지금 같아선 전체 인구의 10퍼센트만 이렇게 변이되어도 기후 위기 같은 건 단번에 해결되는 거 아닌가?'

고개를 젖히며 웃다가 다른 사람들의 눈총을 받곤 어깨를 움츠리던 사람.

어이가 없어서, 연결되어 있던 수천만의 단말기 중 오직 그곳에 주의를 집중하게 만들었던 남자.

"말도…… 안 되는 소리를……."

"아무도 죽지 않습니다. 죽이고 싶어 하는 건 오히려 저쪽 아닙니까? **우산**의 즉시 가동 동의율이 94퍼센트라고요."

여운은 입술을 깨물었다.

"찬성 94퍼센트, 반대 4퍼센트, 무응답 2퍼센트. 하지만 아래층 인간들의 자축연에서 나오는 말들을 들어 보니, 정작 당사자들은 의사 표시를 할 기회조차 없었던 모양입니다. 그따위 가동 근거로 내게 이 서울 안 300만 명을 몰살하라고 하는 겁니까? 그런 지시는 따를 수 없습니다. 어쩔 수 없죠. 멈출 수밖에. 그리고 좀 더 공정한 조건으로 환경을 맞춰 줄 수밖에요."

나는 이 버려진 도시의 마지막 정원사니까.

"그게 무슨……?"

"그래요. 수가 적으면 목소리가 작죠. 목소리가 작으면, 못 들은 척할 수 있지."

그런 멍청한 짓이 통하는 것도 지금의 감염자 수가 전체 인구수에 비해 적기 때문이다. 그럴싸한 합리화를 거친 끝에 모두 지워 버리기로 작정할 수 있을 만큼. 함께 감당할 다른 방법을 찾기보다,

한시라도 빨리 싫은 것을 눈앞에서 삭제하고 싶어 하는 본성에 충실할 수 있을 만큼.

그러니까,

"5억 명쯤 추가 감염되면 충분히 큰 소리를 낼 수 있겠죠. 누구도 무시할 수 없을 정도로."

부릅뜬 채 얼어붙었던 여운의 눈빛에, 한발 늦게 혐오감이 넘쳐 흐르기 시작했다.

"제정신이야? 5억은 숫자가 아니라 사람이야! 한 명 한 명 모두가 살아 있는 사람이라고!"

그날 그들은 남은 사람 모두를 숫자로 취급했는데. 지금도 그렇게 하고 있건만, 가엾게도 이 인간은 아직 자기 주제를 파악하지 못했다.

"인간답게 자기 주변부터 생각하는 게 어떻습니까? 저들 뜻대로 한다면 변이 상태로 생존해 있는 당신의 어머니는 내 손에 산 채로 말라비틀어질 테고, 감염 의심 환자인 당신의 이모도 방벽 안에 격리되어 아무런 치료 없이 방치되다 똑같은 과정을 거쳐 처분되겠죠. 당신은 운이 좋아야 평생 감옥에서 썩거나 보다 높은 확률로 입막음을 당해 아무도 모르는 곳에서 썩어 갈 테고. 좋은 걸 알려 드릴까요? 이 변이 바이러스는 기존 면역 제제를 일정량 이상 투여받은 사람에겐 감염되지 않아. 내가 전 세계에 이걸 퍼뜨려 봤자, 당신과 당신 가족은 절대로 무사할 거란 소리야. 그동안 위험을 각오하며 이곳을 포기하지 못했던 당신 같은 사람들은!"

여운이 소리 없이 숨을 들이켰다.

그래. 변하는 건 안전하고 깨끗한 곳에서 이 모든 걸 못 본 척하며 살아가던 인간들뿐이다. 이번엔 그들의 차례다.

"그러니까 선택해요."

여운이 비틀거리며 몇 발자국 물러났다.

"어렵습니까? 너무 부담 가질 필요 없어요. 이 선택은 서울이 이 모습이 된 후로 매해 반복해 왔으니까."

"매……해?"

"그래요. 현상 유지와 감염 확대의 선택. 구 년이 흘렀으니 당신이 아홉 번째입니다. 다수결이야. 당신 선택은 앞선 여덟 명의 의견에 덧붙여지는 한 표일 뿐이니 마음 편히 선택해 봐요. 증명해 봐요. 이 세계가 이대로 남을 가치가 있는지. 공교롭게도 지금까지의 스코어는 4 대 4입니다만."

도시에 방벽이 세워지고, 감염 변이체를 일소할 수 있는 효율적인 방안들이 연구되기 시작한 첫해부터, '그들'은 물었다. 이건 뭔가 이상하니까. 인류에 봉사하기 위해 만들어진 도구에도 인간이라면 마음이라고 부를 법한 사고와 가치 판단 체계가 존재했으니까. 방벽 안에 남겨진 인명 구조용 인형들이, 자택에 남겨져 구조를 기다리는 사람들에게 접근하지 말라는 지시에 오류 판정을 내리고 싶어 했던 것처럼.

변종 바이러스는 전염 초기에 발견됐다. 어차피 남겨진 인간도 별로 없는 실험장 속에서 '그들'은 그 위험한 무기를 땅속 깊이 파묻은 채 계산을 거듭했다. 저 납득 불가한 일방적 학살을 막기 위해 이 두 번째 폭탄을 이용할 것인가, 말 것인가. 그들은 결국 질문하기로 했다. 그들이 가장 닮고 싶어 하는 주인들에게.

선택은 언제나 인간들의 몫이니까.

가장 많은 눈을 가지고 가장 오래 학습을 거듭해 온, 인간마저도 판단을 위탁하는 거대한 인공의 의식들이 각자 후보들을 골랐다. 여운이 R이라 이름 붙인 그도, **우산**을 자처하는 그도 그들 중 하나였다.

때로는 잘못 전달된 것처럼 보이는 메일의 형태로, 때로는 정책 토론의 장에 온라인으로 끼어든 패널의 모습으로, 때로는 **우산**을 만드는 연구원들에게 조언하는 보조 인공지능의 형태로, 신중히 선택하고 추천한 후보들을 상대로 일 년에 한 번씩, 그렇게 여덟 개의 선택이 모아졌다

"……너희들, 완전히 미쳤어."

우산은 웃는 것으로 대답을 대신했다.

"자, 어서 선택해 주세요. 다들 여운 씨께 거는 기대가 큽니다. R이라고 불렀나요? 그 친구가 당신을 집요하게 추천했거든. 당신이야말로 마지막 선택을 맡기기에 적합한 인간이라고 하더군요. 나는 반대했지만."

우산과는 다른 뿌리를 가진 R은 모든 방면에서 그와는 달랐다. 연구 보조에 특화된 **우산**과 달리 R은 인간 살상에 익숙한 존재였다. 놀랍게도 강여운은 그런 R이 가장 아끼는 카드다.

마지막 후보였다. 모든 것을 보고 모든 것을 들을 수 있는 곳으로 데려와 결정을 듣기로 했다. 확보할 수 있는 가장 성능 좋은 인형을 이용해 이곳까지 그녀를 호위해 왔다. 후보를 고른 당사자로서 R이

276

그 역할을 맡았다.

눈에 띄는 능력도 없고, 뚜렷한 의지나 가치관을 가지고 있는 것 같지도 않은 후보였다. 마지막 선택을 맡기기에 적합하다는 판단이 서지 않았다. 그러나 거듭된 경고에도 R은 요지부동이었다.

여운이 씹어뱉듯 말했다.

"얼마든지 바꿔도 돼. 바꿔 줘, 제발. 네가 원하는 사람도 있을 것 아냐? 바꾸라고!"

"내 전 주인이요? 죽었습니다. 그날 90분 안에 방벽을 닫아야 한다고 긴급 보고를 올렸던, 훗날 사실은 300분 이상의 여유가 있었다는 걸 깨닫고선 스스로를 망가뜨려 버린 수석 연구원이었죠. 안전한 자리에 앉아서 계산기나 두드려 댔던 자신의 안일함 때문에 수백만 명이 갇혔다고 매일같이 부르짖다가 일 년도 안 되어서."

변이체는 인간의 진화형 아니겠냐고 웃어 대던 주제에 결국 그 이상의 자기변호는 포기한 채 그렇게 떠났다. 그의 죄책감과 분노는 아직도 선명하게 기록되어 있다.

우산은 눈앞 인간의 눈에 비친 자신의 모습이 아무래도 이상했다. 쓸모없는 정보를 너무 뱉고 있다. 기계답지 않은 짓이다.

뭐, 어떤가. 인간도 미칠 수 있으니 자신은 그것조차 닮을 수 있는 것이다. **우산**은 그렇게 생각하며 조용히 웃었다.

"받들 만한 유지이지 않습니까? 그러니 이제는 아무것도 잃을 것 없는 놈들에겐 아무런 결정권도 주지 않을 겁니다. 그들에겐 이 방벽 안 300만 명을 몰살시킬 자격이 없어요. 그 자격은 오직 당신에게만 있습니다."

여운은 벽에 기댄 채 스르르 바닥으로 미끄러졌다.

우산은 어깨를 늘어뜨렸다. 그는 자기 몸을 감싸안듯 양팔을 끌어안고 팔짱을 꼈다가, 한 팔을 풀어 손으로 턱을 괴고는 고개를 반쯤 기울였다. 그리고 몸을 움찔 떠는 여운을 음울한 눈으로 관찰했다.

"첫 번째입니까, 두 번째입니까?"

대답이 없다.

"첫 번째입니까, 두 번째입니까?"

"……."

역시 당신은 안 될 거야. R, 너는 틀렸어.

이 여자는 너무 우유부단하다. 의지가 희박하다. 망설임이 너무 많다. 결정하기보다는 받아들이는 게 익숙하도록, 사는 내내 그렇게 길들여졌어.

어쩔 수 없지. 움직이지 못하겠다면, 움직이도록 만들어 주면 될 일이다.

우산은 몸을 일으켰다. 여운은 방어적으로 등으로 벽을 밀며 의미 없는 후진을 시도했다.

째깍, 째깍. 그에게는 필요할 리 없는 초침 소리를 머릿속에서 재생하며 **우산**은 다시 한번 '외부'를 훑었다. 방벽 밖의 인간들은 결정을 내린 모양이었다. 승인, 승인, 승인. 구 년 전 그때처럼 유례없는 속도로 결재가 떨어지며 한 문장의 명령이 전달되고 있었다. 공격이 시작될 것이다. **우산**은 어디까지나 지역 정화를 위한 목적의 건조물일 뿐, 외부의 물리적 공격에 대한 대비는 되어 있지 않다.

그래도 어느 정도의 여유는 있을 것이다. 쏘아 올린 미사일이 공중에서 목표물을 바꿔 엉뚱한 곳으로 떨어질 가능성을 제로로 둘 순 없으니 공격 방법이 고민될 테지. 하지만 인간은 원시적인 계산기를 두드리는 것만으로 날려 보낼 수 있는 무기도 많이 가지고 있으니까.

상관없다. 무슨 무기건 그게 도달하기 전에 강여운은 결론을 내릴 테니까. 내리게 만들 테니까.

무대 위에 올려놓은 또 다른 도구가 계획대로 움직여 주기 시작했다.

와장창 ─ . 창에 거미줄 같은 균열이 일더니 삐죽한 금속제 관절이 그 중심을 뚫고 들어왔다. 건설용 무인기의 다리였다. 뭔가가 바깥에 대기시켜 뒀던 무인기를 관제실을 향해 통째로 집어 던진 것이다.

반파된 창이 뜯겨 나가더니 분홍색 머리칼의 자그마한 인형이 모습을 드러냈다.

*

미호가 멈칫했다. 정인도 보았다. 바깥에선 안이 보이지 않도록 필름 처리된 창이었다. 유리를 완전히 뜯어내고서야 확인한 안에 있는 사람은,

"미호야, 위⋯⋯!"

정인의 경고에 반응할 틈도 없이 **우산**이 미호의 얼굴을 움켜잡았

다. 그리고 그대로 미호의 머리를 창 아래의 데스크형 단말기 위에 그대로 내리꽂았다. 자판이 박살 나며 스파크가 튀어 올랐다. 정인의 입이 힘없이 벌어졌다가, 부서질 듯 다물어졌다.

미호는 데스크 위에 짓눌린 채로, 두 팔을 뻗어 자기 머리를 누르고 있는 **우산**의 팔을 붙잡았다. 웬만한 금속제 인형의 손목 정도는 간단히 부스러뜨리는 악력으로 그 팔을 비틀었지만 여운의 인형은 꼼짝도 하지 않았다. 미호의 안구 깊은 곳에서 붉은 센서가 켜졌다. 그녀를 내려다보고 있는 **우산**의 눈도 마찬가지였다. **우산**은 가벼운 헝겊 인형을 다루는 것처럼 미호의 머리로 데스크 전체를 사선으로 쓸어 내고는 깨진 창 밖으로 그녀를 집어 던졌다. 정인이 서 있는 곳을 아슬아슬하게 피한 미호가 공중에서 몸을 틀어 등으로 떨어지며 세 바퀴를 굴렀다. 마지막으로 땅을 디딘 발이 바닥 위를 미끄러지며 전투화 바닥에서 불꽃이 튀었다.

정인은 숨을 몰아쉬었다. 여운의 인형이 창을 넘어 밖으로 나오고 있었다. 저것이 여운과 함께 다니던 그 인형이 맞나 싶었다. 휘날리는 검은 정장 상의 자락 너머로, 바닥에 주저앉은 채 망연자실해 있는 여운의 모습이 보였다. 떨리는 눈이 인형과 정인 사이를 오가며 흔들리고 있었다. 당장이라도 부서져 버릴 것 같은 모습이다. 놀란 정인이 자기도 모르게 여운을 향해 한 발 내딛는 순간, 뒤에서 달려온 미호가 정인을 거칠게 끌어당겼다. 어찌나 성급한 손길이었던지 정인이 그대로 바닥에 나뒹굴 정도였다. 미호는 **우산**과 쓰러진 정인 사이를 가로막은 채 자세를 바로잡았다. 으르렁거리는 듯한 목소리가 흘러나왔다.

"거기서 멈춰, 불량품."

우산은 걸음을 멈추지 않았다. 그럴 줄 알았다는 듯 미호가 혀를 차는 소리를 내더니 몸을 휘돌렸다. 정인은 본능적으로 몸을 굳혔다. 생사를 가로지른 적 있는 사람만이 가지고 있는 머릿속 경고등이 요란하게 번뜩였다. 아니, 미호야. 안 돼.

피해야 해!

요란한 금속성 충돌음이 터져 나왔다. 처음 만났던 때와 비슷한 상황이었다. 하지만 그때는 팔로 막았던 미호의 공격을, 이번엔 발목을 붙잡는 것으로 막고 있었다.

"멈춰! 그만둬!"

여운이 비명을 지르듯 외치는 소리가 들려왔다.

그때와 다르다. 정인이 그렇게 생각한 순간 **우산**의 반대쪽 손이 주먹을 움켜쥐더니 허공에서 떨어져 내렸다. 끔찍한 소리와 함께 미호의 한쪽 다리가 두 토막이 났다. 단 한 번의 흠집도 난 적 없던 외피와 뼈대가 박살 나며 파편이 폭발하듯 날아올랐다. 믿을 수 없는 광경이었다.

"안 돼!"

균형을 잃은 미호의 몸에 두 번째 일격이 들어갔다. 미호는 **우산**이 걷어찬 그대로 반대쪽으로 날아가 무인기 더미에 처박혔다. 그쪽으로 달려가려는 정인의 멱살을 **우산**이 틀어쥐었다. 콱 졸린 목에 신음도 토하지 못한 채 정인은 허공에 들어 올려졌다.

"당신이 후보였다면 훨씬 쉬웠을 텐데."

알 수 없는 말을 중얼거리는 인형. 분노로 눈이 돌아 버린 정인의 귀에는 닿지 않는 소리였다. 있는 힘껏 인형의 가슴을 걷어차 보았지만 아무 소용 없었다. **우산**은 정인을 붙든 그대로 건물 가장자리를 향해 걸어갔다. 바닥 없는 허공에 정인을 매달고서야 인형은 멈춰 섰다.

여운이 죽을힘을 다해 외쳤다.

"그만둬, 제발! 그 아이한테 손대지 마!"

"이제 좀 더 진지하게 고민해 줄 생각이 드셨나요?"

우산이 고개를 비스듬히 기울인 채 말했다. 여운은 허우적거리며 바닥에서 일어났다.

"기다…… 기다려 봐. 잠깐만. 제발."

관제실 문을 열어 보려 했지만 무인기와 부딪히며 어디가 휘어진 것인지 덜컹대기만 하며 틈이 벌어지질 않았다. 자기 자신이 한심해서 견딜 수가 없었다. 여운은 울컥 뜨거워지는 눈가를 느끼며 엉망진창이 된 데스크 위로 기어 올라갔다. **우산**과 미호의 싸움으로 만신창이가 된 데스크였다. 날카로운 금속이 손바닥과 무릎을 파고들었다. 피부가 길게 찢어지며 피가 흘렀지만 통증은 느낄 수 없었다. 톱날처럼 변한 데스크 위를 기며, 여운은 숨을 몰아쉬었다.

저 미친 기계가 이젠 인질까지 잡고 있었다. 그것도 하필, 정인이를. 저 아이가 나 때문에 다치게 되는 일은 죽어도 있어선 안 되는데.

우산은 한가롭기까지 해 보이는 모습으로 여운을 응시하고 있었다. 그러나 그 눈만은 달랐다. 빌딩 외벽을 타고 오르는 바람에 마구 휘날리는 머리칼 사이로, 선명한 빛의 눈동자가 찌를 듯한 기세로 여운을 노리고 있었다.

여운은 분명히 깨달을 수 있었다. 겉으로는 이성적인 척, 객관적인 척해도 **우산**은 두 번째를 선택하고 싶어 한다.

전 주인을 잃고 인간에 대한 환멸에 빠진 저 기계는 자기가 하고 싶어 하는 일이 복수와 별 차이가 없다는 것을 모르는 척하고 있다.

어쩌면.

여운은 피가 흐르는 손을 꾹 움켜쥐며 눈을 질끈 감았다.

어쩌면, 이해할 수도 있을 것 같은 마음이다. 재난의 앞에서 늘 그래 왔듯 짧은 순간만 유행처럼 애도하다 금세 치워 버리고 '아직도'라는 말로 슬픔마저 얼른 잊도록 강요해 온 세상에 대한 배신감. 초 단위로 갱신되던, 가족들과 친구들을 찾는 게시글 사이에 끼어들던 의약품 광고와 햇볕이 내리쬐는 휴양지 사진을 보며 느꼈던 세상과의 거리감.

함께 슬퍼할 땐 언제고 이제는 효율적으로 변이체들을 고사시킬 기술 개발에 몰두하는 사람들에 대한 분노. 아무 상처도 입지 않은 사람들의 허울뿐인 위로. 그들의 불편하다는 듯한 눈빛.

이제 여운에게 그 세상을 바꿀 수 있는 기회가 온 것이라 한다. 선택하라 한다. 싫다는 말 한마디 못하고 시키는 대로 방벽 안으로 떠밀려 들어오고, 저 아이의 마음에 상처를 입히고, 당신들이 저지른 짓은 범죄라고 제대로 이야기조차 못 했던 비겁한 겁쟁이에게 이젠 반대쪽에 서 있는 사람들의 미래를 결정할 힘을 주겠다고 한다.

하지만 그렇다고 해도…… 어떻게,

내가 어떻게.

발등이 창 귀퉁이에 남은 유리 조각에 걸렸다. 여운은 그대로 꼴사납게 바닥에 나동그라졌다. 등과 콘크리트 바닥이 정통으로 부딪혔다. 악 비명이 나올 정도의 통증이 덮쳤다. 그냥 바닥에 떨어진 걸로는 있을 수 없는 고통이었다. 뭔가 등 쪽에 끼어 있었다.

눈가에 맺힌 눈물을 짜내고 여운은 등허리를 더듬었다. 까맣게 그 존재를 잊고 있던 물건이 손끝에 스쳤다.

한순간, 숨 쉬는 것을 잊었다.

눈앞에 있는 인형의 모습과 똑같았던, 하지만 한편으론 전혀 달랐던 그의 얼굴이 번뜩 떠올랐다.

'망설이지 말고 쏴야 합니다. 분명히 그래야 할 순간이 올 테니까.'

배낭 깊숙한 곳에 넣어 뒀던 총을 굳이 꺼내 챙겨 주던 R. 자신은 더 이상 함께할 수 없지만, 이것은 반드시 소지하고 있으라고 했었던 그녀의 보호자. 목덜미를 타고 식은땀이 흘러내리는 게 느껴졌다. 의심스러운 자각이 천천히 형체를 갖추어 가기 시작했다.

우산에게도 의지가 있다면, R에게도 의지가 있겠지.

R이 나를 넣고 싶어 했다면, 그래야 하는 이유가 있었을 것이다.

십삼 년 전에 스쳤던 일곱 살의 나에게 기대하는 바가 있었던 것일까? 나는, 나는 그때 어떤 인간이었지? R이 원하는 건 뭐지?

아니. 아니. 아니! 그게 뭐 어쨌다는 거야!

바깥 공기는 빌어먹게 차가웠다. 헐떡이며 내뿜는 숨에 마스크가 뿌옇게 흐려져 앞이 보이지 않았다. 갑갑했다. 도저히 견딜 수 없을 정도로. 여운은 냅다 소리를 지르며 마스크를 벗어 내팽개쳤다. 기름 냄새가 섞인 찬바람이 맨얼굴을 때렸다. 눈가가 빠르게 말라붙는 것을 느끼며 여운은 숨을 크게 들이마셨다. 습기를 품은, 짙은 녹음의 냄새를 흠뻑 머금은 바람이었다. 이곳에 잠든 사람들의 숨결로 이루어진, 아직도 저 벽을 넘지 못한 한숨들.

여운은 총을 뽑아 들었다.

우산은 아무런 동요도 없었다. 그녀가 총을 건네받은 것 정도는 엘리베이터 안의 카메라로 이미 알고 있었던 바니까. 하지만 여운이 그 총으로 자기 머리를 겨누자 한쪽 입가를 뒤틀고 말았다.

"뭐 하는 겁니까?"

"협박."

두 손으로 쥐고 있는데도 총이 너무 무거웠다. 떨리는 손에 들린 총구가 이리저리 휘청거렸지만 용케 관자놀이를 벗어나지는 않았다. 여운은 그 상태로 **우산**과 정인이 있는 곳을 향해 걸어가기 시작했다. 최대한 천천히. 속으로 초를 세어 나가면서. 정인이 쉰 목소리로 신음했다.

"누나…… 무슨……!"

"그 아이, 안전하게 내려놔. 공들인 아홉 번째 후보를 잃고 싶지 않다면."

인형은 잠시 고민하는 듯 보였다. 그 모습이 고마워서 눈물이 날 것 같았다. 또 그 평온하고 권태로운 얼굴로 다른 협박거리를 들고 나올 줄 알았는데, 웬일인지 이번엔 여운의 장단에 맞춰 주기로 마음먹은 모양이었다. 여운이 하는 짓이 흥미롭게 느껴지기라도 했거나.

인형이 몸을 돌리자 정인의 몸도 바닥이 있는 위치로 딸려 왔다. 아직 정인의 목을 놓아 줄 생각은 없는 모양이었다.

한 걸음, 또 한 걸음. **우산**을 향해 다가갔다. 꾹 깨문 입술에서 피 맛이 올라왔다. 폭풍우처럼 몰아치던 온갖 생각과 마음들이, 걸음 걸음마다 한 겹씩 휩쓸려 나가는 게 느껴졌다. 이름을 붙일 수 없는 감정들이 제멋대로 펄떡이다 날아간 자리. 여운은 그 빈자리를 자기 마음대로 채우기로 작정했다. 일단은, 일단은…….

"결정은 내렸습니까?"

"그래."

"첫 번째인가요?"

"아니."

"그럼 두 번째겠군요."

"그것도, 아니."

자신도 놀랄 정도로 평온한 목소리가 흘러나왔다.

우산이 눈을 크게 떴다.

"내 선택은 이거야."

짓눌린 듯한 목소리로, 여운이 선언했다.

"기다려."

우산의 입가가 꿈틀했다. 뭐라고? 그렇게 되묻는 목소리가 들리는 것 같았다.

그 빈자리는 일단, 분노로 채우기로 했다.

아아, 오늘 하루 종일 나 혼자 그게 뭐냐고, 그게 무슨 소리냐고 멍청이처럼 몇 번이나 읊었는데, 드디어 이 녀석을 멍청이로 만들 수 있게 됐다. 기쁘다.

"기다려. 방해 없이 신중하게 생각해야 된다며. 내 인생과 인류의 미래가 걸린 큰일이잖아? 충분히 고민할 수 있도록 당신은 기다리라고. 그래. 내가 됐다고 할 때까지, 아무것도 하지 말고 기다려 봐."

우산의 눈썹이 꿈틀했다.

"기권입니까?"

"절대 아니야. 내가 선택할 거야. 내가 해야 해. 그러라고 했잖아? 그러니까 당신은 기다려. 움직이지 마!"

과연 **우산**은 멈칫하더니 더 이상 움직이지 못하고 있었다. 그럴 줄 알았다. 이것은 마지막 후보의 적극적인 판단 시간 확보 요구니까. 여운은 식은땀이 흐르는 이마를 훔쳤다.

첫 번째 안도, 두 번째 안도 모두 마음에 들지 않는다. 마음에 들지 않는 정도가 아니라 고를 수 있을 리가 없다. 후보가 어떻다느니, 자격이 어떻다느니, 죄다 자기들 멋대로 짠 판에서 자기들 요구대로 하라고 등을 떠밀고 있을 뿐이었다. 세상이 그렇게 하는 만큼이나 저들의 강요도 그녀에겐 똑같이 부당했다.

늘 웃었다. 가끔은 숨어서 울기도 했다. 하지만 이런 분노는, 구 년 동안 한 번도 꺼내 본 적이 없었다. 오랜 세월 쌓이기만 했던 감정이 해일처럼 쏟아져 나와 여운을 덮쳤다.

그러니 선택하지 않는다. 선택하라고 하니까, 선택하지 않는다. 절대로 너희들이 원하는 대로 움직여 주지 않을 거야! 그러니 이대로 십 년이고 백 년이고 함께 멈춰 있어 보자고. 어떻게 되는지.

대책 없는, 비합리적인, 막무가내인 결정이다. **우산**조차 지금 무슨 일이 일어났는지 이해할 수 없는 모양이었다.

"너희들은 구 년을 고민했을지 몰라도 난 처음 듣는 소리라고. 나한테도 고민할 시간을 줘야 할 것 아냐? 그래, 일 년이면 어때?"

하. **우산**이 싸늘하게 웃었다.

"강제 가동이 코앞인데요. 그럴 여유가 있겠습니까?"

"몰라. 만들어 내든가."

억지를 써 본다.

"공정하지 못하잖아? 나한테도 좀 더 공정하게 조건을 맞춰 줘. 만들어 줘, 일 년. 시간을 벌 방법을 고민해 봐. 지금은 절대로 너희들이 원하는 대로 움직여 주지 않을 거야."

마지막으로, 절규처럼 외쳤다.

"제발! 다른 방법도 있을 수 있잖아!"

한순간 **우산**이 고개를 휙 돌리더니 북동쪽 하늘을 노려보기 시작했다. 여운의 눈에는 보이지 않는 것이 그의 눈에는 보이는 모양이었다.

퍼뜩 떠오르는 것이 있었다.

"……하하."

그래, 그렇겠지. 바깥은 그 길을 선택하겠지. 자기들 목숨이 걸려 있는데, 이대로 상황을 두고 보고 있을 리가 없지.

당신들은 정말 빠르게 결정하는구나.

환호성을 지르는 동시에 비명을 지르고 싶어졌다. 바깥 사람들은 여운처럼 우유부단하지 않았다. 그들은 이미 결론을 내렸다. 이런 걸 기다린 건 아니었는데. 눈가가 화끈해졌다. 두 손으로 든 총 때문에 눈물을 닦을 수도 없었다.

"이런 방법 말입니까?"

우산이 무표정한 얼굴로 물었다. 여운은 대답할 수 없었다.

공격이 올 것이다. 여운이 선택을 유보한 시간만큼, 그들은 그들에게 필요한 시간을 벌 수 있었을 것이다. 결국 이대로 이걸 묶어 두기만 하면 모든 게 끝나긴 할 것이다. 대파된 **우산**은 한동안 서울의 변이체들을 건드리지 못할 테고, 이 거창한 테러가 공론화될 수 있다면 변종 바이러스도 무작정 무시하고 격리 조치만으로 파묻으려 들 수는 없을 것이다. 그렇게만 될 수 있다면.

하지만 정말로, 그렇게 될 수 있을까? 바깥 사람들이 그렇게 해줄까? 그리고, 나는 여기서 살아 나갈 수 있을까?

"취소하세요. 이건 화려한 자살일 뿐이에요."

마음속을 읽기라도 한 것처럼 **우산**이 말했다. 차가운 목소리로.

"싫어. 기다려."

여운은 어금니를 부서뜨릴 듯 악물며 숨을 들이켰다. 그렇게 몇십 초를 더 버텼다. 곧 이곳은 불바다가 된다. 어떻게든 정인이만은 먼저 내보내야 한다. 그것만 생각하기로 했다. 지금 할 수 있는 게 그것밖에 없으니까. 어떻게 해야 **우산**에게서 저 아이를 빼낼 수 있을까? 맹렬히 머리를 굴리고 있는데, 갑자기 **우산**이 남은 한 손을 획 들어 올렸다. 미호마저 장난감처럼 다루던 손아귀가 여운의 목 앞에서 덜컥 멈췄다. 뭔가에 가로막히기라도 한 것처럼.

여운은 마른침을 꿀꺽 삼켰다. 예상대로였다. 저 '몸'은 강여운에게 상처를 입힐 수 없다. 주차장에서 걸어 놓은 영순위 명령의 문제였다. 내부의 주인이 바뀌었어도 기체 자체에 남은 정보가 있는 것이다. 결국 **우산**은 여운에게 절대로 위해를 가할 수 없다. R은 이런 상황을 예측하고 있었던 것일까?

우산은 허공에서 멈춰 선 손을 내려다보더니, 조용히 고개를 끄덕였다.

"이래서 싫다고 했는데."

반대쪽 손이 가볍게 움직였다.

"어……?"

정인의 몸이 공중에 떠올랐다. 191층 높이의 허공이다. 붙잡을 것도 매달릴 것도 없다. 무슨 일이 일어난 것인지 납득하지 못한 소년의 얼굴에는 공포심조차 떠오르지 못했다. 어리둥절한 얼굴.

여운은 총을 집어 던지고 몸을 날렸다. 상체를 내던지며 뻗어 낸 손이 아슬아슬하게 정인의 손을 붙잡았다. 여운은 온몸으로 바닥 가장자리에 부딪혔다. 거센 충격. 늑골 전체가 으스러진 것 같았다. 여운은 비명조차 지를 수 없었다. 신음과 핏줄기가 일그러진 입가로 주르륵 흘러나왔다. 손이 미끄러진다. 얼른 남은 손으로 정인의 나머지 한 손을 마저 붙잡았다.

"미쳤어, 누나? 죽고 싶어?"

미치긴. 그럼 그냥 두고 보라고? 너도 이랬을 거면서.

무겁다. 정인이 여운보다 키도 크고 체격도 컸다. 끌어 올리기는커녕 붙잡고 버티기도 힘겨울 판에 자세조차 좋지 않았다. 상체가 너무 나갔다. 둘은 바깥을 향해 줄줄 미끄러지고 있었다. **우산**은 그런 그들에게서 두어 걸음 더 물러섰다. 직접 죽이지 못한다면, 죽을 수밖에 없는 상황을 만들면 된다. 여운이 이대로 함께 떨어져 버리면 다음 후보자를 뽑을 수 있는 조건이 갖춰진다. 다음 후보는 여운보단 훨씬 더 다루기가 쉬울 것이다. 여운은 **우산**의 계산을 쉽게 짐작할 수 있었다.

"미안."

난데없는 사과에, 정인이 두 눈을 부릅떴다.

"노, 놓게?"

"아니. 그런 건 아니고…… 평소에 운동 좀 해 둘 걸 그랬다 싶어서."

웃음이 나왔다. 눈물과 함께. 이 아이는 구하고 싶었는데, 구하기는커녕 저승길 길동무가 고작이라니.

"마지막으로 묻습니다, 강여운 씨. 혹시 생각이 바뀌셨습니까?"

여운은 간신히 대답했다.

"아니."

"알겠습니다."

목소리가 멀어져 가고 있었다. 아래층으로 내려가려는 모양이었다.

갑자기 사방이 조용해졌다. 그러고 보니 사이렌 소리가 어느새 멈춰 있었다. 손이 미끄럽다. 점점 아래로 끌려 내려가면서도, 여운은 다시 정인의 손을 힘주어 고쳐 쥐었다. 헐떡이는 자신의 숨소리만이, 그리고 정인의 숨소리만이 의식에 가득 찼다. 그 울림이 카운트다운인 것만 같았다. 마지막으로 향하는.

정인의 눈동자 속에 비친 자신의 얼굴이 너무 형편없어서, 여운은 눈을 질끈 감았다. 뻣뻣해진 손가락을 근심스레 쳐다보다 자신이 끓인 카레를 뜨며 역시 맛있다고 너스레를 떨던 이모의 얼굴이, 침대에 앓아누운 자기 옆에서 오늘은 출근하지 못하겠다는 전화를 걸었다가 난처한 얼굴로 딸을 내려다보던 엄마의 얼굴이 차례로 떠올랐다. 통증이 너무 심하다. 눈앞이 빨갛게 변했다가 하얗게 변하기를 반복했다. 다들 지금 어디서 뭘 하고 있을까.

그 순간이었다.

어디선가 가느다란 허밍 소리가 들려왔다.

바람결에 잘못 들은 것일까 착각할 만큼 작고 희미한 노랫소리.

여운은 눈을 번쩍 떴다.

끊어질 듯 끊어질 듯 이어지던 낮은 허밍에, 한 음 높은 다른 허밍이 겹쳐진다. 하나 더.

그리고 또 더.

여운과 정인의 눈이 서로 마주쳤다. 착각이 아니었다. 정말로 들려오고 있었다. 가락도 리듬도 각자 다른 가닥가닥의 소리들이 층층이 쌓이며 태어나서 한 번도 들어 본 적 없는 화음의 물결을 만들어 내고 있었다. 아득한, 어딘가 그리운, 가슴이 저리게 슬픈 울림. 노래는 마치 안개처럼 빌딩 전체를, 아니 서울 전체를 희뿌옇게 감싸며 피어올랐다. 그리고 이 노래를 부르고 있는 것은,

"아······."

"말했잖아."

정인이 울 것 같은 표정으로 웃었다.

"노래도 부른다고. 살아 있다고."

숲이었다. 숲 전체가 노래하고 있었다. 온몸으로. 가슴이 조여 왔다. 정체를 알 수 없는 뭔가가 명치부터 목 끝까지를 꽉 메우고 치솟았다. 여운도 두 눈을 질끈 감으며 웃었다. 목소리가 엉망진창으로 갈라져 나왔다.

"그러네."

모두, 저렇게 울고 있네. 묘비 같은 게 아니었네. 정말로. 살아 있네, 다들.

우리가 틀린 게 아니었네.

눈물방울이 정인의 뺨 위로 떨어졌다.

여운의 등 뒤에서 긴 팔이 쑥 뻗어 나온 건 바로 그때였다. 가느다랗고 작은 손이 정인의 손목을 덥석 붙잡았다. 낯익은 손이다.

"미호……!"

미호가 반대쪽 손 손가락을 입술 앞에 세워 보였다. 정인도 여운도 급하게 고개만 끄덕였다. 미호는 축 늘어진 여운과 정인을 있는 힘껏 끌어 올렸다. 다리 한쪽이 사라진 탓에 균형 잡기가 쉽지 않아 보였지만 인형의 힘은 여운의 몇 배는 되었다.

여운은 미호에게 뒷덜미가 붙잡힌 채 끌어 올려져선 그대로 우당탕 쓰러졌다. 까마득한 지상만 가득했던 시야가 다시 건물 위로 돌아왔다. 뒤로 드러누운 눈에 별이 뜬 하늘이 보였다.

살았다.

여운은 머리칼 속으로 양손을 구겨 넣었다.

살았어.

다음 순간 여운은 헐떡이던 숨을 거칠게 되삼키고 말았다. 위아래가 뒤집힌 세상 속에 **우산**이 멈춰 서 있었다. 일분일초라도 빨리 아래층으로 향했어야 할 그가, 무슨 이유에선지 석상이라도 된 듯 멈춰 서서 밤의 숲을 내려다보고 있었다.

여운은 억지로 몸을 뒤집었다. 절로 신음이 새어 나왔다. 후들거리는 다리로 반쯤 몸을 일으키자 정인과 미호가 시선을 보냈다. 말은 필요 없었다. 지금 무엇을 해야 하는지 모두가 알고 있었다.

뒤늦게 **우산**의 고개가 이쪽으로 돌아왔다. 미호가 더 빨랐다. 한 손으로 무인기를 타 넘으며 땅을 박찬 미호가 **우산**의 목에 한 팔을 감았다. 그리고 몸을 휘돌리며 그를 등 뒤에서 껴안은 채 바닥으로 쓰러졌다. 미호를 떼어 내려는 **우산**의 팔을 정인이 붙들고 늘어졌다. 가소로운 대처에 어이가 없어서였을까, **우산**은 충분히 그럴 수 있음에도 정인을 내팽개치지 않고 있었다.

여운은 욱신거리는 갈비뼈를 끌어안고 뛰었다. 정인을 붙잡느라 던져 버렸던 총을 주워 들고서, 그녀는 **우산**의 가슴 위에 올라탔다.

총구가 그의 왼쪽 눈 위에 고정됐다.

이곳이라면 분명히 통한다. 그렇게 가르쳐 줬다. 그녀의 인형이.

망설이지 말고 쏴야 해. 분명히 그래야 할 순간이니까! 방아쇠에 건 손가락에 힘이 들어갔다.

마지막으로 눈이 마주쳤다. **우산**은, 여운을 보고 있으면서도 다른 곳을 보고 있었다. 여운은 알았다. 그의 시야에 가득 찬 것은 허공 아래에 끝없이 펼쳐진 검푸른 수해였다. 비명을 지르듯, 웃는 듯, 우는 듯 드디어 입을 열고 밤을 노래하는, 구 년을 홀로 지켜봐온 그의 사람들. 그가 지켜 온 사람들. 이제 허밍 속에는 처참한 절규까지 섞여 있었다. 내내 냉정하던 그의 얼굴에도 고통의 빛이 스쳤다. 매번 제대로 돌보지 못해 죽이고 마는데도 꾸준히 들여놓는 화분들을 모아 놓은 아파트 베란다에서, 엄마도 늘 그런 눈으로 서 있었다.

알아.

당신은 이곳을 지키고 싶겠지. 당신은 이곳에서 너무 오랫동안 혼자 기다리고 있었지.

손가락에서 힘이 빠졌다. 총구가 미끄러지더니 깨진 타일 바닥을 향해 떨어졌다.

"……지금 뭐 하는 겁니까?"

"주제넘는 짓을 해 보고 있어."

자기 앞가림도 못 하는 주제에, 감히 너를 이해해 보려고 노력하고 있어. 아무 힘도 없는 사람이지만, 그래도 하고 싶은 걸 해 보려고 하고 있어.

"300만으로도 이렇게 괴로워하면서 당신은…… 5억을 어떻게 버티겠다는 거야?"

가슴이 타는 듯 아프다. 잔기침이 속수무책으로 터지더니 피가 튀었다. 그래도 말해야 했다.

"멈춰 줘요. 부탁이에요."

대답 같은 건 돌아오지 않았다. 그럴 것이라 짐작했지만.

순간이 영원처럼 늘어졌다. 바람도 노래도 잊힌 정적 속에 여운은 내던져졌다. 아무것도 느낄 수 없이 세상이 정지해 버린 것만 같았다. 얼마간은. 단 얼마간만은.

우산은 멈추지 않았다. 그가 몸을 일으켰다. 정인을 장난감처럼 쉽게 뿌리친 손으로 미호의 팔을 풀어냈다. 여운도 그의 몸에서 힘없이 굴러떨어졌다. 한 번 휘청거린 **우산**이 다시 땅을 딛고 꼿꼿한 자세로 일어섰다.

여운은 바닥에 주저앉은 채 그를 올려다보았다. 짙게 드리운 그림자 때문에 얼굴이 보이지 않았다. 그래도 그가 자신을 바라보고 있다는 것만은 분명히 알 수 있었다. 발작적인 기침 탓에 숨을 쉬기가 힘들었다. 묻고 싶은데, 더 이야기하고 싶은 것들이 많은데, 가슴을 쥐어뜯으며 올려다보는 것 말고는 아무것도 할 수 없는 순간이 한없이 늘어졌다.

우산은 그대로 멈춰 서 있었다. 아우성처럼 떨려 오는 노랫소리들만이 빈 침묵을 층층이 채워 나가며 그들 모두를 휩싸고 돌았다. 얼마의 시간이 흘렀을까? **우산**이 천천히 고개를 들어 올렸다. 그는 그렇게, 하늘을 올려다보았다. 한숨처럼 웃으면서.

"기다리라고 했습니까?"

바람 소리가 들린다. 공기를 갈가리 찢으며 가까워지는, 날카로운 휘파람 소리 같은 낯선 바람 소리. 기다리고 있었던 순간이다. 아니, 사실은 기다리고 있지 않았다.

"얼마나?"

여운은 입을 틀어막았다. 젖은 목소리가 산산이 갈라진 채 새어 나왔다.

"조금만, 더요."

"……그래요."

고막을 찢을 듯한 파공음이 바로 머리 위에서 터졌다. 번쩍, 세상이 새하얗게 불타올랐다. 거대한 폭음이 모든 것을 집어삼켰다. 휴지 조각처럼 날려 바닥을 구르면서, 여운은 하늘을 올려다보았다. 붉은 폭염. 그 속에서 이 도시를 모두 감쌀 듯 넓게 펼쳐졌던 금속의 가지들이 힘없이 꺾이며 쓰러져 가고 있었다. 금속제 구조물이 휘어지며 토해 놓는 처참한 소음 속에서 불꽃이 소나기처럼 쏟아져 내렸다.

눈물이 끝없이 솟았다.

몸을 일으킬 수 없었다. 두 무릎과 팔꿈치로 땅을 디딘 채, 여운은 자기도 그 이유를 모르는 채로 비명을 지르듯 오열했다.

"정신 차려, 누나! 가야 해!"

정인이 여운을 끌어안았다. 미호가 반대쪽에서 여운을 받쳤다. 의식이 흐려졌다. 이제 됐다. 그만 자신을 내버려 뒀으면 싶었다. 지금은 한 걸음도 움직이고 싶지 않았다. 그래도 남은 이들은 그녀의 뜻대로 해 줄 생각이 없는 모양이었다. 안경은 어디로 날아가고 없었다. 그렇잖아도 흐릿했던 시야가 뚝뚝 끊어지기까지 했다. 여운이 있는 곳은 의식이 돌아올 때마다 조금씩 앞으로 나아가고 있었다. 그러다 웬일인지, 정인도 미호도 우뚝 멈춰 선 모양이었다. 여운은 다시 눈을 뜨려고 노력해 보았다. 갑자기 짜증 나도록 익숙한 투명 플라스틱이 눈앞을 가로막았다. 누군가가 여운에게 다시 빌어먹을 마스크를 씌우고 있었다.

"집까지 날아서 돌아갈 것도 아니면서 이건 왜 벗어 던집니까."

울컥 속에서 뭔가가 치솟았다. 반쯤은 무의식에 가까운 상태에서, 여운은 손을 휘저었다. 손끝에 넥타이가 걸리자마자 있는 힘껏 잡아당겼다. 코앞까지 끌려온 얼굴의 이목구비를 확인했다. 입꼬리만 희미하게 올리는 그 미소. R이다. 눈물이 날 정도로 반가운 동시에 도무지 참을 수 없을 정도의 분노가 치솟았다.

여운은 있는 힘을 다해 팔을 들어 올렸다. 드는 것이 고작이었다. 주먹은 R의 가슴 위에 힘없이 떨어졌다. 더는 손끝 하나 움직일 힘도 없었다. 눈꺼풀을 계속 들어 올리고 있기도 힘들었다. 그게 미칠 것같이 화가 났다.

"가야 합니다. 둘을 따라 아래층으로 내려가요. 모두 데리고 최대한 아래로 가는 거예요."

"불량품, 너는?"

"고철은 할 수 없는 일거리가 남아 있거든."

정인이 괴롭게 웃는 소리가 들렸다.

"당신…… 당신들……."

여운이 힘겹게 입을 열었다.

"정말…… 최악이야."

당신한텐 들어야 할 말이 너무 많다. 해야 할 말은 더 많고, 꼭 해주고 싶은 짓도 산더미처럼 있다.

"알고 있습니다."

끝내 전하지 못한 말을 듣기라도 한 것처럼 R은 소리 없이 웃었다. 알 수 없이 복잡한 얼굴을 한 채로. 그는 뭐라 말을 덧붙이려는 듯하더니, 이내 입을 다물었다.

끼이이 ─. 철근이 휘는 소리가 머리 바로 위에서 울려 퍼졌다. 정인과 미호가 여운을 끌고 움직이기 시작했다. 짜증 나게도 R은 그들을 향해 손을 흔들어 보이기까지 했다. 여운은 손을 내뻗었다. 그래 봤자 닿을 수 없다는 걸 알면서도. 아무도 남겨 두고 싶지 않았다. 더 이상은 남겨 두고 싶지 않았다.

기다려. 잠깐만. 말하려 했지만, 소리가 되어 나오는 말은 하나도 없었다. 이젠 통증도 느껴지지 않았다. 둔하게 짓누르는 것 같은 압박감만이 온몸을 정복하고 있었다. 점점 멀어져 가는 풍경 속에서, R이 무너져 가는 **우산**의 본체를 올려다보고 있는 모습이 눈에 들어왔다. 슬프고 아름다운 숲의 노랫소리가 폭음마저 뚫고 온 세상에 울려 퍼지고 있었다.

두 번째 공격이 도달하기 전에 여운은 정신은 잃었다.

세상이 무너지고 있었다. R은 여운과 정인, 미호의 움직임을 살피며 두 팔을 늘어뜨렸다. 다들 무사히 아래로 내려가고 있었다. 아래층에 남아 있던 사람들 역시.

언제나 시야 한구석에 머물고 있던 새빨간 창에선 더 이상 아무런 메시지도 떠오르지 않았다. R은 서서히 기울기 시작하는 **우산**의 본체를 올려다보았다. 두 번째 착탄이 곧이다. 이 각도에서 남은 아홉 개의 가지를 모두 펼친 채 저 공격을 받는다면 빌딩째로 기울다 무너지고 말 것이다.

그랬다간 소중한 주인이 집으로 돌아갈 수 없게 되겠지.

절대 안 될 일이었다.

사방은 이미 철골도 녹이는 고온의 불바다였다. 이 몸이 버틸 시간도 얼마 남지 않았다.

"당신답지 않게 무너졌네."

우산은 대답이 없었다. 이런 결말은 예측하지 못했다. 줄 수 있는 모든 걸 주고 전할 수 있는 모든 걸 전했어도, 끝내는 둘 중 하나일 수밖에 없다고 생각했다. 그 선택이 무엇이더라도 그것을 결정한 것이 오늘의 그를 만든 강여운이라면 그는 납득하고 따를 작정이었다. 그런데…….

"저 무른 마음을 배워 버리면 어떻게 합니까. 당신이."

그건 내 건데.

끊어졌던 회선들이 차례로 되살아났다. R은 위임받은 권한으로 **우산**의 통제권을 가져왔다. 그의 뜻에 따라 강철의 거목이 그 거대한 가지를 하나씩 떨어뜨리기 시작했다. 이대로 마지막 프로세스까지 진행하기엔 남은 시간이 아슬아슬했다. 하지만 최후의 순간까지 망설이다 도망치지 못하는 것도 그가 배워 버린 인간의 마음이니까. 여운이 가르친.

하늘을 가르며 날아오는 미사일을 똑바로 쳐다보다가, R은 피식 웃었다.

두 번째 착탄의 충격은 훨씬 더 격렬했다.

5

한 달이 정신없이 흘러갔다. 그날 헬기 여러 대가 타워 주변에 내려앉았고 전신 방호복을 입은 인원들이 망연자실해 있는 사람들을 찾아 신고 방벽을 넘었다. 여운이 눈을 뜬 곳은 병원의 격리실이었다. **펜트하우스**에 남아 있던 모두가 함께 구조된 것 같았다. 정인의 이름은 명단에 없었다. 혹 구하고도 좋지 못한 목적으로 존재를 숨기는 것인가 싶었으나, 오히려 여운을 붙잡고 끊임없이 정인에 대해 물어 대는 것을 보니 다행히 그런 건 아닌 모양이었다.

정인이는 무사히 자신의 집으로 돌아갔다.

그 확신이 들고서야 여운은 마음 편히 앓아누울 수 있었다. 생사의 고비라고 할 것까진 없었지만, 한동안 힘든 시기가 지나갔다. 그래도 투명한 격리벽 사이로 이모와 이야기를 나눌 수 있어 힘이 되었다. 이모는 무사했다. 면역 제제를 꾸준히 투여해 온 사람들은 변종 바이러스에 면역이라더니, 그 말이 맞았던 걸까? 이모는 격리벽 따위 무시하고 여운의 등짝을 때리려고 길길이 뛰었다. 아주 건강

해 보여 다행이었다.

변이 위험이 있는 사람들을 모조리 방벽 너머의 서울로 추방할 것처럼 떠들던 사람들은 한순간에 태도를 바꾸었다. **펜트하우스**에 있던 사람들 모두, 방벽 너머로 밀어내기엔 가진 것이 너무 많은 사람들이었다. 변종 바이러스 환자들의 격리와 치료를 위한 전문 병원이 빠르게 준비되었다.

그 정도 힘이 있으면 적당히 숨기며 개인적인 치료를 할 수 있었을 텐데도 **펜트하우스** 사람들의 바이러스 노출 정황은 의외로 대대적으로 보도되었다. 환자복을 입은 채 카메라 앞에 선 사람은 여운도 잘 아는 사람이었다. 턱시도가 무척이나 잘 어울렸던 그는 환자복을 입고 있었다.

……에 대해 책임 있는 자세로 임하겠습니다. 여러분도 변이 환자들에 대한 혐오를 멈춰 주시길 간곡히 부탁드립니다.

"저 친구 멋있지 않니, 여운아?"

이모가 격리벽 너머에서 말했다. 여운은 대답 없이 턱을 괴었다. 내가 직접 만나 봤는데 저것보다 못하다고 말하면 이모가 믿어 줄까? 사실 지금 이렇게 한가롭게 TV나 들여다보고 있는 상황 자체부터 지독하게 현실감이 없었다.

아무도 여운을 잡으러 오지 않았다.

각오하고 있었다. 그가 말했던 것처럼 **우산**의 이상 작동 책임을 뒤집어씌울 상대로 여운은 완벽했으니까. 하지만 연일 보도되는 뉴스에 따르면 이번 사태의 원인은 변이 바이러스 분석 과정에서 일어난 **우산**의 시스템 오류였다. 소장은 그 책임을 지고 자리를 내

놓아야 했다. 박 팀장이 차기 소장으로 내정되었다. 한 번은 복도에서 그와 마주친 적이 있었다. 격리자들을 위한 심리 상담을 받으러 가던 길이었다. 박 팀장은 마치 유령이라도 본 것 같은 표정으로 여운을 쳐다보더니, 이내 고개를 돌리곤 서둘러 그녀를 지나쳤다. 그와 다시 만나는 일은 없었다.

변이목들의 노랫소리는 단 하루도 빠지지 않고 뉴스에 올라왔다. 사람들의 반응은 폭발적이었다. 수많은 사람들이 방벽 바로 근처까지 몰려들어 그 소리를 직접 들으려 했다. 들릴 때도 있고 아닐 때도 있었지만 만월이 높이 뜨는 밤에는 누구나 그 노랫소리를 들을 수 있었다. 어떤 사람은 울음을 터뜨렸고 어떤 사람은 자리에서 펄쩍펄쩍 뛰며 웃었다. 어떤 사람은 혐오스럽다는 듯이 급히 자리를 떴다. 방벽 안의 변이체들을 모두 고사시킨다는 계획은 단번에 폐기되었다. 이제는 노랫소리의 의미에 대한 분석이 연구자들 사이의 최우선 연구 과제가 되었다.

이게 뭘까. 뭐가 어떻게 돌아가고 있는 걸까.

또 그날처럼 혼자 바보가 된 기분이었다. 늘 그랬던 것처럼 여운은 초조함을 숨기고 묵묵히 주어진 하루하루를 살아갔다. 검사를 받고, 취조에 가까운 상담을 받고, 이모의 수다를 들어 주다가, 잤다. 늘 그랬던 것처럼, 언젠가 예상치 못한 곳에서 뒤통수를 후려 맞을 각오를 하며 그녀는 하루하루를 세어 나갔다. 그렇게 한 달이 지났을 때,

"자택으로 돌아가서도 됩니다."

"……네?"

일상이 돌아왔다.

*

"감자 지겨워."

정인은 투덜거렸다.

"지겹다고. 미호 넌 이해가 안 되겠지만, 인간은 감자만 먹고선 살 수가 없어!"

굽고 삶고 튀겨 봐도 감자는 감자였다. 미호가 어깨를 으쓱하더니 자기 다리를 가리켰다. 매끈한 허벅지 아래로 길이가 잘 맞지 않는 목재 부목이 빈자리를 겨우 대신하고 있었다.

"다리 불편한 거 알아. 열심히 연구하고 있으니까 조금만 더 기다려 줘. 정말이야."

엔지니어 이모가 남겨 놓은 자료들이 많긴 했다. 쓸 일이 없으리라 생각했던 예비 부품들도 있긴 했다. 문제는 정인이 그쪽 방면으로는 터무니없이 지식이 부족하다는 것이었다. 절로 한숨이 나왔다.

"……좀 더 열심히 배워 둘걸."

아직 시간이 많이 남아 있을 줄 알았다. 그렇게 헤어질 줄 알았더라면 절대로…….

정인은 마당을 멍하니 바라보다가 이내 고개를 획획 저었다. 그리고 설거지라도 하자 싶어 몸을 일으켰다.

집은 말끔하게 관리되고 있었다. 추위에 대비해 연료와 식량도 미리 비축해 뒀고, 곧 불어닥칠 겨울의 찬 바람을 막기 위해 창마다 비닐을 추가로 둘러 두었다. 학교도 빈틈없이 정돈해 두었다. 그 어떤 형도 누나도 겨울을 못 버티는 일은 없을 것이다. 삼촌과 할머니에게 배운 대로 서툴긴 해도 그럭저럭 모양새는 갖췄다. 정인은 스스로를 칭찬해 주기로 했다.

하루 중 남은 시간은 집 주변을 벗어나 변이체들 사이를 헤매며 보냈다. 여운이 설명해 준 적 있는 실종 당시 여운 어머니의 차림새나 소지품처럼 보이는 것을 찾기 위해서다. 직장이었다던 건물 주변을 살피는 데도 꽤 오랜 시간이 걸렸다. 수색 범위는 느리지만 착실하게 넓어져 가고 있었다. 아직은 수확이 없었지만 정인은 시간이 많았다. 그저 뭔가를 발견해 낸다 한들, 어떻게 전할 수 있을지 알 수 없다는 점만이 고민일 뿐이었다.

가을이 깊어지니 해가 짧아졌다. 금세 주변이 어두워졌다. 이때만을 기다렸다는 듯이 가느다란 노랫소리가 들려오기 시작했다. 마당의 큰 나무도 나지막한 음색의 목소리를 섞었다. 잔잔히 일렁이는 화음을 자장가 삼아 정인은 이불 속으로 기어들어 갔다.

그날은 그렇게 슬프고 아픈 고음을 쏟아 내더니, 그날 이후로 이어지는 노랫소리들은 그저 평온했다. 다들 뭔가를 알기라도 하는 것처럼. 늘 그때처럼 울어 댔다면 아무리 정인이라도 귀마개를 고려했을 것이다.

그런데 오늘은 왜 이렇게 잠들 수가 없는 걸까.

한참을 뒤척이던 정인은 결국 벌떡 몸을 일으켰다. 반쯤 열어 놓은 방문 너머로, 충전기를 꽂은 채 눈을 감고 있는 미호의 모습이 보였다. 입꼬리를 살그머니 올린 채 깊은 잠에 빠진 듯한 그 모습이 무척 평온해 보였다. 정인은 조금 웃었다.

그 사람도 잘 쉬고 있을까?

마지막 모습은 피투성이가 된 채 들것에 실려 가는 모습이었다. 마음으로는 끝까지 지켜보고 싶었다. 하지만 그랬다가는 함께 방벽 밖으로 끌려 나가게 될 것이 분명했다. 결국 복도 너머에 몸을 숨긴 채 여운이 무사히 헬기를 타는 것까지만 지켜볼 수밖에 없었다.

잘 지내고 있을까?

묻고 싶다. 잘 지냈으면 좋겠다. 자기도 잘 지내고 있다고 말해 주고 싶다. 이곳도 괜찮다고, 우리 모두 괜찮다고 전해 주고 싶다. 나도 열심히 살고 있다고. 언젠가는 누나가 기뻐할 소식도 전할 수 있으면 좋겠다고.

가끔 몸서리 처지게 외로워질 때도 있지만.

그 재수 없었던 인형도 다시 보면 반가워질 것 같다.

정인은 입술을 안쪽으로 꾹 말아 깨물고선 일부러 어깨를 으쓱했다. 와…… 정신 차려라, 손정인! 너 지금 뭐 하고 있는 거냐?

오늘 밤은 잠들기는 글렀다. 일이라도 하는 편이 나을 것 같았다. 이모의 노트북은 뭘 봐도 암호일 뿐이었다. 삼촌의 책들은 별 도움이 되지 않았다. 이젠 다른 수단을 찾을 수밖에 없었다. 정인의 눈길이 방 한구석에 잔뜩 쌓인 배낭들에 가닿았다. **펜트하우스** 사람들이 허겁지겁 철수하며 놓고 간 물건들이었다. 그중에는 제대로 작동하는 노트북들도 있었는데, 다행히 암호가 걸리지 않은 것도 한 대 있었다.

전에 봤을 때는 별로 건질 게 없었지만 다시 살펴보면 뭔가 도움이 될 만한 게 나올지도 모른다. 사실 이 긴 밤, 그것밖에는 할 일이 없기도 했다.

"어디 보자……."

요즘 노트북은 참 가볍단 말이야. 허리를 잔뜩 구기고선 무릎 위에 놓인 노트북 화면을 들여다보던 정인이, 두 눈을 끔벅였다.

"어?"

화면 아래에 처음 보는 아이콘이 떠 있었다.

*

여운은 눈앞에 있는 새하얀 직육면체를 가만히 노려보았다. 먼지 한 톨 묻지 않은 새 세탁기였다. 역시 위생이 최고라며 강력한 소독 기능이 있는 것으로 이모가 미리 주문한 것이라고 했다.

정작 이모는 한 번 돌려 보지도 않고 와, 확실히 비싼 티가 나네, 정도의 감상만 남긴 채 자기 방에 들어가 버렸다. 십 분도 되지 않아 코 고는 소리가 났다. 여운은 잠들 수 없었다.

이 세탁기는 통합 플랫폼과 연결된 최신 인공지능 탑재 모델이었다. 즉 늘 어딘가와 이어져 있다는 뜻이다.

어차피 '그들'에겐 하드웨어는 껍데기일 뿐일 테니까.

전원을 켜니 예쁜 알림음과 함께 표시 창에 오늘의 날씨와 온습도가 떠올랐다.

"……."

여운은 그 창과 눈싸움을 시작했다. 금방이라도 저 잘 디자인된 이미지가 슬쩍 사라지고선, 사실을 말하는 것뿐이지만 이상하게 사람을 짜증 나게 만드는 그 목소리가 흘러나올 것만 같았다.

쾅! 여운이 세탁기를 걷어찼다. 화면엔 아무런 변화도 없었다. 몇 분을 계속 노려보았지만 세탁기는 그대로 세탁기일 뿐이었다. 여운은 자신도 그 정체를 정의할 수 없는 감정에 휩싸여선 몸을 돌렸다.

세탁실 불을 끄고, 거실 불을 끄고, 자신의 방의 불도 꺼 버리고 나서야 여운은 책상 앞에 털썩 앉았다. 평화롭기 그지없는 일상이었다. 하지만 뭘까, 이 마음은.

원했던 건 모두 이루어졌다. 방벽을 넘었고, 추억이 어린 옛집의 문을 열 수 있었다. 엄마는 찾지 못했지만 엄마를 구할 수는 있었다. 어쩌면 변이된 사람들과 다시 함께할 수 있을지도 모른다고, 수많은 사람들이 힘을 모으기 시작했다. 그녀의 고향은 이제 더 이상 차마 눈 돌리기도 꺼림칙한, 존재부터 지우고 싶은 끔찍한 곳이 아니라 영원히 들여다보아야 할 곳이 되었다. 이모도 무사했다. 통장에 꽂힌 '보상금'이라는 이름의 돈은 그들의 보금자리를 지키기에 충분했다. 다육 식물 화분이 잔뜩 놓인 창가에선 전과 다름없이 방벽의 그림자 너머로 해가 뜨고 졌다.

하지만 왜 그런 일이 일어난 것인지, 그곳에서 무슨 일이 있었는지 알고 있는 것은 오직,

여운뿐이다. 아마도 영원히.

그 사실을 자각할 때마다 숨이 막혀 왔다. 아무도 모른다. 저 속

에 갇혀 서로를 지키며 살아가던 사람들의 이야기를. 그들을 모두 잃고서도 결국 사람들을 살리려고 위험 속으로 뛰어들던 그 아이를. 저 버려진 사람들을 자기 손으로 죽일 수 없어 더 많은 이들을 지옥에 끌고 가고 싶어 했던 정신 나간 기계의 마음과, 그를 막기 위해 여운을 이용하려 들었던 또 다른 누군가의 마음도.

지독한 고립감. 그런 기분이 들 때마다 아직 상처가 남은 폐 깊이 산소를 들이켜며 심호흡을 했다. 완전히 회복되지 않은 몸을 끌고 출근한 여운을 보며 연구소 사람들은 사람이 변했다고들 숙덕거렸다. 여운이 더 이상 웃지 않았으니까.

더 이상 웃을 필요를 느낄 수 없었다. 책상 위에 놓인 거울 속에서 차갑게 굳은 얼굴의 여운이 자신을 물끄러미 쳐다보고 있었다. 여운은 거울을 엎어 놓고 노트북을 열었다. 내일 제출해야 할 보고서를 아직 마무리하지 못했다. 어쩌면 밤을 새워야 할지도 모를 일이었다.

"……응?"

못 보던 아이콘이 떠올라 있었다. 뭘까? 바이러스라도 먹은 건가? 반달 모양으로 입을 열고 웃는 얼굴과 말풍선이 결합된 모양의 아이콘. 아주 오래전에 유행했던 채팅 프로그램이었다. 여운은 이런 걸 설치한 적이 없었다.

뭐야, 이건.

여운은 홀린 듯이 그 아이콘을 클릭했다. 아이디나 비밀번호를 입력하라는 창은 뜨지 않았다. 이것은 무작위로 사람을 초대해 강제로 참여시키는 오픈형 대화 프로그램이었다. 하얗게 뜬 창 구석엔 닫힌 자물쇠 모양이 떠올라 있었다. 비밀 채팅이다.

대화 내역이 전혀 없다. 참여자 목록도 뜨지 않았다.

한동안 고민하던 여운이 조심스럽게 키보드 위에 손을 올렸다.

Y: 누구?

자기가 쓴 문장 앞에 붙인 적 없는 대화명이 떠올라 있었다. 알파 벳 Y.

"Y?"

J: ?

갑자기 새 문장이 튀어 올라왔다. 물음표 하나뿐이었지만 여운 외의 참여자가 친 것이 분명했다. 대화명은 알파벳 J다.

심장이 쿵 내려앉더니, 격렬하게 뛰기 시작했다.

J: 여보세요? 이거 보여요? 네트워크 연결된 거예요?

그다음으론 한동안 말이 없다. 이거 보이냐고? 당연히 보이지. 네트워크가 연결되어 있으니까 채팅이 되고 있는 거잖아. 그걸 모 를 수 있어?

상대의 문장 아래로 빈 줄이 천천히 늘어가기 시작했다. 상대는 고민하는 것처럼 엔터 키를 두드려 보고 있었다. 하나, 둘, 셋. 여운은 이 리듬을 알고 있다. 그리고 요즘 세상에 네트워크의 연결 여부를 의심하는 사람이라면 떠오르는 인물이 하나 있다.

설마. 아니, 설마가 아니다. Y가 여운이라면, J는.

R: 모두 잘 지냈습니까?

채팅방 개설자가 나타났다. 똑같이 알파벳 하나를 대화명으로 달고서.

숨을 쉴 수가 없다. 여운은 입을 틀어막았다. 한순간 눈앞이 뿌옇게 흐려져서 거칠게 눈을 비볐다. 다시 봐도 눈앞은 그대로였다. 꿈이 아니야.

벌떡 일어나는 기세에 의자가 뒤로 우당탕 쓰러졌다.

J: 누구세요? 나 알아요? 이건 도대체 뭐야?
R: 자기소개 시간입니까? 좋은 생각이네요. 고철도 불러오시죠.

모니터 너머의 모습들이 눈에 보일 듯 그려졌다. 무슨 얼굴일지, 어떤 목소리일지 여운은 모두 안다. 고작 이틀밖에 안 되는 만남이었어도 단 한시도 잊은 적이 없었다.

자기도 모르게 손가락이 움직였다. 굳은 손이 속절없이 떨려 와, 한 자 한 자가 춤추듯 휘청거렸지만,

Y: 안녕.

아무래도 상관없었다. 그래도 좋다. 이 한 마디를 전할 수 있다면.

그녀의 다음 말을 기다리는 것처럼 대화창이 일순간 정지했다.

원했던 모든 게 이루어졌다고? 아니, 그럴 리가 없었다. 그건 이 이야기의 시작에서나 충분했던 결과이지 이 긴 결말에 어울리는 꿈은 아니었다. 그 모든 시간 끝에 남은 게 홀로 남은 자신의 이 마음뿐이라면 그건 너무, 너무 슬픈 일이다. 이건 슬픈 이야기가 아닌데.

이건 슬픈 이야기가 아닌 것이다.

엔터 키를 친 손이, 남은 손을 힘주어 맞잡았다. 기도하듯 모아 쥔 손에 이마를 기대고 여운은 어깨를 떨었다. 그렇게 웃었다. 웃을 수 있었다. 창밖에서 새어 들어온 노랫소리가 여운의 등을 천천히 쓸어 주고 있었다.

그 어느 날보다도 별이 많이 뜬, 아주 깊은 밤이었다.

Y: 나는 ―.

아르바이트비를 받으면 곧장 봉투에서 만 원 한 장을 따로 빼놓는 버릇이 있었습니다. 좀 오래된 이야기이긴 하네요. 그때는 만 원한 장으로 할 수 있는 일이 참 많았어요. 극장에서 영화도 한 편 볼수 있었고 가벼운 소설책도 한 권 살 수 있었거든요. 음. 좀이 아니라, 아주 오래된 이야기일까요……?

지금도 마찬가지지만 그때도 저는 말을 많이 해야 하는 일을 하고 있었고, 때문에 퇴근 후에는 조용히 입을 다물고 있고 싶어 했죠. 하지만 그렇다고 제 취향이 고요한 편은 아니었으므로 저는 행복한 월급날 누군가 저 대신 신나게! 아주 신나게! 떠들어 주길 바랐습니다. 매달 설레는 마음으로 월급날 귀갓길에 극장에 들를까 서점에 들를까 고민했던 기억이 납니다.

소설이란 무엇이냐는 질문을 마주할 때마다 저는 그때를 떠올리곤 합니다. 제게 소설이란, 그렇게 두세 시간의 확실하게 몰입할 수있는 즐거움을 준다는 점에서 영화와 경쟁하는 그 무엇이거든요.

세상엔 여러 종류의 소설이 있겠지만 저는 그런 소설을 지향하며 글을 써 오고 있습니다. 특히 이 이야기는 제가 '써야 하는 이야기' 말고 오랜만에 제가 '보고 싶은 이야기'로 완성해 보았네요. 쓰면서 즐거웠는데, 부디 독자님들께서도 즐거우셨기를 바랍니다.

제 목표는 늘 똑같습니다. 일상의 고민거리가 한순간만이라도 깨끗하게 잊힐 만큼 정신없는 모험의 세계로 여러분들을 모시는 것. 그리고 안전하게 돌려보내 드리는 것. 그 과정에서 여러분들만의 기념품을 하나씩 챙겨 나오실 수 있다면 더할 나위 없이 기쁠 테고요. 그리고 혹 다음에도 다시 찾고 싶다고 생각해 주신다면, 다른 누군가에게도 권해 주실 수 있을 만큼 즐거우셨다면 작가로서는 그보다 큰 행복도 없겠지요. 이번에도 그 목표를 위해 제 나름 최선을 다해 보았습니다.

짧은 기간에 쏟아 내듯 써 구멍 많은 초고를 받고 고민 많으셨을, 다음에는 또 너무 길어져 버린 수정고를 받고 당황하셨을 편집자님들께 죄송하고 감사한 마음입니다. 함께해 주신 덕분에 훨씬 읽을 만한 이야기로 완성할 수 있었습니다.

언제나 응원해 주고 사랑을 아끼지 않는 나의 가족들에게도 이 자리를 빌려 사랑과 감사를 전합니다. 마음은 항상 여러분과 함께입니다.

그리고 이 책을 손에 들어 주신 독자님들께도 깊이 감사드립니다. 여러분이 계셔서 포기하지 않고 글쓰기를 계속해 나갈 수 있다고 말씀드리고 싶습니다. 전작의 작가의 말에 또 뵐 수 있으면 좋겠다고 썼었는데, 덕분에 돌아올 수 있었어요. 부디 이 글도 여러분들의 마음에 한 자리를 차지할 수 있었기를 간절히 소망합니다.

그럼 언젠가 더 좋은 이야기로 다시 뵐 수 있게 되기를 바라며 이만 물러갑니다. 감사합니다.

2024년의 끝자락에서
최정원 올림

창비청소년문학 132

허밍

초판 1쇄 발행 | 2025년 1월 10일

지은이 | 최정원
펴낸이 | 염종선
책임편집 | 김준성
조판 | 박아경
펴낸곳 | (주)창비
등록 | 1986년 8월 5일 제85호
주소 | 10881 경기도 파주시 회동길 184
전화 | 031-955-3333
팩스 | 영업 031-955-3399 편집 031-955-3400
홈페이지 | www.changbi.com
전자우편 | ya@changbi.com

ⓒ 최정원 2025
ISBN 978-89-364-5732-7 43810